ハヤカワ文庫NV
〈NV1507〉

深海のYrr《イール》

〔新版〕

1

フランク・シェッツィング
北川和代訳

早川書房
8913

DER SCHWARM
by
Frank Schätzing

Translated by
Kazuyo Kitagawa
Published 2023 in Japan by
HAYAKAWA PUBLISHING, INC.
This book is published in Japan by
arrangement with
VERLAG KIEPENHEUER & WITSCH GMBH & CO, KG
through THE SAKAI AGENCY, INC.

愛は海よりも深く
ザビーナに

ヒスフク・イシュ・ツァウォーク（すべては一つ）
――バンクーバー島　ヌゥ・チャ・ヌルス族の言い伝え

目次

深海のYrr《イール》〔新版〕 1

登場人物

シグル・ヨハンソン……………ノルウェー工科大学教授。海洋生物学者
レオン・アナワク………………クジラの研究者
ティナ・ルン……………………スタットオイル社石油資源開発推進プロジェクト副責任者
ジャック・グレイウォルフ（オバノン）……環境保護運動家
カレン・ウィーヴァー…………海洋ジャーナリスト
ルーカス・バウアー……………海流の研究者
トム・シューメーカー、デイヴィー……〈デイヴィーズ・ホエーリングセンター〉の共同経営者
スーザン・ストリンガー………同艇長
アリシア（リシア）・デラウェア……生物学専攻の女子大学生
スー・オリヴィエラ……………ナナイモ生物学研究所所長
ジョン・フォード………………バンクーバー水族館海棲哺乳動物研究責任者
レイ・フェンウィック…………カナダ海洋科学水産研究所研究員
ロッド・パーム…………………ストロベリー島海洋観測所のオルカの専門家
クライヴ・ロバーツ……………イングルウッド社専務取締役
ゲーアハルト・ボアマン………海洋地球科学研究所ゲオマールの地球科学者
エアヴィーン・ズース…………同所長
ベルナール・ローシュ…………分子生物学者
ジャン・ジェローム……………レストランのシェフ
クヌート・オルセン……………ヨハンソンの同僚の生物学者
フィン・スカウゲン……………スタットオイル社役員
クリフォード・ストーン………同社石油資源開発推進プロジェクト責任者。ルンの上司
トゥール・ヴィステンダール……同社中央研究所副所長
コーレ・スヴェルドルップ……ルンの恋人
サマンサ（サム）・クロウ………SETI（地球外知的文明探査）の研究員

プロローグ

一月十四日

ペルー北部海岸　ウアンチャコ

その水曜日、ホアン・ナルシソ・ウカニャンは人知れず悲運に襲われた。のちに多くの人々が同じ運命に見舞われるが、彼の名が知れることはなかった。あまりにも大勢のうちの一人にすぎなかったのだ。その日の早朝に何が起きたのか彼に尋ねることができたら、同時期に世界中で多発した事件と同じ出来事を話してくれただろう。ペルーの漁師ウカニャンは物事を単純に見る男だ。その言葉の中に、のちに明らかになる一連の複雑な関連性を発見できたかもしれない。だが彼も、ペルー北部に位置するウアンチャコ海岸の前に広がる太平洋も、何も語ってはくれない。ウカニャンは自分が釣った魚のように口を閉じてしまった。ようやく彼が行方不明者の一人に数えられた頃には、一連の事件は後戻りできないものとなり、彼の行方を気にする者はもういなかった。

一月十四日以前にも、彼に関心を抱く者などはいなかった。

少なくともウカニャンはそう思っていた。ウアンチャコの町は、この数年間で国際的なリゾート地として発展を遂げた。しかし彼は発展とは無縁だった。観光客は、地元の人々が古風な葦舟《あしぶね》で漁に出るのどかな町だと考えるが、葦の小舟を操ることが古風というよりも、そもそも一人で漁に出ること自体が時代遅れになっていた。たいていの者は、トロール漁船や魚の加工工場、魚油工場で働き、生計を立てているからだ。ペルーは漁獲量が不安定なときも、こうした魚加工産業のおかげで、チリやロシア、アメリカ合衆国やアジア諸国とともに漁業先進国の一角をなしていた。エルニーニョ現象をものともせず、ウアンチャコの町は大きく発展した。ホテルが次々と建ち、残り少ない自然保護区がその犠牲となった。人々も儲《もう》け口を見つけだしたが、ウカニャンは唯一の例外だ。彼に残されたのは、カバリート・デ・トトラと呼ばれる美しい葦舟だけだった。かつて征服者たちがその独特の構造に魅せられて、仔馬《カバリート》と名づけた小舟だ。しかし、葦舟カバリートもいつの日か消えてしまうのかもしれない。

始まったばかりの新世紀は、ウカニャンを淘汰《とうた》しようと決めた。

いつの頃か、彼は感情というものを失った。その一方で、自分が罰せられていると感じていた。一つはエルニーニョ現象という罰に。大昔からペルーを襲うエルニーニョ現象の前で、彼は無力だった。もう一つは、数々の会議で乱獲や皆伐を口にする環境保護論者たちに。彼らによると、政治家はゆっくりと首《こうべ》をめぐらし漁船団を操る人々を凝視する。すると突如、自分がまるで鏡を覗きこんでいるかのような印象を持つらしい。次に政治家の視線は、環境破壊をどうすることもできない漁師ウカニャンに向けられる。彼が海上工場のような大型漁船を招いたのでも、二百海里水域で膨大な漁獲を期待する日本や韓国のトロール漁船を招いたのでもない。彼には何の責任もないはずなのに、責任がないとは考えられなくなる。自分が罪人だと感じてしまう。まるで、自分が何百万トンものマグロやサバを乱獲しているように思えてくるのだ。

彼は二十八歳。古いタイプの人間だ。

五人の兄はすべてリマに働きに出ている。彼らから見れば、弟のホアン・ナルシソ・ウカニャンは愚かだった。来もしないカツオやサバを求め、サーフボードにも劣る小舟で海に漕ぎだそうというのだから。兄たちは、死人を蘇《よみがえ》らせることはできないと弟に教えてやった。死人とは父親のことだ。もうすぐ七十歳に手の届く父親は毎日漁に出ていた。だが、それは数週間前までで、今はもう出られない。奇妙な咳に悩まされ、顔には斑点が浮きだして伏せってしまったのだ。次第に正気も失った。伝統を守って生活しているかぎり父親は死にはしないと、ホアン・ナルシソ・ウカニャンはずっと以前から固く信じていた。

彼らの先祖であるユンガやモチェと呼ばれる人々は、千年以上にわたって葦舟を使っていた。スペイン人が来るはるか前のことだ。彼らはペルー北部から現ピスコ市までの海岸地帯に居住し、チャン・チャンの巨大な都に魚を供給していた。当時、海岸近くに真水が湧くワチャケと呼ばれる湿地帯が多くあり、葦が密生していた。ウカニャンや伝統を守る人々は先祖と同じように、今でもその葦を使って葦舟カバリートを編んでいる。舟を作るには熟練した技術と心の平穏が要求された。全長は三メートルから四メートル。舳先《へさき》が高く尖《とが》った独特の構造を持つ。葦の束でできた舟は羽根のように軽く、決して沈まない。大昔、人々は〝黄金の魚〟と呼ばれた海岸に打ち寄せる波を切り、漁に出たものだ。獲物は悪天候の日でさえ、ウカニャンのような男たちが夢に見るより多かった。

ところが、葦の生える湿地は姿を消してしまった。

エルニーニョが原因だとも考えられた。二年に一度、クリスマスの頃に貿易風が吹かず、ふだんは冷たいフンボルト海流の水温が上昇することがある。そのため海水中の栄養価が低下し、餌を失ったサバやマグロ、イワシが来なくなる。ウカニャンの先祖は、この現象を〝神の子〟を意味するエルニーニョと名づけた。たまに神の子がそのまま居残り、わずかに気候が変わるときもある。だが四、五年に一度、まるで天が人類を地上から抹殺するかのように、天罰を下すことがあった。ハリケーン、例年の三十倍もの降雨量、土石流──そのたびに何百人もの犠牲者が出た。エルニーニョは、やって来てはまた去っていく。人々はそれを好きにはなれないが、なんとか上手に付き合ってきた。ところが、太平洋の魚の王国が、ジャンボジェットを十二機並べたほど大きな口を開けたトロール船の魚網によって終焉《しゅうえん》を迎えて以来、神への祈りが叶えられることはなくなった。

ウカニャンは葦舟に乗って波に揺られながら考えた。自分は愚かなのだろう。愚かな罪人。自分たちは皆、罪人だ。エルニーニョも止められず、漁業組合や国家間の協定にも抵抗できないキリスト教の聖人を、守護聖人としてしまったのだから。

かつてペルーにはシャーマンがいた。近年、トルヒージョ近郊にある先コロンブス期の神殿跡、月のピラミッドの裏で九十体の頭蓋骨《ずがいこつ》が発掘された。子どもを含む、撲殺や刺殺された男女のものだ。ウカニャンは伝え聞いたことがある。西暦五六〇年に突然襲った洪水を鎮めようと、祭司が九十人を生贄《いけにえ》にしたのだ。結果、エルニーニョは去った。

乱獲を止めるには、誰を犠牲にすればいいのだろうか？

ウカニャンは考えこんだ。自分は善良なキリスト教徒だ。イエス・キリストを愛しているし、漁師の守護聖人ペドロも愛している。聖ペドロの日、この融通のきかない聖人は小舟に乗って村から村をまわる。彼はいつも、その祭日に全身全霊を打ちこんだ。にもかかわらず、人々は午前中には教会に行くが、夜にはシャーマニズムの真の火を燃やす。シャーマニズムは花盛りなのだ。しかし、どの神が助けてくれるのだ？ 神の子でさえ、「自分は自然の力をコントロールしようとして憔悴《しょうすい》しきってしまった。漁師を苦しめているのは自分ではない。それは政治家やロビイストだ」と言っているのに。

ウカニャンは空を仰ぎ、目をしばたたいた。

今日は素晴らしい天気になる。

一瞬にして、ペルー北西部の牧歌的な風景が姿を現わした。この数日間、空には雲ひとつない。サーファーたちもまだ眠っている早朝だ。ちょうど三十分前に、ウカニャンはほかの漁師たちと穏やかな海に葦舟を漕ぎだした。日が昇るずっと前のことだ。今ようやく霞《かす》んだ山々から朝日が差し、柔らかな光の中に海が現われた。延々と続く銀色の海原が青く変わっていく。リマに向かう貨物船の巨大なシルエットが、水平線に浮かんでいた。

彼は夜明けの美しさに感動するでもなく背後に手を伸ばすと、カルカルと呼ばれる網を取りだした。カバリート漁に使う赤い網は数メートルの長さがあり、周囲に大小の鉤《かぎ》がついている。彼は繊細な網目をチェックした。葦舟に座席はなく正座して乗る。その代わり、艫《とも》に装備や網をしまう大きなスペースがあった。パドルは目の前に斜めにおいてある。縦半分に割ったグアヤキル筒で、この地域以外では使われなくなったパドルだ。父親のものだが、息子のホアン・ナルシソが水をかく力を父が感じられるようにと持参した。父が病に倒れてからというもの、毎晩、彼はパドルを父親の脇におき、右手をのせてやる。父は、人生の意義である伝統が続いていると感じるだろう。

手に触れるものが何なのか、きっと父はわかっている。息子のことはわからなくなってしまったが。

ウカニャンはカルカル網のチェックを終えた。海に出る前に点検は済ませていたが、網は高価で、注意を怠ってはならない。網を失うことは終わりを意味する。彼は太平洋のわずかに残された資源をめぐる戦いでは、敗者の側でいたかった。しかし、いいかげんな気持ちで漁に出るつもりも、酒に身を委《ゆだ》ねるつもりもない。何よりも耐え難いのは、失望のあまり舟や網を放置し腐らせる者たちの眼差しだ。もし、鏡に映る自分の眼差しがいつか彼らと同じものになったら、自分の視線に刺されて死んでしまうだろう。

彼はまわりを眺めた。海岸から一キロメートルあまり沖に出たところで、両側には、ともに漕ぎだした何艘《そう》かの葦舟が互いに距離をおいて浮かんでいる。今日はいつものように舟が上下に揺れることはなかった。海がまったく凪《な》いでいるのだ。漁師たちは根気よく運命に任せ、しばらくここにとどまるだろう。いつしか少し大きな木造船が数隻加わり、トロール漁船が沖をめざして通りすぎていった。

漁師たちは舟につないだカルカル網を海に入れた。ウカニャンは決心のつかないまま様子を見ていた。丸く赤いブイが水面を輝きながら流れていく。網を入れる頃合なのはわかっている。しかしこの数日の釣果を考えると、もうしばらく眺めているのがよさそうだ。イワシが数匹。それが獲物のすべてだったのだ。

次第に小さくなるトロール漁船を目で追った。今年もエルニーニョが来たが、害はなかった。そういうときには、エルニーニョはもう一つの顔を見せ、優しくほほ笑んでくれる。温かな海を好むキハダマグロやシュモクザメが、例年になく温かなフンボルト海流に乗ってさまよいこんだのだ。魚は豪華なごちそうとなりクリスマスの食卓に並んだ。もちろん小魚もいたが、漁師の網にかかる前に大きな魚の胃袋に納まってしまう。魚をすべて獲ることはできない。今日のような日に沖に出れば、大物を持ち帰るチャンスがあった。

けれどもそれは無意味な考えだ。葦舟はそれほど沖には出られない。一度、仲間の舟とともに、思い切って十キロメートルほど沖に出たことがあった。葦舟は波に立ち向かい、波頭を越えて進んだ。沖で問題なのは海流だ。波が高く、風が沖に向かって吹いていたら、陸まで漕いで戻るのは困難をきわめる。

何艘かは戻って来なかった。

彼は葦舟にじっと正座していた。いつ来るとも知れない魚の群れを早朝から待っている。トロール船を目で追って太平洋を見わたした。大型漁船や魚粉工場にたやすく就職できる時代はとっくに過ぎてしまった。一九九〇年代の終わりにエルニーニョが猛威を振るうと、魚工場の労働者でさえ職を失った。イワシの群れが戻って来なかったのだ。

さて、どうするか？　釣果もなく午後を過ごすわけにはいかない。

セニョリータたちにサーフィンを教えることもできるじゃないか。

それも選択肢の一つだ。ウアンチャコの古い町を圧倒するホテルで働く。観光釣り船に乗る。滑稽《こっけい》なジャケットを羽織ってカクテルを作る。わがままなアメリカ娘を楽しませてやる。サーフィンや水上スキー、夜はベッドで。

ウカニャンが伝統を断ち切れば、父親は死んでしまうだろう。たとえ正気を失くしたとしても、息子が信念を失ったと感じるにちがいない。

彼は拳《こぶし》を握りしめた。やがてパドルをつかむと、消えたトロール漁船を追った。怒りをぶつけるように全力で漕ぐ。仲間との距離がみるみるうちに広がった。見わたすかぎり、砕ける波もなければ、危険な流れもない。復路の妨げとなる北西風も、今日は吹かないだろう。危険を冒すなら今しかない。深い海には今もマグロやカツオ、サバがいる。魚はトロール漁船だけのものではないのだ。

漕ぐ手を休めて振り返った。ウアンチャコの町が小さくなった。まわりは海だけだ。彼を真似て追ってくる葦舟は一艘もない。仲間の葦舟団は遠くなってしまった。

かつてペルーの内陸には砂漠が一つあったと、父親から聞いたことがある。いつしか砂漠は二つになった。もう一つはこの海だ。われわれは雨を恐れる海の砂漠の住人になった。

海岸はまだ近い。

力強くパドルを漕ぎだすと、安心感が戻ってきた。気分が高揚し、どこまでも葦舟カバリートを駆っていけるようだ。そこには、燦々《さんさん》と降り注ぐ陽光を浴びて、無数の魚が銀色に輝いている。クジラの灰色の背が海中から現われ、メカジキが飛び跳ねる。ひとかきパドルを漕ぐごとに、町に漂う裏切りの匂いから遠ざかっていった。まるで腕がひとりでに動くかのようだ。ついに彼はパドルを下ろして振り返った。町の四角いシルエットがぼんやりと見える。新世紀を象徴するホテル群がかすかに輝いていた。

ウカニャンは不安に駆られはじめた。これほど沖に出たことはない。細い葦束でできた舟底と、ふつうの漁船の厚い船底では海の感触が全然違う。ウアンチャコに朝靄《あさもや》がかかって正確にはわからないが、町から十二キロメートル以上は沖合に来ていた。

彼はたった一人だ。

魚をたくさん積んで、無事に家に帰れますように。彼は聖ペドロに短い祈りを捧げた。

早朝の潮の香りをいっぱいに吸いこみ、カルカル網をそろりと海に入れる。鉤《かぎ》のついた網は暗い海中に消えていき、赤いブイだけが脇に浮いていた。

何が起きるというのか？　天気は申し分なく、この場所もわかっている。そのとき、舟のすぐ脇に溶岩石が海底から突きだしているのが見えた。水面近くに、山の頂《いただき》のようなごつごつとした岩の先端がいくつもある。そこに貝やイソギンチャク、カニがいる。たくさんの小魚が岩の隙間を泳いでいる。小魚を狙って、マグロやカツオ、メカジキなどの大型魚も集まるが、トロール漁船には、ここは危険が多すぎた。海底の岩に船底をこする恐れがある。そもそも、ここは大規模漁には適していない。

しかし、葦舟の彼には充分すぎるくらいだ。

ウカニャンはこの日初めて笑った。舟が上下に揺れていた。海岸近くに比べて、このあたりの波は高いが、まだ葦舟には心地よい揺れだ。伸びをすると、山々の上に昇った朝日の淡い光に目をしばたたいた。ふたたびパドルを握ると数回漕いで、舟を流れに乗せた。ブイは舟から離れて波間に踊っている。座り直してブイを見つめた。

わずか一時間で小ぶりのカツオ三匹が網にかかる。きらきら輝く魚が葦舟にのっていた。ウカニャンは晴れやかな気分になった。この一カ月の獲物よりも多い。このまま帰ることもできただろうが、せっかくここまで来たのだから、もう少し待ってもいい。素晴らしい一日が始まった。もっと素晴らしい日になるだろう。

時間はいくらでもある。

舟を溶岩石の浅瀬に沿ってゆっくりと操りながら、カルカル網をさらに繰りだした。ブイが波間に跳ねて遠ざかっていく。海の色に明るい部分がないか、海面を探した。網が岩に引っかからないよう、充分な距離をとらなければならない。彼はあくびをした。

ロープに軽い引きを感じた。

一瞬ブイが波間に消える。すぐに浮上するが左右に大きく揺れ、また波に呑みこまれた。彼はロープを握りしめた。ロープが強く引かれ、手の皮がむける。そのとき舟が大きく傾いた。バランスを失わないようにロープを離す。海中深くで赤いブイが輝いていた。真下へ引かれたロープが弦のように張りつめ、船尾がゆっくりと海中へ引っ張られていく。

いったい何が起きたのか？

大きくて重いものが網にかかったにちがいない。きっとメカジキだ。だが、メカジキならもっと時間をかけて小舟を引っ張るはずだ。網にかかったものが何であれ、とにかく海の深みに逃げようとしている。

ウカニャンはあわててロープをつかみ直した。ふたたび舟に衝撃が走り、彼は前方に投げ飛ばされて海に落ちた。水が肺に入る。水面に顔を出して咳きこみながら舟を見ると、半分が水に浸かり、舳先が海面にそそり立っていた。釣ったカツオが海に落ちる。沈んでいく魚を苦々しい思いで見ていると、怒りが湧いてきた。獲物を失ってしまった。あとを追って潜るわけにはいかない。舟を救い、自分の身を助けるのに精一杯だ。

朝の獲物をなくしてしまった。何もかも無駄になってしまった!

パドルは少し離れたところを漂っていた。あとで拾えばいいだろう。彼は舳先に体を投げ、舟を海中に押しこんだ。自分の体とともに葦舟は完全に海中に沈んだ。すぐさま艫《とも》に這って右手で舟の中を探る。聖ペドロよ、ありがとうございます! ナイフが流されずにそこにあった。カルカル網と同じく貴重な水中マスクも。

一気にロープを断ち切った。

舟は海面に向かって上昇し、彼の体が一回転した。頭上に空が見えたかと思うと、また頭から水没した。結局、ウカニャンは喘《あえ》ぎながら舟に横たわっていた。葦舟は何ごともなかったかのように波間に揺れている。

あわてて上体を起こした。ブイはどこにも見えない。パドルを探して水面を眺めると、近くに浮いていた。両手で水をかき、パドルにたどりついて拾い上げる。そして、注意深く周囲に視線を走らせた。

そこだ。澄んだ海中に明るい部分が見える。

彼は大声で罵《ののし》った。水中に広がる溶岩塊に近づきすぎ、カルカル網を引っかけてしまったのだ。当然、舟は海中に引きこまれる。ばかな夢にうつつを抜かした報いだ。網があれば、ブイもあるはずだ。網が岩に引っかかっているかぎり、網に結んだブイは浮いてこない。

そうだろうか？

そうにちがいない。しかし、あれほど急激に引きこまれるだろうか。網が岩に引っかかったというのはもっともだが、それでも疑問は残る。

網をなくしてしまった！

いや、失ってはならない。

大急ぎでパドルを漕ぎ、先ほどの場所に向かった。澄んだ海中を覗きこんで探すが、ぼんやりと明るい部分があるほかは、網もブイも見あたらなかった。

本当にここだったのか？

おれは海の男だ。ずっと海で生きてきた。計器などなくても、正確な位置はわかる。葦舟を救うためロープを切ったのは、ここだった。この下のどこかに網はある。

網を取り戻さなければならない。

だが、海に潜るのは気が進まなかった。泳ぎは達者だが、たいていの漁師がそうであるように水が怖いのだ。海を本当に好きな漁師は少ない。漁師は海なくして生きていけないが、海と特別うまく付き合っているわけではない。海は漁師から生気を吸いとる。港の酒場には、漁を終えて憔悴《しょうすい》し、希望をなくした漁師の寡黙な姿があった。

しかし、ウカニャンには宝物がある！　去年、いっしょに漁に出た観光客がくれた水中マスクだ。マスクを取りだすと、中に唾《つば》を吐いてガラスを丁寧《ていねい》に拭《ぬぐ》う。そうしておけば水中で曇らない。海水ですすいでから顔に密着させ、ベルトを頭にかけた。縁が柔らかなラテックス製の高価なマスクだ。シュノーケルはないが、潜って網を岩からはずすくらいの時間は息を止めていられる。

サメは大丈夫だろうか。普通、人を襲うサメはこのあたりには出没しない。たまにシュモクザメ、アオザメやネズミザメが魚網を襲うが、もっと沖合だ。ペルー沿岸でホオジロザメを見かけることはめったにない。外洋に潜るのではない。ここでは岩や暗礁が身を守ってくれる。いずれにせよ、カルカル網を引き裂いたのはサメであるはずがない。

自分が不注意だっただけだ。

胸いっぱいに空気を吸いこむと、頭から海に飛びこんだ。一気に潜らなければ、肺の空気が浮きとなって水面に体が浮いてしまう。真下を向いて海底をめざした。水面の近くに比べて水は不透明だが、まわりには溶岩石でできた暗礁がはっきりと見える。数百メートルにわたって広がる暗礁に、陽光が明るい斑点《はんてん》を作っていた。魚はほとんどいないが、目あては魚ではなく、カルカル網だ。舟が流されることを考えると、ずっと海中にいるわけにはいかなかった。あと数秒、何も見つけられなければ浮上して、もう一度やり直すしかない。

何度でも試してやる！　たとえ半日かかっても、網を失って帰るわけにはいかない。

そのとき、ブイを見つけた。

水深十五メートルあたり、尖った岩の先端で揺れていた。網はその下にある。至るところが岩に引っかかっているようだ。近づくと、網のまわりに集まっていた小魚が四方に散った。ウカニャンは体を垂直に立てて両足で網をまさぐった。シャツが海流になびく。

網はずたずたに切り裂かれていた。

彼は呆然と網を見つめた。網を引き裂いたのは岩だけではない。

ここで何かが大暴れしたのだろうか？

その何かは今どこに？

胸騒ぎを覚えながら、網をはずしにかかった。網の修繕には丸一日かかりそうだ。次第に肺の空気が少なくなってきた。一度で網をはずすのは無理だ。破れたカルカル網でも、やり直す価値はあるだろう。

足の動きを止めた。

葦舟の様子を見に戻り、もう一度潜るしかないだろう。

そう考えていると、周囲の様子が一変した。太陽に雲がかかったのだろうか。暗礁の上にきらめいていた陽光が姿を消し、岩や海草の影が消えた。

はっとした。

両手も、網も、何もかもが色を失い、ぼんやりとした輪郭《りんかく》だけになっていた。雲だけではこれほど急激な変化は起こせない。一瞬で頭上が真っ暗になってしまったのだ。

網を離して見上げた。

見わたすかぎりの水面近くに、腕ほどの長さの魚が集まっていた。驚いたウカニャンの口から空気が漏れた。真珠のような泡が昇っていく。いつの間に魚の大群が現われたのだろうか。こんな光景は見たことがなかった。群れはほとんど止まっている。ときどき尾びれが動いたり、一匹とびだしたりするだけだ。突然、魚群が動き、わずかにその形を変えた。魚はさらに密集した。

群れに特有の動きだが、どこか奇妙だ。気になるのは群れの動きではない。魚そのものが多すぎるのだ。

ウカニャンは立ち泳ぎをしたまま、体の向きを変えた。どこまでも魚ばかりだ。振り仰ぐと、海面に舟の影があるのが群れの隙間にちらりと見えた。しかし、すぐに隙間は魚に埋めつくされてしまった。肺の空気がなくなり、胸が焼けるように痛む。

ヘダイだ！

ヘダイが戻って来るとは誰も予想しなかった。喜ばしいことなのだろう。ヘダイは高く売れる。ひと網で、家族をしばらく養えるほどの収入が得られるのだ。

だが、彼は嬉しくなかった。

その代わりに恐怖が忍び寄ってくる。

信じられないほどの大群だ。水平線まで続いている。ヘダイが網を引き裂いたのか？

この大群が？　どうやって？

すぐに脱出しなくては。

岩をひと蹴りすると、少しずつ空気を吐きながら、ゆっくりと上昇していった。魚群が彼を、水面から、陽光から、葦舟から隔てている。群れの中に入ると、身動きがとれなくなった。無数の無関心な目が彼を見つめていた。まるで、魚は彼のために無から現われたようだ。まるで彼を待っていたかのようだった。

群れが彼の行く手を阻む。彼はぞっとした。彼を舟に到達させまいとしている。

背筋が凍った。心臓が高鳴る。浮上する速度もカルカル網もブイも、もうどうでもいい。葦舟カバリートのことさえ忘れた。頭にあるのは、このぶ厚い魚群を突き破って海面に到達すること。ふたたび陽光を浴び、自分の世界に戻って安心することだ。

周囲の魚が脇にどいた。

そのとき、何かが群れの中心からウカニャンに忍び寄った。

やがて風が出てきた。

雲ひとつない好天が続いた。波はわずかに高くなったが、小舟に乗って揺られる男を不快にするほどではなかった。

しかし、男はいない。

見わたすかぎり、誰もいない。

葦舟カバリート・デ・トトラだけが太平洋を漂っていた。

第一部　異変

第二の天使がその鉢を海に傾けた。すると、海は死人の血のようになって、その中の生き物がみな死んでしまった。第三の天使がその鉢を川と水の源に傾けた。すると、みな血になった。それから、水をつかさどる天使がこう言うのを聞いた……あなたは正しい……

——ヨハネの黙示録、十六章

先週、チリの海岸に正体不明の巨大な死体が流れ着きました。空気に触れた部分はすぐに分解したようです。チリ沿岸警備隊によると、海を漂う巨大な塊が目撃されており、流れ着いたのは、その一部だと思われます。脊椎《せきつい》動物であればまだ骨が残っているはずですが、骨は発見されていません。その塊はクジラの皮膚にしては大きすぎ、臭いも異なります。これまでの調査で、最近頻繁に海岸に流れ着くゼラチン状の塊と類似点があることが判明しました。しかし、どのような動物のものなのかは、まったくわかっていません。

——CNNニュース、二〇〇三年四月十七日

三月四日

ノルウェー　トロンヘイム

トロンヘイムは、大学や研究機関には居心地のよすぎる町だ。特にバックランデやモレンベルグ地区には、テクノロジーを連想させるものは何もない。木造建築、公園、素朴な教会、川沿いに立ち並ぶカラフルな倉庫、美しい裏庭に囲まれていると、時代の進歩を忘れてしまう。科学技術の最先端を行くノルウェー工科大学《NTNU》は、その牧歌的風景の中にあった。

過去と未来が調和する町はトロンヘイムをおいてほかにない。シグル・ヨハンソンは、モレンベルグ地区にある、時を忘れるようなヒルケ通りに住んでいることが誇りだった。

彼が住んでいるのは切妻屋根に黄土色の壁の建物だ。白い枠の玄関扉まで、やはり白く塗られた階段が通じている。ハリウッドの映画監督が涙を流して喜ぶような家だ。彼は海洋生物学者だった。最先端の科学分野で研究しているが、ただ新しいだけのものには興味がない。空想家で、過去の理想を追い求めた。彼はジュール・ヴェルヌの精神とともに生きている。この偉大なフランス人作家ほど時代遅れの騎士道、産業革命の息吹、不可能への挑戦を崇拝した者はいないのだ。現代社会は蝸牛《かたつむり》のようなものだ。背中の殻に仕事や世俗の問題をつめこんで引きずっていく。ヨハンソンの人生は蝸牛ではない。彼はまわりにいる蝸牛たちの役に立ち、見識を増やしてやるが、蝸牛たちが作りだすものを軽蔑した。

その日の昼前、彼は大学に向けてジープを走らせていた。冬景色のオーヴル・バックランデを過ぎると、右手にニドゥ川の流れが見えた。長い週末を終えて大学に戻るところだ。週末は森に出かけ、時代から忘れ去られた村々を訪ねた。夏なら焼きたてのパン、アルミホイルに包んだフォアグラ、アルザスの白ワイン、ゲヴュルツトラミナーの一九八五年を一本バスケットにつめて、ジャガーで出かけたことだろう。彼はオスロから移り住んで以来、休日には地元の人々や観光客で賑《にぎ》わうトロンヘイムの町から遠ざかることにしていた。二年前、人里離れた湖畔に荒れ果てた別荘を見つけた。所有者はノルウェーの国営石油会社スタットオイルの役員で、スタヴァンゲルに住んでいた。所有者を探しあてるには時間がかかったが、別荘はすぐに譲ってもらえた。家の面倒を見てくれる人物が現われたことを喜び、底値で売ってくれたのだ。すぐにヨハンソンは不法就労のロシア人を雇い、格安で別荘の修繕をさせた。おかげで、十九世紀のボン・ヴィヴァン――人生を楽しもうというスタイルを再現した、いい別荘になった。

夏のいつまでも明るい夜、湖畔を見わたすベランダに座って、トーマス・モアやジョナサン・スウィフト、H・G・ウエルズの幻想小説を読んだ。マーラーやシベリウスを聴き、グレン・グールドのピアノやチェリビダッケが指揮するブルックナーの交響曲に耳を澄ました。蔵書やCDは別荘でも楽しめるように、自宅と同じものを揃えてあった。

ジープがゆるやかな坂を登ると、二十世紀初頭に建てられた、城のような大学本館が現われた。うっすらと雪をかぶっている。本館の背後に講義棟や研究棟が広がっていた。一万人の学生を抱える大学は小都市といえる。キャンパスは活気に満ちていた。ヨハンソンは満足そうに息を吐いた。週末、一人の時間を湖の別荘で楽しく過ごしてきたのだ。去年の夏、心臓学科で助手をする女性を何度か別荘に連れていったことがある。講演旅行で知り合い、すぐに付き合いはじめたが、夏の終わりには別れていた。いずれ現実に直面するのだから、人生を縛られたくないのだ。彼は五十六歳で、彼女とは三十歳の年齢差があった。二、三週間の付き合いなら魅力的だが、一生となれば話は別だ。これまでに人生をともにした女性は多くない。

　専用の駐車スペースにジープを停めると、自然科学学部の建物に向かった。もう一度、湖に思いを馳せながらオフィスに入ると、窓辺に立って彼のほうへ振り向いたティナ・ルンを見すごしそうになった。

「遅かったわね。赤ワインのせい？　それとも、誰かさんが解放してくれなかったの？」

　ヨハンソンはにやりと笑った。ルンはスタットオイル社の社員だが、現在はシンテフ研究所での仕事が多い。トロンヘイムにあるシンテフ研究所はヨーロッパ最大級の独立研究機関で、ノルウェーの石油産業が目覚ましい発展を遂げたのも、その研究所に負うところが大きい。また、ノルウェー工科大学《NTNU》との共同研究も盛んで、科学技術研究の中心地としての名声をトロンヘイムにもたらした。町には、シンテフ研究所のさまざまな研究施設があるのだ。ルンは短期間でキャリアアップし、スタットオイル社の石油資源開発推進プロジェクトの副責任者に就任した。つい最近、自分用の研究室を海洋技術研究所、通称マリンテク内に開設したばかりだ。そこもシンテフ研究所の研究施設の一つだった。

　ヨハンソンはコートを脱ぎながら、すらりと背の高いルンに目をやった。彼女には好意を抱いている。数年前、もう少しで恋愛関係に発展しそうになったが、どういうわけか二人とも思いとどまり、友人のままでいることに決めた。以来、仕事で意見を交換し、プライベートで食事をともにする仲となった。

「年寄りはよく眠らなくては。コーヒーでいいか？」

「もちろん」

秘書室にはコーヒーを入れたポットがあるが、秘書の姿はなかった。

「ミルクだけでいいわ」

「わかってる」

彼はコーヒーをマグカップ二つに注ぐと、彼女のカップにミルクを入れて戻ってきた。

「きみのことなら何でも知ってるよ。忘れたのか？」

「そんな仲にはならなかったわ」

「それは幸いだったね。まあ座って。で、今日は何の用？」

彼女は立ったまま、カップに口をつけた。

「ゴカイだと、思うのだけど」

ヨハンソンは驚いた顔をして彼女を見た。ルンは、さっそく答えを期待するような目で見返した。これは彼女の癖だった。気の短い性格なのだ。

彼はコーヒーをひと口飲んだ。

「思う、とは？」

答えの代わりに、彼女は窓辺から小型の金属ケースを取るとデスクにおいた。鍵がかかっている。

「中を見て」

彼は鍵をはずして蓋《ふた》を開けた。半分ほど水の入った容器がある。その中に、毛髪のように細長い生物が体をくねらせていた。じっくりと観察する。

「何だと思う？」

彼は肩をすくめた。

「ゴカイ。二匹の立派なサンプル」

「それはわかるわ。でも、どういう種かしら？」

「きみのところには生物学者がいないんだったね。これは多毛類だ。ウミケムシか」

「ゴカイの仲間だとはわかるけれど……鑑定をお願いできない？　急いでいるのよ」

「そうだな」

ヨハンソンは小さな容器にかがみこんだ。

「さっきも言ったように、これは多毛類だ。きれいな色だな。海底には、こういう生き物がうようよいるが、種まではわからない。これがどうかしたのか？」

「はっきりしていることは一つ。大陸縁辺部《えんぺんぶ》で発見された。水深七百メートルの海底で」

彼は顎をさすった。容器の中の生物は体をくねらせていた。腹を空かせているのかもしれない。容器の中には餌となるものはない。そもそも、この生物がまだ生きているのが不思議だった。深海から引き上げられれば、たいていの生物は死んでしまう。

彼は目を上げた。

「調べてみよう。結果は明日でいいか?」

「いいけど……何か気がついたことがあるんでしょう? 顔に書いてあるわ」

「まあね」

「何なの?」

「私は分類学者ではないから確かなことは言えない。多毛類にはさまざまな色や形のものがある。全部は知らないが、かなりの種類はわかる。これは……やはりわからない」

「そう」

ルンは顔を曇らせたが、すぐにほほ笑んだ。

「すぐ調査を始めて、ランチのときに意見を聞かせてくれる?」

「無理だよ。私にも仕事はあるんだ」

「あなたが早く出勤すれば、仕事に追われずにすんだのよ」

もっともな意見だ。

「わかったよ。一時にカフェテリアでどうだい？　ところで、この生物から一部を切り取ってもいいか？　それとも生かしておいて、お友だちになりたいかい？」

「いいようにしてちょうだい。じゃあ、あとでね」

ヨハンソンは急ぎ足で出ていくルンを見送った。二人が付き合っていたら、うまくいかなかったかもしれない。ティナ・ルンは駆け足で人生を送るタイプだ。平穏を愛し、人よりもゆっくり歩く男には性急すぎる。

郵便物に目を通し、何件か電話をかけてから、ゴカイの容器を持って実験室に行った。これが多毛類であるのは間違いない。多毛類はヒルなどと同じ環形《かんけい》動物に属し、複雑な形態は持たない。動物学的に興味深いのは、多毛類は地球で最古の生物に属し、カンブリア紀中期から今に至るまで、ほとんど形態が変わっていないことだ。それは約五億年前の化石を見ればわかる。淡水や湿地帯に生息するものは稀《まれ》で、だいたいが海底で見られる。海底の堆積物《たいせきぶつ》を分解し、自身はカニや魚の餌となる。保存用アルコールに漬けられた多毛類の場合、本来の鮮明な色は失っていても、この生物に嫌悪感を覚える人は多い。だが彼から見れば、ロストワールドの生き残りだ。特に、今ここに手にしたものは際立って美しい。

触手のような突起を持ち、白い毛が密生するピンク色の生物に、彼はしばらく見入った。やがて、塩化マグネシウム溶液の中に一匹ずつ放す。筋肉の緊張を解くためだ。ゴカイなどを殺すにはさまざまな方法がある。アルコール、ウオッカやアクアヴィットなどの蒸溜酒に漬けるのが一般的だ。人間であれば中毒死にあたり、決して最悪の死に方ではないかもしれない。しかし、ゴカイの場合は前もって緊張を解いておかないと、死ぬ前に体が縮まり凝固してしまう。塩化マグネシウム溶液で緊張を緩めておけば、そのあとの実験に支障が出ない。

念のため、一匹は冷凍保存することにした。予備に残しておけば、あとでDNA分析やアイソトープ分析ができる。もう一匹をアルコールに浸し、しばらく観察してから、取りだして大きさを計測した。約十七センチメートル。そして、縦にメスを入れる。彼は小さく口笛を吹いた。

「よしよし、きみにはかわいい歯があるんだね」

体内構造も環形動物を明白に示していた。多毛類が獲物を取るとき瞬時に外に出す口吻《こうふん》も、皮膜の下にしまわれている。口吻にはキチン質の顎があり、小さな歯が何列か並んでいた。彼はこの種の生物を何種類も調査したが、これほど大きな顎を見たのは初めてだ。この生物を見れば見るほど、新種ではないかという疑問がふくらんだ。

名誉と名声が一度で手に入る！　だが、本当に新種だろうか？

やはり確信がなかったので、イントラネットをあたり膨大なデータを調べてみた。結果は驚くべきものだった。このようなゴカイは存在する。しかし、存在しないともいえる。彼はますます興味を引かれた。あまりにも作業に熱中するうち、誰に頼まれて調べているのか忘れるところだった。約束より十五分も遅れ、ガラス屋根の廊下をカフェテリアに急いだ。隅のテーブルにルンを見つけて近寄ると、観葉植物の陰から彼女が手を振った。

「遅くなってすまない」

「お腹が空いて死にそうだわ」

「七面鳥のシチューはどうだい？　先週食べたが、おいしかったよ」

彼女はうなずいた。彼がおいしいと言うものなら間違いない。彼女はコーラを、ヨハンソンはシャルドネをグラスで注文した。ワインにコルク臭が残っていないか、彼が匂いを嗅いでいるあいだ、ルンはいらいらと体を揺らしていた。

「それで？」

ヨハンソンはひと口飲んだ。

「悪くない。フレッシュなフルボディだ」

彼女はいいかげんにしてと言うように目をむいた。

「わかったよ」

彼はグラスをテーブルにおき、脚を組んだ。彼女をいらいらさせるのは楽しいものだ。

特に、月曜の午前中に仕事を持ってくるようなことをすれば、拷問にかけられてしかるべきだ。

「環形動物、多毛類。そこまではわかっていたんだったね。詳しいレポートは勘弁してくれ、数週間はかかる。現時点で言えることは、きみの持ってきた生物は突然変異か、新種だということだ。厳密に言えば、その両方かもしれない」

「厳密には聞こえないけど」

「それは、すまないね。ところで、あの生物をどこで見つけたんだ？」

ルンは発見場所を説明した。かなり沖合で、ノルウェーの大陸棚が深海に落ちこむあたりだ。彼は話にじっと聞き入った。

「きみたちは、そこで何をしているんだ？」

「タラの調査」

「おやおや、うれしいね。タラは絶滅していなかったんだ」

「冗談はやめてよ。石油生産には、いろいろ問題があることは知っているでしょう。あとから批判されたくないのよ、あれもこれも考慮しなかったと言われたくないの」

「海洋プラットフォームを建設するのか？　埋蔵量は減っていると思っていたが」

「それはわたしの問題ではないわ。わたしにとって重要なのは、建設可能かどうかということ。そんな沖合を掘削するのは初めてだから、さまざまな前提条件を試してみなければならないの。環境に悪影響を与えないと証明しなければならない。つまり、あなたたちのような人を怒らせないために、どのような環境に、どのような魚が生息するのか調査しているのよ」

彼女はいらいらして言った。

ヨハンソンはうなずいた。一日に何百万トンもの石油生産廃水が海に流されていると、ノルウェー漁業省が批判してからというもの、ルンは環境問題を話し合う北海会議の結果への対応に追われている。石油生産廃水とは、北海の沖合やノルウェー沿岸にある石油生産施設が、石油とともに汲み上げる油田水のことで、何百万年ものあいだ石油と混ざり合い、化学物質を大量に含む水だ。通常、石油生産時に油分と分離する廃水処理を行ない、海に排出している。これまで、廃水は問題視されなかった。ところが、政府がノルウェー海洋調査研究所に調査を依頼したところ、その結果は、環境保護団体も石油コンツェルンも震撼《しんかん》させるものだった。廃水に含まれるある物質が、タラの生殖機能を破壊していたのだ。その物質はタラの女性ホルモンとして作用し、雄は生殖能力を失うか、雌に性転換してしまう。ほかの魚類も影響を受けることがわかると、石油生産の中止が命じられ、代替策の模索を余儀なくされた。

「きみたちを監視するのはまさに正しいことだ。厳しくチェックするほどいい」

「あなたって本当に頼りになる」

ルンはため息をついた。

「とにかく、かなり深いところの大陸斜面まで調べたのよ。地震探査法も行なった。撮影には、ロボット潜水機を深度七百メートルまで送りこんだ」

「そこにゴカイが映っていた」

「本当に驚いた。そんな深海にゴカイがいるとは予想していなかったから」

「どこにでもいるよ。七百メートルより浅いところでも、ゴカイを見つけたのか？」

「いいえ」

彼女はいらいらして体を揺すった。

「それで、あのいまいましい生物は何だったの？　喜んで報告書に書かせてもらうわ。ほかにも山のように仕事があるのよ」

ヨハンソンは頬杖をついた。

「きみが持ってきた生物の問題は、二つのゴカイがいるということ」

彼女は理解できないという目をして彼を見つめた。

「もちろん、二匹でしょう」

「そうじゃない。分類学的にという意味だよ。私の間違いでなければ、最近発見された新種の仲間だろう。メキシコ湾で発見されたのだが、海底に生息し、メタンを分解するバクテリアを食べて生きている」

「メタンと言った?」

「そうだ。で、ここからが面白い。きみのゴカイは、その新種にしては大きすぎる。もちろん、体長二メートル以上にもなる多毛類はいる。それも古い時代の生物だ。だが、きみのとは明らかに違うし、生息域も別だ。もしメキシコ湾の新種と同一種だとすると、メキシコ湾で発見されたときから今日までに成長を遂げたことになる。メキシコ湾のものは最大でも五センチメートル。きみのはその三倍はある。それに、ノルウェーの大陸斜面で発見された記録はない」

「面白い話ね。で、あなたの結論は?」

「冗談だろう! 結論を出すのは無理だ。唯一言えるのは、きみたちが本当の新種に遭遇したということだ。おめでとう! メキシコ湾の新種にきわめて似てはいるが、大きさやほかの特徴を考えると、まったくの別種だ。もっと似ているのがいるが、とっくに絶滅したゴカイの祖先だ。カンブリア紀に生きた小さなモンスター。私が驚いたのは……」

彼は言いよどんだ。さまざまな石油会社がその海域をすでに詳しく調査し、この大きさのゴカイに気づいているにちがいない。

「何なの？」

ルンは迫った。

「そうだな、われわれが気づかなかっただけなのか、きみの新しい友人が今まではそこにいなかったのか。もっと深海から来たのかもしれない」

「なぜ、そんなところにいたのか。それが問題だわ。報告書はいつもらえるかしら？」

「また急《せ》かされているようだな」

「一カ月も待てないわ」

「わかったよ」

ヨハンソンはなだめるように両手をあげた。

「きみのゴカイを世界旅行に出さなければならない。二週間は必要だ。譲歩はしないよ。それより早くは無理だ」

彼女は答えなかった。空《くう》を見つめるうちに料理が来たが、手をつけようともしない。

「ゴカイはメタンを食べるの？」

「メタンを食べるバクテリアを食べているんだ。かなり複雑な共生関係だ。それについては、ほかに専門家がいる。けれど、それはメキシコ湾に棲むきみのゴカイの親戚の話で、きみのゴカイのことはまだ何もわかっていない」

「メキシコ湾のより大きければ、食欲ももっとあるわね」

彼女は考えこんだ。

「少なくとも、きみよりは」

ヨハンソンは手つかずの皿に視線をやった。

「ところで、きみのモンスターをもっと持ってきてくれると助かるのだが」

「品切れということはないわ」

「まだ在庫があるのか？」

ルンは奇妙な目つきでうなずいた。そして食事にかかった。

「一ダースかそこらなら。でも、海にはもっといる」

「どれくらい？」

「そうね……ざっと数百万匹」

三月十二日

カナダ　バンクーバー島

来る日も来る日も雨は降り続いた。

今年ほど雨が続く年が、ここ数年にあっただろうか。レオン・アナワクは波ひとつない海面に目をやった。海と、低く垂れこめた雨雲のあいだに、水銀色をした水平線がのびていた。ずっと向こうに、わずかな雲の切れ目が見える。しかし雲間ではなく、霧がこちらに向かっているだけかもしれない。太平洋はいつでも予告なしに機嫌を変えるのだ。

彼は水平線から目を離さずに、ブルーシャーク号の速度を上げた。それはゾディアックと呼ばれる大型エンジン搭載のゴムボートで、船は満員だった。防水のオーバーオールを着て、双眼鏡やカメラを持った十二名の乗客は全員待ちくたびれていた。クジラが現われるのを、一時間半以上も辛抱強く待っているのだ。二月に入ると、コククジラやザトウクジラはバハ・カリフォルニアの暖かい湾やハワイを離れ、夏の餌場となる北極圏へ向けて移動を始める。太平洋を出発してベーリング海を経由し、チュコト海までの距離は一万六千キロメートル。氷の浮かぶ楽園で、動物性プランクトンやオキアミをたらふく食べるのだ。そして夏の終わりが来ると、ふたたびメキシコに向けて長い旅路につく。そこで、最強の敵であるオルカから守られて出産する。つまり年に二度、クジラの群れがブリティッシュ・コロンビア州沖やバンクーバー島沖を通るわけだ。シーズン中、トフィーノ、ユークルーリト、ヴィクトリアなど海辺の町は、ホエールウォッチング・ツアーで大盛況となる。

ところが、今年は違った。

例年なら何種類かのクジラの先陣が来て、頭や尾びれが撮影されている頃だ。ツアーでクジラに会える確率は非常に高く、〈デイヴィーズ・ホエーリングセンター〉でも、クジラに遭遇できなかった場合、再度のツアー参加を無料保証しているほどだ。クジラが現れるまで数時間待つことはあったが、丸一日となると、それは不運だ。一週間も続けば心配になるが、そこまで続くことは今までなかった。

今年は、クジラはカリフォルニアとカナダのあいだのどこかに姿を消してしまったようだ。今日もツアーは不発で、客はカメラをしまった。家に帰ってからの話題は、船から眺めた岩の海岸のことぐらいだ。その美しい景観も雨にかすんでいたのだが。

アナワクは目に入る風景すべてを説明し、舌が乾ききってしまった。一時間半にもわたってこの地方の歴史を延々と語り、乗客の気分が沈まないように、面白い逸話を披露した。どうやら、客はクジラやクマの話には飽きたようだ。彼も話のネタが尽きてしまった。クジラはどこに行ってしまったのだろうか。それより、客足が減るのを心配するべきかもしれない。だが、それは彼の性分に合わなかった。

「では、そろそろ戻ります」

彼は告げた。

失望した乗客は沈黙した。クラークウォト入江を通る復路は、たっぷり四十五分かかる。そこで、彼はツアーをエキサイティングに締めくくろうと決めた。どのみち、全員すでにずぶ濡れだ。ゾディアックの船外ツインモーターがフル回転すれば、客は間違いなくアドレナリンを放出する。彼がサービスできるのはスピードだけなのだ。

トフィーノの岸辺の家並みが視界に入ったとたんに雨がやんだ。山々は灰色の厚紙で作った貼り絵のようで、頂上は雲に隠れていた。アナワクは乗客を降ろすと船をつないだ。栈橋《さんばし》に通じるタラップは滑りやすかった。〈デイヴィーズ〉のテラスには次の乗客が集まっている。今度のツアーも不発に終わるのだろう。だが、他人の心配をするのはうんざりだった。

「こんな状況が続けば、転職を考えないと」

彼が〈デイヴィーズ〉の売店に入ると、スーザン・ストリンガーが言った。カウンターの後ろで、パンフレットを棚に並べている。

「野生のリスの観察ツアーはどうかしら？」

〈デイヴィーズ〉では、民芸品や土産物《みやげもの》、洋服や本も売っていた。スーザンはその責任者で、大学の学費を稼ぐために働いている。アナワクも同じ目的でここで働きはじめたが、四年前に学位を取ったあとも艇長《スキッパー》として残っている。夏に働いて稼いだ金で、海棲哺乳動物の知性と社会構造についての本を出版すると、先駆的な実験が評価されて専門家としての名声を得た。ライジングスターと称され、報酬の高いオファーが入ってくると、バンクーバー島の自然の中での地味な生活は精彩を欠くようになった。いつかはオファーのある大都市に移り住むのだろう。前途は明るい。彼は三十一歳だ。大学の講師や、大きな研究機関の研究ポストに就くだろう。専門雑誌に論文を掲載し、国際会議に出席する。贅沢《ぜいたく》なタワーマンションに住み、眼下の通勤ラッシュの人波を見下ろして暮らすのだ。

彼はオーバーオールのボタンをはずしにかかった。

「どんな仕事でもあればいいが」

彼は乾いた声で言った。

「あるかしら？」

「じゃあ探しにいくか」

「ロッド・パームと、遠隔監視調査《テレメトリ》の結果を相談するのではなかったの？」

「もう済んだよ」

「それで？」

「たいした収穫はなかった。彼らは、一月にバンドウイルカとアシカ数頭にタグを取りつけた。けれど、イルカが移動を始めた直後、タグからの電波が途絶えた」

彼女は肩をすくめた。

「心配しないで、必ずやって来る。何千頭ものクジラが一度に姿を消すはずがない」

「いや、消えてしまった」

「シアトルで渋滞に巻きこまれているのかも。あそこの渋滞はすごいから」

彼女はにやりと笑った。

「それは面白いね」

「そんな深刻にならないで！　来るのが遅れた年もあったじゃない。ところで、今晩〈スクーナーズ〉に行かない？」

「……やめておく。シロイルカの実験準備があるから」

彼女はアナワクを睨んだ。

「仕事のしすぎじゃないの」

彼は首を振った。

「準備はしないと。ぼくには重要なんだ。それに、証券取引のことは何も知らないし」

ストリンガーのボーイフレンド、ロディー・ウォーカーを皮肉ったのだ。バンクーバーに住む証券ブローカーで、数日前からトフィーノに遊びに来ている。彼の休暇は、携帯電話で資金運用の話を大声でして、まわりを不愉快にさせることだ。この前は一晩中、アナワクに出身を根掘り葉掘り訊いた。以来、彼女はこの二人は友人になれないと確信した。

「信じないでしょうが、ロディーはほかの話もするのよ」

「本当に？」

「あなたが感じよくすれば」

それは嫌味に聞こえた。

「わかった。遅れていくよ」

「嘘！　来るつもりなんかないくせに」

彼はにやりとした。

「きみが感じよく誘ってくれれば……」

もちろん行かないだろう。二人ともそれはわかっている。

「気が変わったら、八時にね。重い腰を上げたほうがいい。トムの妹も来るわ。彼女、あなたのことが好きだし」

トムの妹が来るというのは悪くない。だが、トム・シューメーカーは〈デイヴィーズ・ホエーリングセンター〉の経営者の一人だ。それに、口実を使って断わったのに、それをくつがえすのは気がひける。

「よく考えてみるよ」

ストリンガーは信じられないというように首を振ると、笑って出ていった。

彼はしばらく売店で買い物客の応対をして過ごした。やがて、トムが来て交代した。アナワクはメインストリートに出た。〈デイヴィーズ〉は町の入口に位置する。赤い切妻屋根の、こざっぱりとしたこの地方独特の建物で、張り出し屋根つきのテラスがある。芝生の前庭には、ヒマラヤスギで作った、高さ七メートルのクジラの尾が看板代わりにそびえ立っている。そのすぐ横から樅《もみ》の木の深い森が始まっていた。まさにカナダを思わせる風景だ。カナダのイメージ作りには地元の人々も貢献している。人々は夜になるとランタンの灯りの下、庭先でクマと遭遇した話やクジラの背に乗った話を聞かせてくれる。ほとんどが本当の話だ。バンクーバー島にはカナダを象徴する神話もたくさんあった。トフィーノからポート・レンフルーにかけての島の西海岸には、なだらかな傾斜の浜辺、樹齢数百年の樅の木やヒマラヤスギに囲まれた静かな入江、湿原や川、荒々しい岩場があり、多くの観光客が訪れる。運がよければ、岸辺からコククジラを観察できるし、カワウソや日光浴をするアシカの姿も見られる。たとえ海が溢れるほどの雨を運んできても、この島は地上の楽園だ。

アナワクの視線は、その美しい光景には注がれていなかった。

町の中心に向かって少し歩き栈橋のほうへ曲がる。栈橋には、老朽化した長さ十二メートルのヨットが係留されていた。それは、もう一人の経営者デイヴィーの船だが、修復費用を出し渋っているのだ。その代わり、アナワクにわずかな家賃で貸している。彼にはバンクーバーに狭い自宅アパートがあるが、ほとんど帰らない。自宅は仕事で用があるときだけの、仮の住まいになってしまった。

甲板の下にあるキャビンから資料を持ちだすと、〈デイヴィーズ〉に戻った。バンクーバーには錆びついたフォードをおいてあるが、ここでは、シューメーカーの古いランドクルーザーを借りればこと足りる。その車に乗りこんでエンジンをかけ、〈ウィカニニシュ

・イン〉に向かった。数キロメートル離れた岬に立つ最高級ホテルで、太平洋を見わたす眺望が素晴らしい。雲の裂け目から青い空が顔を覗かせていた。よく整備された道路が深い森を貫いている。十分後、車を小さな駐車場に停め、朽ちた倒木のそばを歩いた。小道は夕闇が広がる深緑の中を登っていく。湿った大地の匂い。どこかで滴《したた》る水の音。樅の木の枝には苔《こけ》が生え、シダがぶら下がっている。あたりは生気に満ちていた。〈ウィカニニシュ・イン〉が目の前に現われた。経験から、人気《ひとけ》のない静かな場所なら仕事がはかどるとわかっている。天気もよくなってきた。浜辺なら、静かに資料に目が通せるはずだ。しばらくは明るいだろう。ホテルから海に通じるジグザグの急な木の階段を下りた。ホテルのレストランで夕食をとるのもいいだろう。味は素晴らしいし、生意気なウォーカーに会うより、食事をしながら夕日を眺めるほうがずっと気分がいい。

倒木に腰を下ろした。ノートとパソコンを開き十分ほど経ったころ、階段を下りて浜辺をぶらぶら歩く人影に気がついた。今、メタリックブルーの水際に佇《たたず》んでいる。ちょうど引き潮で、夕日に染まる砂浜に流木が打ち上げられていた。人影は急ぐでもなく、しかし、明らかにアナワクのほうに大きく迂回して近づいてくる。彼は額に皺《しわ》を寄せて、いかにも忙しいというふりをした。やがて、砂を踏む足音が聞こえてきた。彼は資料を凝視するが、集中できなかった。

「こんにちは」

低い声がした。

アナワクは目を上げた。

煙草を手にした華奢《きゃしゃ》で魅力的な女性が、優しい笑みを浮かべていた。五十代後半だろうか。銀色の髪をショートカットにして、日焼けした顔には大小いくつもの皺がある。濃い色のウインドブレーカーを羽織り、ジーパンに裸足だった。

「こんにちは」

思いがけず、彼の口から愛想のいい声が出た。彼女を見た瞬間、不快な思いはなくなっていた。彼女の深いブルーの瞳が好奇心に輝いている。若い頃はもっと情熱的に輝いていたにちがいない。今でも、どこかエロチックな光を放っている。

「何をしているの？」

いつもなら彼は曖昧《あいまい》に答えて、すぐにその場を去っただろう。よけいなお世話だと知らせる方法は、いくらでもある。

しかし、そうする代わりに答えが口をついて出た。

「シロイルカについてレポートを書いているんです。あなたは？」

彼女は煙草を深々と吸いこむと、まるで勧められたかのように、アナワクの隣に腰を下ろした。彼は横顔を眺めた。細い鼻梁《びりょう》、高い頬骨。どこかで会った気がした。

「わたしもレポートを書いているのよ。でも、出版しても誰も読んでくれないと思う」

彼女は言って、彼を見つめた。

「今日、あなたの船に乗せてもらった」

そうだったのか。サングラスをかけてフードを被《かぶ》っていた、あの小柄な女性だ。

「クジラはどうしたの？　一頭も顔を見せなかったわね」

「一頭もいないんです」

「どうして？」

「ずっと理由を考えているんですが」

「わからないの？」

「ええ」

彼女はうなずいた。まるで事情を知っているかのようだ。

「その気持ちは理解できるわ。わたしのも来ないけれど、少なくとも理由はわかるから」

「あなたの、とは？」

「待ってないで、探してごらんなさい」

彼女は質問には答えずに言った。

「探してますよ。手を尽くして探しているんです」

彼はノートを脇にどけた。どうして、このようにうちとけて話ができるのだろう。まるで旧知の人を相手にしているようだ。

「どんな方法で？」

「人工衛星を使う遠隔監視《テレメトリ》。ほかにも、超音波を使って群れの動きを探知できます。もっといろいろな方法がありますよ」

「それなのに、あっさり逃げられてしまった」

「やって来ないなんて、誰も考えていなかったから。三月の初めに、ロサンジェルスあたりで目撃されたのが最後で」

「もっとしっかり監視するべきだったわね」

「ええ、たぶん」

「全部が消えてしまったの？」

アナワクはため息をついた。

「全部ではない。少し複雑だけど、聞きたいですか？」

「聞きたくなければ、質問はしないわ」

「定住型のクジラは、ずっとここにいます」

「定住型？」

「バンクーバー島では二十三種のクジラを見ることができます。コククジラ、ザトウクジラ、ミンククジラは通過するだけだが、ここに生息するクジラもいる。たとえば、オルカには三種類あって」

「オルカ？　あのキラー・ホエールのことね」

「まったくばかげた呼び名だ。野生のオルカが人を襲ったという記録はありません。キラー・ホエール、殺し屋クジラ、こんなことを言いだしたのは、オルカを人類の一番の敵にたとえたクストーのような、ヒステリックな人々だ。いや、プリニウスだ！『博物誌』に何と書いてあるか知ってますか？〝野蛮な歯で武装した巨大な肉塊〟ですよ。本当に間抜けなやつだ。野蛮な歯なんてありますか？」

彼は腹立たしげに言った。

「野蛮な歯医者ならいるけれど」

彼女は煙草を吸った。

「それで、オルカの本当の意味は？」

彼は驚いた。このような質問をされたことがないのだ。

「オルカは学名に由来する」

「じゃあ、その学名の意味は？」

「学名はオルチヌス・オルカ。冥界の魔物。誰がそう呼んだかは、訊かないでくださいね」

彼女は笑いを噛み殺した。

「さっき、オルカには三種類あると言ったわね」

アナワクは海を指さした。

「沖合型オルカ。これについては、よくわかっていません。普通は外洋で生息し、ときどき姿を見せ、たいていは大きな群れをつくる。一方、回遊型オルカは小さな群れで回遊する。おそらく、このオルカが殺し屋のイメージなのでしょう。食べられるものは何でも食べますからね。アザラシ、アシカやイルカ、海鳥も。シロナガスクジラでさえ襲うことがある。ここのように岩の多い海岸地帯では海中にいますが、南米では砂浜で狩りをするんです。浜に乗り上げて、オットセイや小動物を捕まえる。すごいでしょう！」

彼はひと息おいて次の質問を待った。しかし、彼女は煙草の煙を吹きだしただけだ。

「三番目は、この島のすぐ近くに生息する定住型オルカ。島の地理はわかりますか？」

「少しなら」

「島の東海岸と大陸のあいだがジョンストン海峡。定住型はそこに一年中いて、サケだけを食べる。一九七〇年代初めに、生態を観察するようになったんです」

アナワクは言って、彼女を呆然と見つめた。

「どうして、こんな話になったんだろう。ぼくは何を説明しようと思ったんだ？」

彼女は笑った。

「ごめんなさい、わたしのせいだわ。何でも詳しく知りたいのよ。質問攻めにして、混乱させてしまったようね」

「職業柄？」

「生まれつきなの。あなたが説明しようとしたのは、どのクジラが姿を消し、どのクジラがここにいるのか」

「そう、それだ。でも……」

「時間がない」

アナワクはノートとパソコンに目をやった。レポートは今晩中に完成させなければならない。だが、夜は長い。それに空腹だ。

「このホテルに泊まっているんですか？」

「そうよ」

「今晩の予定は？」

彼女は眉を上げて、にやりと笑いかけた。

「まあ！　そんなこと訊かれたのは十年ぶり。わくわくするわ」

彼もほほ笑み返した。

「実を言うと、腹が減ってるんです。続きは、食事をしながら」

「いいアイデアね」

彼女は腰を上げた。煙草を消すと、吸殻をウインドブレーカーのポケットに入れた。

「一つ言っておくと、わたしは口が食べ物でいっぱいでも話しますよ。わたしが話さないですむような楽しい話をしてくれないと、ずっと話し続けるの。だから、あなたがんばってね」

彼女は言って、右手を差しだした。

「サマンサ・クロウ。サムと呼んで」


二人は窓辺のテーブルについた。ガラス張りの展望レストランは、ホテル本館から岩の上に張りだして建てられており、まるで海にせり出しているようだ。クラークウォト入江や、湾の背後に広がる森を眼下に一望できた。クジラを観察するにも最適な場所だ。とはいえ今年は、調理場から運ばれてくる魚料理を眺めて満足するしかない。

「困ったことに、回遊型や沖合型オルカがやって来ない。だから、島の西海岸にオルカの姿がないんです。定住型は東のジョンストン海峡にちゃんといるが、西海岸には来ようとしない。年々、ジョンストン海峡のほうは棲みにくくなっているのに」

「どうして？」

「もし、あなたの家の庭にフェリーや貨物船、豪華客船やレジャーボートが頻繁に入ってきたらどうですか？　それに、この地方の主要産業は林業だ。森の木はカーゴでアジアに運び去られてしまう。木がなくなると川は砂で埋まり、サケの産卵場所がなくなる。定住型オルカはサケしか食べない」

「なるほど。でも、あなたの心配はオルカだけではない」

アナワクは首を振った。

「いちばんの心配は、コククジラとザトウクジラです。もしかすると、まわり道しているのかもしれない。それとも、ボートからじろじろ見られるのが嫌なのか。けれど、そんなことではないでしょう。三月の初めにバンクーバー島に現われる大群は、何カ月も餌を食べていないんです。バハ・カリフォルニアで越冬するときは、体に蓄えた脂肪だけで生きている。脂肪を消費し尽くし、ここにやって来て初めて餌を口にする」

「ずっと沖を回遊しているのかもしれない」

「それでは充分に餌は獲れません。たとえば、コククジラの餌のほとんどはウィカニニシュ湾にいる。外洋には、餌となるオヌフィス・エレガンスはいないんです」

「エレガンス？　優雅な名前ね」

彼は笑みを浮かべた。

「ゴカイですよ。ひょろ長い。湾の底の砂地にうようよいるんです。コククジラの大好物だ。ここでおやつを食べないと、クジラは北極海まで行き着けない」

彼は唇を水で湿らせた。

「一九八〇年代の中頃、ほとんど姿が見られない時期がありました。でも、その理由は明らかだ。当時、コククジラは乱獲されて絶滅したのも同然だった。それから厳重に保護されるようになった。今では世界中に二万頭が生息し、その大半がこの付近に回遊してくる」

「今年は一頭も現われないの？」

「コククジラの中にも定住型がいます。当然ずっとここに生息するけれど、数は少ない」

「ザトウクジラは？」

「同じです。やって来ない」

「あなた、シロイルカについてのレポートを書いてると言ったわね？」

アナワクはしげしげと彼女を眺めた。

「今度はあなたの話が聞きたいな。好奇心旺盛なのは、あなただけじゃない」

クロウは、面白がるような視線を彼に向けた。

「本当に？　あなたは、いちばん肝心なことをもう知っている。わたしは質問ばかりする、うるさいおばさんだということ」

ウエイターが、グリルした海老をのせたサフラン風味のリゾットを持って現われた。今晩は、一人でここで食事をするつもりではなかったのかと、アナワクは思った。おしゃべりなどしている場合ではないが、彼女のことはすっかり気に入った。

「あなたは何を探しているんですか？　誰を？　その理由は？」

彼女は、ガーリックの香りがする海老の殻《から》をはずしている。

「ごく単純に『誰かいますか？』って尋ねるの」

「誰かいますか？」

「そうよ」

「で、返事は？」

海老が、彼女のきれいに並んだ白い歯のあいだに消えた。

「まだ一つも来ない」

「もっと大きな声で尋ねてみるといい」

彼は浜辺の仕返しをしたつもりだ。

「そうしたいけれど」

クロウは口を動かしながら答えた。

「現在の技術では、せいぜい二百光年までなの。それでも一九九〇年代半ばには、六十兆のシグナルを解析した。その中で、自然現象だとして除外できないものが、三十七ある。誰かがハローと言っているのかもしれないわね」

アナワクは彼女をじっと見つめた。

「もしかして、ＳＥＴＩのこと？」

「そうよ。地球外知的文明探査《SETI》。厳密にはフェニックス・プロジェクト」

「宇宙空間に耳を傾けているんですね？」

「わたしたちの太陽に似た恒星は千個あって、どれも誕生から三十億年以上経っている。同様のプロジェクトはたくさんあるのよ。自慢ではないけれど、わたしたちのが最高ね」

「すごい！」

「そんなに驚くほどのことではないわ。あなたはクジラの鳴き音を分析して、何を言っているのか解明しようとする。わたしは宇宙空間に耳を澄ませる。宇宙には知的文明がたくさん存在すると確信しているから。でも、あなたの研究のほうがわたしのより進展している」

「ぼくが調査するのはいくつかの海だけで、あなたは全宇宙だ」

「それは尺度が違うだけ。深海は宇宙よりも未知の世界だと思うわ」

彼はすっかり魅了された。

「知性体のものだとわかるシグナルは受信したんですか？」

彼女は首を振った。

「いいえ。整理のできないシグナルは受信した。けれど、コンタクトの可能性は少ないの。ありそうもないわね。フラストレーションが溜まって、橋から身投げするしかないわ。でも、ここの食事はおいしいから、やめておく。それに、わたしはこの仕事が大好きなの。虜《とりこ》になっているのね、あなたがクジラの虜になっているように」

「少なくとも、クジラなら存在することがわかっている」

「今は存在しないかもしれない」

クロウは笑みを浮かべた。

彼の頭の中に訊きたいことが次々と浮かんだ。ＳＥＴＩには昔から興味があったのだ。

地球外知的文明探査は一九九〇年代初め、奇しくもコロンブスの新大陸発見の記念日にＮ

ASAで始まった。この斬新な計画のために、世界最大の電波望遠鏡がプエルトリコのアレシボに建造された。SETIは有力なスポンサーを多く得て、地球外知的文明探査のさまざまなプロジェクトを進めた。フェニックス・プロジェクトはそのうち最も有名なものだ。

「あなたは、映画『コンタクト』でジョディ・フォスターが演じた女性ですか?」

「わたしはジョディ・フォスターの宇宙船に乗って、エイリアンのところに行きたいと願う女性よ。レオン、あなたのような人に出会うことはめったにない。仕事について訊かれたら、普通わたしは音《ね》を上げてしまう。うんざりするほど説明しなければならないから」

「ぼくもです」

「そうだった、そう言ってたわね。でも、今日はわたしのせいだけど。で、何の話が聞きたいの?」

彼は即座に尋ねた。

「成果がないのはどうして?」

クロウは楽しそうな顔になった。しばらく黙って海老の身を殻からはずしていた。

「成果がないと、誰が言ったの? わたしたちの銀河には千億個もの星がある。惑星の光は微弱で、地球に似た惑星を見つけるのは至難の技なのよ。人工的にその光を増幅するしかない。でも理論上、惑星はたくさんある。あなたも、千億の星のシグナルを聴いてみて！」

「それじゃあ、二万頭のザトウクジラを相手にするほうがずっと楽だ」

アナワクはにやりとした。

「わたしの仕事は、すっかり老けてしまうほど、気の遠くなるようなものなのよ。たった一匹の小さな魚の存在を確認しようと、大洋の水を一リットルずつ汲んでは観察するようなもの。しかも、魚は動きまわる。世界が終わる日まで同じ作業を繰り返し、該当する魚は存在しなかったと結論しても、実は、魚は汲み上げた一リットルの中にいないだけで、大きな海の中を泳いでいる。フェニックス・プロジェクトは、海水にたとえれば一度に何リットルもの水を観察できる。もちろん上限はあって、ジョージア海峡ぐらいの水かしら。とにかく、汲んだ水の中以外に文明がある。証明はできないけれど、わたしは無数にあると信じている。ところが宇宙は今も膨張を続けていて、情けないことに、わたしたちのチャンスはどんどん薄まっていく。アレシボのコーヒーメーカーで入れるエスプレッソより薄いかも」

彼は考えこんだ。

「いつだったか、ＮＡＳＡが宇宙に向けてメッセージを発信したのでは？」

彼女の目が光った。

「ただ聴いていないで、自分から大声を上げろということね。一九七四年、NASAは比較的近い球状星団M13に向けて、アレシボからメッセージを送った。でも、わたしたちの問題を解決するには至らない。メッセージは恒星間のどこかへ行ってしまい、わたしたちが発信したものか、誰かが発信したものかわからなくなる。誰かが受信するとすれば、それはまったくの偶然でしかない。それに、発信するより傍受するほうが経済的だし」

「それでも、可能性は高くなるでしょう」

「可能性を高めようと思ってないのかもしれない」

「なぜです?」

彼は驚いて尋ねた。

「わたしたちは高めたい。でも、疑問視する人も多い。人間の存在を知らせないほうがいいと考える人もいるの。存在が知れれば、わたしたちを美しい地球から追いだしにエイリアンがやって来る。人間を食べつくしてしまう!」

「ばかげた話だ」

「そうかしら? わたしは、宇宙旅行をする知性体がいると思う。歓声の上がるスタジアム上空を飛んでいるかもしれない。だから、この論争は続けるべきだと思う。自分たちのことを知らせる方法を考えたほうがいい。そうしないと、人間のことを誤解されるリスクだって出てくるわ」

アナワクは黙りこんだ。突然、クジラのことを思い出したのだ。

「落ちこんだりしないんですか？」

「落ちこまないわけがない。だから煙草を吸って、映画をビデオで観るのよ」

「目的が達成できたら？」

「いい質問ね」

彼女は言って、テーブルを指先で一心にこすった。

「わたしたちの真の目的が何か、わたしは何年も問い続けてきた。もし、その答えがわかったら、研究をやめるでしょうね。答えはいつでも最後にやって来るものだわ。もしかすると、わたしたちが孤独な存在であることに耐えられないからなのかもしれない。人間の存在が、一度きりの偶然の産物だとは考えたくない。その一方で、わたしたち以外に誰もいないという特権的な存在を、証明したいのかもしれない。わたしに答えはわからない。ところで、あなたはなぜクジラやイルカを研究しているの？」

「それは……知りたいから」

違う——それは違うと彼は思った。ただの好奇心だけではない。では、何のために？

彼女の言うとおりだ。二人とも同じことをしている。自分の宇宙に耳を澄ませ、返事を待っている。人間ではない知性体と交流したいと熱望しているのだ。

できるはずがないというのに。

クロウは彼の考えていることを察したようだ。

「エイリアンが劣っているなんて、幻想を抱いてはならない。結局は、エイリアンが人間をどこまで容赦するかが問題になる。わたしたちが何者で、彼らが人間をどう扱うか。とどのつまりは、人間の存在意義が問われるのよ」

彼女は椅子の背に身を預けた。顔には魅力的な笑みが広がっていた。

それから二人はさまざまな話をしたが、クジラや知性体はもう話題にのぼらなかった。やがてサロンの暖炉の前に移り、彼女はバーボンを、彼はいつものように水を飲みながら話に花を咲かせた。十時半少し前、二人は立ち上がった。クロウはあさって発《た》つそうだ。彼女はアナワクを送って外に出た。ついに雲は去り、満天の星が輝いている。二人は夜気を吸いこんで、しばらく空を見上げていた。

「あの星々は何か言ってますか?」

「クジラは何か言っている?」

彼は笑った。

「何にも」

「クジラに会えるといいわね」

「会えたら、知らせますよ」

「ぜひ知らせてちょうだい。あっという間に時間が過ぎたわ。今晩は楽しかった。またどこかで会えたらいいわね。でも、そんなにうまくいくものじゃないけれど。クジラたちによろしく！　クジラは、あなたのような友人がいて幸せね。あなたはいい人だから」

「どうしてわかるんです？」

「わたしに届く電波には、知性や信念という波長もあるのよ。じゃあ、元気でね！」

二人は握手した。

「きっとオルカとなって、また会えますよ」

「オルカとなって？」

「いい人間はオルカに生まれ変わると、先住民クワキウトル族は信じている」

「それ、気に入った！」

クロウは満面に笑みを浮かべた。彼女の皺は笑い皺だったのだと、アナワクは気づいた。

「あなたも信じているの？」

「まさか」

「どうして？　あなたもその一人でしょう？」

「何の一人？」

彼女の言いたいことは察していたが、それでも彼は尋ねた。

「先住民」

アナワクは胸の奥がこわばっていくのを感じた。彼女の瞳に自分の姿が映っていた。中背で筋肉質の男。えらの張った赤銅色の顔。切れ長の目。額にかかる髪は漆黒の直毛だ。

「そんなところかな」

長い沈黙のあと、彼は言った。

クロウは彼を一瞥《いちべつ》すると、ウインドブレーカーのポケットから煙草を取りだした。火をつけて深々と吸った。

「またわたしの妄想だったのね。じゃあ、またね！」

「おやすみなさい」

三月十三日

ノルウェー海岸および北海海上

その後の一週間、ティナ・ルンから連絡はなかった。そのあいだシグル・ヨハンソンは、病気で休んだ教授の代講を務め、予定より多くの講義をこなした。さらに、《ナショナル・ジオグラフィック》誌に掲載する論文を作成し、ワインのコレクションを増やす作業にも邁進《まいしん》した。アルザスのリクヴィールに住む知人に久しぶりに連絡をとったのだ。彼は有名なワイナリー〈ヒューゲル・エ・フィス〉の代表で、貴重なワインを所有している。取り寄せたうちの何本かは誕生日用にとっておくつもりだ。また、ゲオルク・ショルティ指揮『ニーベルングの指輪』一九五九年のビニル盤レコードも手に入れ、夜はそれを聴いて過ごした。ルンのゴカイは、ヒューゲルとショルティの圧倒的な存在感の影に潜りこんでしまった。まだ鑑定結果は出ていない。

九日後、彼女がついに電話をかけてきた。だが、明らかに上機嫌とわかる声だ。

「やけにはしゃいでいるようだね。研究者としての客観性は大丈夫なのか？」

「たぶん」

彼女は謎めいた口調で言った。

「何かあったのか？」

「それはあとで。ところで、明日、海洋調査船のトルヴァルソン号が大陸縁辺部でロボット潜水機を下ろすのだけど、あなたも行かない？」

ヨハンソンは明日の予定を思い浮かべた。

「午前中は忙しい。硫黄細菌のセックスアピールについて、学生たちに教えるから」

「くだらない講義ね。船は早朝に出港するのよ」

「どこから？」

「クリスチャンスン」

トロンヘイムから南西に車で一時間ほど行った海辺の町だ。風が強く、岩の海岸はいつも荒波に洗われている。近くの空港と、ノルウェーの大陸棚や海溝に沿って点在する海洋プラットフォームのあいだを、ヘリコプターが往復していた。ノルウェー沿岸だけで、石油や天然ガスを生産する海洋プラットフォームは約七百基ある。

「あとから行けるだろうか？」

「たぶん大丈夫。あなたといっしょにあとから行くのも悪くないわ。あさっての予定は？」

「延期できる予定ばかりだ」

「それなら決まり！　二人であとから行って、船で一泊しましょう。そうすれば、じっくり観察し評価を下せる」

「きみも、それでいいのか？」

「そうね……それならわたしは海岸で半日過ごせるし。午後早くに合流して、いっしょにガルファクスに飛び、そこからトルヴァルソン号に送ってもらえばいい」

「いつもきみはアドリブで複雑なアイデアを思いつくね」

「あなたの都合を考えただけ」

「それなら、きみだけ早朝にトルヴァルソンに乗ればいいじゃないか」

「いっしょに行きたいのよ」

「よく言うよ。ま、しかたない。きみは海岸にいるんだね。どこで待ち合わせる？」

「スヴェッゲスンヌ」

「勘弁してくれよ。どうして、そんな寂しい村で？」

「素敵な村だわ！〈フィスケフーセ〉で会いましょう。知ってる？」

「以前、その村で文明の賜物を探し歩いたことがあってね。海岸にあるレストランだろう？　古い木造教会の隣の」

「そのとおり」

「三時でいいか？」

「結構よ。迎えのヘリコプターを手配しておく」

彼女はひと息おいた。

「結果は何かわかった？」

「まだだが、おそらく明日には」

「ちょうどよかった」

「心配ない、きっと届くだろう」

二人は受話器をおいた。ヨハンソンはゴカイのことがふたたび頭に浮かび、額に皺を寄せた。真剣に考えなければならない。

調査研究が進んだ生態系の中に、無から湧いたように新種が現われるとは本当に驚きだった。本来、ゴカイ自体に問題はない。ゴカイを嫌う人も多いが、それは、集団でいる様子が心理的に嫌悪感を抱かせるためだ。それを除けば、ゴカイは有益な生物だ。

むしろ重要なのは、あのゴカイを発見した場所だ。もしコオリミミズの仲間ならば、間接的にメタンを食べて生きていることになる。メタンはノルウェー沿岸の大陸斜面なら、どこにでも存在する。

それにしても奇妙だ。

分類学者や生化学者がいずれ解明してくれるだろう。ヒューゲルのゲヴュルツトラミナーを味わいながら、結果を待つとしよう。ゴカイがうようよいるのとは対照的に、こちらは希少な白ワインなのだ。特にヴィンテージものは。


翌日、ヨハンソンはオフィスに届いた二通の封書を見つけた。どちらも分類学者の所見だ。結果に目を走らせ、再度じっくり目を通した。

まさに奇妙な生物だ。

所見をまとめて書類鞄に入れて講義に向かった。二時間後、彼のジープは起伏の多いフィヨルドの風景の中を、クリスチャンスンに向かって走っていた。気温が上がり雪はほとんど解け、茶色の地面が顔を出している。この季節、頭を悩ませるのが服の選択だ。大学スタッフの半分が風邪《かぜ》をひいている。彼はヘリコプターで運べる重量ぎりぎりの荷物をつめた。海上で鼻風邪をひきたくないし、ただ寒さを防ぐだけの服には満足できなかったのだ。こんな荷物を持って現われたら、いつものようにルンに笑われるだろうが、それでもかまわない。携帯サウナだって持参したいくらいだ。ほかにも、船で一泊するならと、二人で味わう品々もつめてきた。彼女はただの友人だが、距離をおく必要もない。

ヨハンソンはゆっくり車を走らせた。クリスチャンスンには一時間たらずで着けるだろうが、急ぐのは性に合わない。半分ほど進んだところで、フィヨルド沿いの道に変わった。いくつもの橋を越え、大自然の光景を満喫しながら走る。ハルサの近くでフィヨルドを渡るフェリーに乗った。船を降りると、車はクリスチャンスンに向かって走る。灰色の海にかかる橋をいくつも渡った。クリスチャンスンは多くの小島の上に形成された町だ。その町を通り抜け、アヴェロイと呼ばれる歴史の長い島に渡った。最終氷河期が終わってすぐに人が住みはじめた土地の一つだ。スヴェッゲスンヌは、島の最先端に位置する小さな漁村だった。ハイシーズンには観光客が大挙して押しよせ、周囲の島々とのあいだを渡し舟がひっきりなしに行き交う。今は人もまばらで、賑やかな夏の訪れを静かに待っていた。

二時間のドライブのあと、ヨハンソンは〈フィスケフーセ〉の砂利の駐車場に車を乗り入れた。テラスのある、海に面したレストランは閉まっている。ルンは寒さも気にせず、戸外の木のテーブルに座っていた。見知らぬ若い男といっしょだ。木のベンチに並んで座る二人の姿に、ある疑いが芽生えた。彼は二人に近づき、小声で言った。

「早すぎたかな?」

ルンが顔を上げた。瞳には奇妙な光が輝いていた。ヨハンソンは隣の男に視線を向けた。二十代後半のスポーツマンタイプで、濃いブロンドの髪のハンサムな男だ。疑いは確信に変わった。

「出直そうか?」

彼は間延びした声で訊いた。

「こちら、コーレ・スヴェルドルップ。彼がシグル・ヨハンソン」

彼女が紹介した。

ブロンドの男がほほ笑んで、彼に右手を差しだした。

「ティナからあなたのことは聞いています」

「きみを心配させるようなことは、何も話していないといいが」

スヴェルドルップは笑った。

「いえ、すっかり聞きましたよ。教授仲間でいちばん魅力的な人だと」

「いちばん魅力的なお爺さん」

ルンが訂正した。

「助平な爺さん」

ヨハンソンは補足した。二人の向かいに腰を下ろすと、アノラックの襟を立ててから、所見のファイルを脇においた。

「分類学の所見だ。非常に詳細だから、要約しようか」

彼は言って、スヴェルドルップを見た。

「退屈させて悪いね。この件のことはティナから聞いてる？　それとも彼女、甘いため息しかつかないかい？」

ルンが怖い目をして彼を睨んだ。

「はいはい、わかりました」

彼はファイルの中から所見の入った封筒を取りだした。

「きみのゴカイをフランクフルトのゼンケンベルク自然博物館と、スミソニアン協会に送っておいた。私の知る中で最高の分類学者がいるからね。どちらもゴカイの専門家だ。電子マイクロスコープでスキャンするようにも依頼しておいたのだが、結果はまだだ。質量スペクトル分析も結果待ち。だが、専門家たちの意見がどこに落ち着くかはわかる」

「つまり？」

ヨハンソンはベンチの背にもたれ、脚を組んだ。

「意見は一致しないということだ」

「なんと役立つ情報かしら」

「大筋では、私の第一印象はあたっていた。かなりの確率で、あれはヘジオチェカ・メタニコラという種だ。広くはコオリミミズとも呼ばれている」

「メタンを食べるという意味？」

「その表現は正しくないが、まあいいだろう。第一部はそこまで。第二部は、非常に際立った顎と歯を備えているということ。こういう特徴を持つのは肉食獣か、何かに穴を開けたり、嚙みつぶしたりするためだ。ゴカイにしては珍しい」

「どうして？」

「実際、コオリミミズにそんな巨大な器官は必要ない。顎はあるが、ずっと小さい」

スヴェルドルップは当惑気味に笑みを浮かべた。

「ドクター・ヨハンソン、そんな生物のことはわからないが、面白いですね。なぜ、顎が必要ないのですか？」

「共生しているからだ。メタンハイドレートに生息するバクテリアを摂取……」

「ハイドレート？」

ヨハンソンはルンをちらりと見た。彼女は肩をすくめた。

「説明してあげて」

「簡単なことだ。海には大量のメタンが眠っていると、聞いたことはない？」

「そういう記事はよく目にします」

「メタンは気体だ。海底や大陸斜面の地層には膨大なメタンが溜まっていて、一部は海底表面で凍っているんだ。高水圧と低温で、水とメタンが氷結する。そういう状態が生まれるのは、かなりの深海だ。その氷をメタンハイドレートという」

スヴェルドルップはうなずいた。

「よろしい。さて、バクテリアは海のどこにでも存在する。その中にはメタンを活用する種もある。メタンを食べて硫化水素を排泄《はいせつ》するんだ。バクテリアは顕微鏡でしか見えないほど小さいが、大群で現われて、海底をマットのように覆いつくしてしまう。こういうバクテリアマットは、メタンハイドレートがあるところで見つかる。ここまで質問は？」

「ありません。そろそろ、ゴカイが登場するんですね」

「そのとおり。バクテリアの排泄物を食べて生きるゴカイがいる。つまり、バクテリアと共生関係にあるわけだ。バクテリアを食べて排泄物を摂取することもあるし、皮膚にバクテリアが寄生することもある。いずれにせよ、餌の摂取にバクテリアが介在しているのだ。そのため、ゴカイはメタンハイドレートに生息することになる。そこは棲みやすいからね。バクテリアを安定して確保できるから、ほかにすることは多くない。たとえば、どこかに穴を掘る必要もないのだ。食べるのはメタンハイドレートにいるバクテリアであって、メタン氷ではないから。せいぜい少し動いて、氷に浅い窪みを作るくらいだ。そこに満足して棲めるように」

「なるほど。深く掘る理由はないのですね。では、深く掘るゴカイはいないのですか？」

「さまざまな種類がある。堆積物《たいせきぶつ》を食べるものや、堆積物の中にある物質を食べるもの。あるいは、デトリタスを分解する種類もある」

「デトリタス？」

「海面から深海に沈んだあらゆる物質。死骸やあらゆるものの残骸だ。バクテリアと共生しないゴカイにも、かなりの種がいる。たくましい顎を使って獲物に襲いかかったり、どこかに穴を掘ったり」

「いずれにせよ、コオリミミズには顎は必要ないのですね」

「いや、メタン氷を少し噛みつぶして、バクテリアを選り分けるのに顎は必要だ。けれど、ティナの見つけたゴカイほど強大な顎は必要ない」

スヴェルドルップは楽しくなってきたようだ。

「もしティナのゴカイが、メタンを食べるバクテリアと共生するとしたら……」

ヨハンソンはうなずいた。

「顎と歯でできた武器にどんな役割があるのかを、解明しなければならない。さあ、ここからもっと面白くなるぞ。分類学者は、顎の構造が適合しそうな二つ目のゴカイを発見したんだ。ネレイスと呼ばれる、深海ならどこにでもいる肉食のゴカイだ。ティナのゴカイはネレイスの顎と歯を持っているが、ネレイスの祖先を連想させる特徴もある。ティランネレイス・レックスだ」

「不気味な名前ですね」

「雑種の感じだ。とにかく、マイクロスコープとDNA分析を待たなければ」

「大陸斜面にはメタンハイドレートが無尽蔵にあるから、それなら合うかもしれないわ」ルンは言って、考えこむように下唇を引っ張った。

「まあ、結果を待とう」

ヨハンソンはつぶやくと、スヴェルドルップをじろりと見た。

「ところで、きみは何をしているの？　やはり石油会社で働いているのか？」

「いいえ、ぼくの興味は人間の食べ物だけ。シェフなんです」

「どうぞよろしく！」

「彼の料理の腕はすごいのよ！」

すごいのはそれだけではないのだろうと、ヨハンソンは思った。彼女には惹《ひ》かれるが、やはり自分にはどこか重すぎる。今日も、持参したおいしいものを彼女といっしょに食べるかもしれない。だが恋人の存在を知って、内心ほっとした。

「それで、きみたちはどこで知り合ったの？」

彼は興味なさそうに訊いた。

「去年、このレストランを引き継いだんです。ティナは何度か食事に来てくれたけれど、いつも挨拶を交わすくらいで。でも、それは先週までのこと」

彼は言ってルンの肩に腕をまわした。彼女は身を寄せた。

「雷に打たれたという感じかしら」

「見ればわかるよ」

遠くからヘリコプターの近づく音が聞こえてきた。


三十分後、二人は油田の作業員たちとともにヘリコプターに乗っていた。ヨハンソンは無言で外を眺めた。眼下に、波の高い鉛色の海が広がっている。天然ガスや原油タンカー、フェリーを何隻も追い越し、やがて海洋プラットフォームが視界に入った。一九六九年、荒れ狂う冬の夜、アメリカの石油会社が北海で石油を発見した。以来、ハルテンバンクというトロンヘイム沖にある浅瀬からオランダにかけての北の海は、海底に脚を固定されてじっと立つ海洋プラットフォームが並ぶ、風変わりな工業地帯に変貌を遂げた。晴れた日には、船上から巨大なプラットフォームをいくつも見ることができるが、ヘリコプターから見下ろすと、まるで巨人の玩具のようだった。

突風が機体を激しく揺らした。彼はヘッドホンの位置を直した。全員が耳あてをつけ、ぶ厚い防護服を着こんでいる。機内は膝が接するほど狭く、騒音で会話もできない。ルンは目を閉じていた。頻繁に行き来しているから、ヘリコプターの轟音も気にならないのだろう。

機体がカーブを描き、南西に向かった。目的地であるガルファクスは、国営石油会社スタットオイルの所有する、海洋プラットフォームの総称だ。そのうち、ガルファクスCは北海の北端水域では最大級のプラットフォームで、二百八十名が一つのコミュニティを形成している。厳密には、ヨハンソンはそこに降りることさえ許されない。何年か前に、プラットフォームへの立ち入り許可を得るのに必要な講習を修了した。しかし、いつの間にか保安措置が強化されていたのだ。そこで、ルンがコネを使った。そうはいっても、ガルファクスに滞在する時間はわずかだ。一時間前から停泊しているはずのトルヴァルソン号にすぐに乗船するのだから。

一瞬、強烈な乱気流で機体が急降下した。彼は座席にしがみついたが、ほかは誰も反応しない。乗客はもっと大きな嵐にも慣れているのだ。ルンが振り返ってウインクした。

コーレ・スヴェルドルップは運のいい男だ。

だが、ルンの歩調に遅れずついていけるだろうか。

ヘリコプターはしばらく下降を続け、またカーブを描いた。海がヨハンソンに迫る。白い高層ビルが視界に入った。海面に浮かんでいるようだ。着陸態勢に入った。一瞬、ガルファクスCの全貌が横の窓いっぱいに飛びこんできた。四本の鉄筋コンクリート製の脚で立つ巨人は重量百五十万トン、全高は四百メートルにも達する。その大半が海中にあり、脚のまわりにタンクが林立している。居住施設である白い高層ビルは、巨大プラットフォームのほんの一部分だ。主要部分は、素人《しろうと》目には無秩序に何層にも重なるデッキにしか映らない。複雑な機材や機械がつめこまれ、直径一メートルはあるパイプの束が縦横無尽に走っている。坑井《こうせい》タワーが労働者の大聖堂のように、クレーンをいくつも従えてそびえ立っていた。海上に突きだした鋼鉄製の巨大なフレアスタックの先端に、決して消えることのない炎が吹きだしている。原油から分離した余剰ガスを燃やしているのだ。

ヘリコプターは居住施設のヘリデッキに向かって降下し、驚くほど静かに接地した。ルンはあくびをしながら、空間が許すかぎり四肢を伸ばした。やがて、ローターが停止した。

「快適な空の旅だったわ」

彼女が言うのを聞いて、誰かが笑った。扉が開いて乗客は降りた。ヨハンソンがヘリデッキの端まで行って見下ろすと、百五十メートル下で波が白く泡立っていた。切り裂くような風に、オーバーオールがはためいた。

「転覆するようなことはないのか？」

「ここが転覆するなんてありえない。さあ行きましょう」

ルンは彼の腕をつかむと、乗客たちのほうに急《せ》かした。彼らはヘリデッキの反対側に消えようとしている。豊かな白い髭をたくわえた、小柄でがっしりした男が鋼鉄の階段の踊り場に立ち、手を振っていた。

「ティナ！　石油が恋しくなったのか？」

「あれはラーシュ・ヨーレンセン。ガルファクスCに来るヘリコプターと船舶の監視責任者。あなた、きっと気に入るわ。彼はチェスの名手なの」

ヨーレンセンが近づいてきた。スタットオイルのTシャツを着たその姿は、ガソリンスタンドの給油係のようだ。

「あなたが恋しかったのよ」

ルンは笑って言った。

ヨーレンセンはにやりとした。彼女を胸に抱くと、白髪が彼女の顎の下に隠れるほど背が低い。それから、ヨハンソンと握手した。

「酷い天気の日を選んで来たもんだ。晴れてれば、ノルウェーの誇るべき石油産業が一望できるってのに」

「今、忙しいですか？」

螺旋《らせん》階段を下りながら、ヨハンソンが訊いた。

ヨーレンセンは首を振った。

「いつもと同じだ。あんた、プラットフォームに来たことがあるかい？」

たいていのスカンジナビアの男らしく、すぐに気安い口調になった。

「ずいぶん昔に。生産量はどのくらい？」

「どんどん減ってると思う。ガルファクスではずっと前から一定してて、二十一の坑井から二十万バレルだ。それで満足したいが、そうもいかない。ま、先は見えてるな」

彼は言って、海上を指した。数百メートル先に、ブイにつながれたタンカーが見えた。

「今、あれに積みこんでるんだ。もう一隻満タンにしたら、今日の仕事は終わり。油はどんどん減っていき、いつか枯れてしまうが、どうしようもない」

坑井はプラットフォームの直下ではなく、かなり離れた周囲に点在する。原油を汲み上げると、まず塩分と水分を除いてガスを分離し、プラットフォームの脚部にあるタンクに溜める。そこからパイプラインを経由してブイに送る。プラットフォームの周囲五百メートルは保安区域で、船舶の航行は禁止されている。例外はプラットフォームの補修船だけだ。


ヨハンソンは鋼鉄の手すりの向こうを見つめた。

「トルヴァルソン号はここには着けないいんだね?」

「別のブイだ。ここからは見えないが」

「調査船は絶対に近づけない?」

「だめだ。ガルファクスの船じゃないし、われわれの趣味からも大きすぎる。さ、もう終わり! 説明するのはうんざりだ。漁師たちに、お前らのケツをどこかに持ってけと、さんざん言ってやったからな」

「漁船とトラブルでも?」

「まあね。先週、魚の群れを追ってプラットフォームの下まで入りこんできたやつらを捕まえたんだ。やつらはいつも出没する。この前はガルファクスAが危なかった。小型タンカーがエンジントラブルで漂流してきたんだ。手を貸そうと、こちらの人間を送ったんだが、やつら自力で出ていった」


ヨーレンセンが語ったことは、誰もが心配する大惨事につながる可能性がある。油を満載したタンカーのもやいが切れてプラットフォームに漂流する。衝突すれば、小さなプラットフォームなら揺れるし、爆発の危険性もある。プラットフォームにはスプリンクラーが設置され、火災を感知すれば何トンもの水が放水されるとしても、タンカーの爆発は一巻の終わりを意味する。とはいえ、この種の事故はめったにない。むしろ、保安規則が甘い南米のほうが心配だ。北海では規則は遵守され、強風の中でタンカーに油を積むことさえ禁じられている。

「痩せたわね」

ルンがヨーレンセンに言った。彼は居住施設に入る扉を開けて押さえている。三人は中に入って通路を進んだ。両側には同じような居室の扉が並んでいた。

「料理がまずいの？」

「うますぎるくらいだ。シェフの腕は本当にすごいぞ。食堂を見てくといい」

彼は答えると、今度はヨハンソンに向かって言った。

「ここと比べたら、ホテル・リッツは海岸に並ぶ屋台だ。けど、おれたちのシェフは北海のデブ男が嫌いでね、よけいな体重を落とせと命令したんだ。でなきゃ、追放だってさ」

「本当に？」

「スタットオイルからの指示だ。本気かどうか知らないが、脅しには効果がある。誰も仕事を失いたくないから」

やがて三人はまた階段を下りた。作業員たちが上がってきた。すれちがいざま、ヨーレンセンが挨拶した。甲高《かんだか》い足音がスチール製のシャフトに反響する。

「終点だ。選択肢は二つ。右は、コーヒーを飲みながらおしゃべり。左には、あんたたちを船に運ぶランチが待っている」

「できればコーヒーを……」

ヨハンソンが言うのを、ルンがさえぎった。

「時間がないの」

「トルヴァルソンは、あんたたちが乗るまで出航しないから、少しくらい……」

ヨーレンセンが不満そうに言いかけた。

「ぎりぎりの時間に駆けこみたくないのよ。今度はゆっくり来るわ。またシグルも連れてくるから。あなたなんかチェスでやりこめられてしまうわ」

ヨーレンセンは笑って、肩をすくめながら外に出た。二人もあとに続くと、風が頬を打った。そこは居住施設の最下層の端だ。通路の床はグレーチング仕様で、鋼鉄の網目から波のうねりが見えた。風が建物にあたって轟音を上げ、ヘリデッキよりも騒々しい。ヨーレンセンに案内されて短いギャングウェイに入ると、オレンジ色の大型ランチがクレーンにぶら下がっていた。

「トルヴァルソンで何をするんだ？　スタットオイルは外洋に何か建てると聞いたが」

「たぶん」

「プラットフォームか？」

「ＳＷＯＰじゃないの」

それは一《S》坑井用《W》プラット《O》フォーム《P》の略だ。ＳＷＯＰは水深三百五十メートル以上に適用される浮遊式システムで、タンカーや半潜水式装置に生産処理施設を搭載し、貯油能力を付加したものだ。フレキシブルなパイプで坑口と結ばれ、原油を海底から掘削し、一時的に貯蔵できる。

ヨーレンセンはルンの頬を軽くたたいて愛撫した。

「ティナ、ＳＷＯＰになっても、おれは船酔いなんかしないぞ」

二人はランチに乗りこんだ。強固な隔壁に囲まれた内部は広く、座席が並んでいるが、彼らのほかには操縦士が一人いるだけだ。船体に軽い衝撃が走ってクレーンのウインチが作動した。両側の窓に、上方に去っていく灰色のコンクリートが見えた。突然、ランチが波に揺れる。ウインチのフックがはずれ、ランチはプラットフォームを出ていった。

ヨハンソンは操縦士の後ろに行った。両脚で立つのはひと苦労だ。ようやくトルヴァルソン号が見えた。船尾には調査船に特有のクレーンがある。それを使って潜水艇や調査機材を海に下ろすのだ。ランチが減速し、船に着いた。二人は保護柵で囲まれた鋼鉄製の梯《はし》子《ご》を登った。彼は荷物をやっとの思いで抱え、クローゼットの半分もの服をつめてきたことを後悔した。先を登るルンが振り返った。

「パーティーでもするつもり？」

「きみに気に入ってもらえるとは、思っていなかったよ」

彼はため息をついた。

どの大陸も、水深二百メートルまでの比較的浅い海に囲まれている。そこは大陸棚と呼ばれ、大陸プレートが海中に続く部分だ。その張り出しが短いところもあるが、数百キロメートル続く場所もある。大陸棚から深海に落ちこむ部分が大陸斜面で、急な斜面もあれば、比較的緩やかな斜面もある。こうした大陸縁辺部の向こうは、宇宙空間よりも解明が進んでいない未知の世界だ。

深海とは違い、人類は大陸棚のほとんどを支配している。地球の海のわずか八パーセントにすぎないが、世界の漁業はそこで成り立っている。陸上動物である人類にとり、水は生存に欠かせない。そのため、海岸から六十キロメートルまでの地域に、人類の三分の二にあたる人々が住んでいるのだ。

　ポルトガルからスペイン北部にかけての大陸棚の幅は狭い。一方、イギリス諸島やスカンジナビアは広い大陸棚に囲まれており、二つの大陸棚が一つに重なって、水深二十メートルから、百五十メートルのかなり浅い海——北海を形成している。ヨーロッパの北に位置する北海は、一万年前に現在の姿となった。複雑な海流や水温分布があるものの小さな海で、特筆すべき点は多くない。それでも、世界経済においては中心的な役割を果たしている。沿岸には工業先進国が軒を連ね、最大のロッテルダム港を中心に最も海上交通の密集した海域だ。いちばん狭いところで幅三十キロメートルほどのドーバー海峡は、世界で最も船舶の多い海峡で、貨物船やタンカー、フェリーが狭い海峡を行き交っている。

　三億年前、イギリスはヨーロッパ大陸と湿地帯でつながっていた。長い歳月のあいだ、そこに海が入りこんだり後退したりを繰り返す。大きな流れによって泥や植物、動物の死骸は北の低地に押し流され、時間をかけて高さ一キロメートルに堆積した。地盤がふたたび沈下し、石炭層が生成される。上層の重みで、最下層部は砂や石灰に姿を変えた。同時に地中深くの温度が上昇する。岩石に含有される有機物は複雑な化学変化を起こし、高温高圧下で石油とガスが生成された。その一部は岩石の気孔から海面に上昇して分散したが、大部分は海底地層の中に今も蓄えられている。

大陸棚は、何百万年ものあいだ手つかずのままだった。

そして、石油がすべてを変えた。漁業大国として斜陽にあったノルウェーは、イギリスやオランダ、デンマークと同様、新たに発見された地下資源に飛びつき、三十年のあいだに世界第二位の原油輸出国になった。ノルウェーの大陸棚はヨーロッパの全埋蔵量の約半分を占め、天然ガスの埋蔵量も膨大だ。環境問題など考慮されず、掘削技術が開発された。掘削深度は増していき、初期の単純な構造物は、エンパイアステートビルほどもある坑井タワーに変わった。すべて遠隔操作で行なう海底石油生産システムの計画も実現寸前となった。実現していれば、歓声が尽きることはなかっただろう。

しかし、そうはならなかった。漁獲量が減少し、同時に原油の産出量も減ったのだ。何百万年もかけて生まれた資源が、四十年もしないうちに枯渇《こかつ》してしまうだろう。大陸棚の資源はもはや掘削し尽くしたに等しい。操業を停止した海洋プラットフォームは簡単には撤去・廃棄できず、巨大スクラップの亡霊となって水平線に取り残された。産油国をこの悲惨な状況から救ってくれるのは、大陸棚の先にある、手つかずの資源が眠る大陸斜面や海盆だ。しかし、従来型のプラットフォームでの掘削は不可能で、ルンの石油資源開発推進プロジェクトチームが、新技術の開発を模索している。大陸斜面はすべてが急勾配ではない。海底ユニット建設に適したテラスと呼ばれる棚状地形もある。石油生産が深海に移行するリスクを考えて、現在の労働力は最小限にまで削減された。産出量の減少とともに、一九七〇年代、八〇年代に最高労働者数を記録した黄金時代も今では斜陽だ。ガルファクスCには、人員を二十四名までに削減する計画が提示されている。ノルウェー海溝にあるトロル油田で展開するプロジェクトは、ほぼオートメーション化されていた。ノルウェーの石油産業は赤字となった。海洋プラットフォームを廃止するだけでも、さらに大きな問題をもたらすことになったのだ。

ヨハンソンは自分のキャビンを出た。船内は静かだった。トルヴァルソン号は大型船ではない。ブレーマーハーフェンを母港とする、ドイツのポーラーシュテルン号のような巨大調査船であれば甲板にヘリデッキもあるが、トルヴァルソン号には機材置き場があるだけだ。彼は舷側《げんそく》の手すりまで行き、海を眺めた。プラットフォーム群を出発して二時間が経ち、シェトランド諸島北部に到着した。大陸棚の縁である、このあたりの沖合に構造物はない。遠くに、坑井タワーのシルエットがまばらに見えた。工業地帯という感じはなく、あたり一面の大海原だ。船の下には水深七百メートルの海がある。大陸斜面は測量されて海底地形図が作製されているが、その先の暗黒の世界は闇のままだ。強力な投光器の光が、ノルウェーの夜を照らす街灯のように、海面に明るく輝いていた。

ヨハンソンは持参したボルドーワインと、フランスやイタリア産チーズのことを思い出し、ルンを探した。彼女はロボット潜水機のチェックをしているところだった。技術の粋を集めた無人潜水機は、高さ三メートルのパイプの外枠にさまざまな機材を装備する。トルヴァルソン号の船尾に備えつけられたクレーンに吊り上げられ、上半分の箱型部分にヴィクターという名前が読めた。前部には複数のカメラと折りたたみ式のマニピュレータがある。

ルンがヨハンソンにほほ笑みかけた。

「感心した？」

彼は儀礼的にヴィクターをもう一周した。

「大きな黄色の掃除機のようだ」

「夢のない人ね」

「わかったよ。本当はとても感心しているんだ。重さはどのくらい？」

「四トン。ねえ、ジャン！」

ケーブルの束の向こうに、赤毛の痩せた男がいた。ルンは手を振った。

「ジャン＝ジャック・アルバン。このがらくた船の一等航海士」

彼女が紹介した。

「ジャン、お願い！　わたし、まだ調整が残っているの。シグルがヴィクターのことを知りたがっているんだけど、あなた教えてあげて」

彼女は言うと、走り去った。アルバンは困ったような笑みを浮かべ、後ろ姿を見送った。

「私に説明している場合じゃないのでは？」

ヨハンソンが言った。

「ぼくなら大丈夫です。ティナはいつか自分自身も追い越してしまうんだろうな」

アルバンがにやりとして言った。

「NTNUの先生でしょ？　あのゴカイを調べた」

「意見を言っただけだよ。なぜ、きみたちはあのゴカイが気になるんだい？」

アルバンは手を振った。

「ぼくたちが心配しているのは、むしろ大陸斜面の状態です。ゴカイは偶然見つかった。ティナが空想をふくらませているんですよ」

「ロボット潜水機を下ろすのは、てっきりゴカイのせいだと思っていたよ」

「ティナがそう言ったんですか？」

アルバンは潜水機を見やり、首を振った。

「予定の一つにすぎません。もちろん、ここでは何ごとも軽視しませんよ。でも、これは長期計測ステーションの設置準備だ。確認されている原油埋蔵地点のすぐ上に設置するんです。その場所が安定していると判断できれば、すぐに海底ユニットが建設される」

「ティナはSWOPとか言っていたが」

アルバンは答えを迷うような目で彼を見た。

「いいえ。この海底石油生産システム建設は決定事項も同然です。それが変更されたとしたら、ぼくが知らないことになる」

そうか、SWOPのような浮遊式システムではなかったのだ。

この話には深入りしないほうがいいだろう。彼はロボット潜水機について訊いた。

「これはヴィクター6000。遠隔操作する無人潜水機――Remotely Operated Vehicleで、その頭文字をとってROVと呼んでいます。深度六千メートルまで潜降可能で、そのまま数日間作業できる。船上から操作し、ケーブルを通じてリアルタイムでデータを受信する。今回は全部で四十八時間、海中作業をする予定です。もちろんマニピュレータを使って、ゴカイをかき集めますよ。スタットオイルは生態系を危険にさらしているなんて批判を浴びたくないから」

アルバンはひと息おいた。

「いったい、どういう生物だと思いますか？」

「さあね……今のところは見当もつかない」

機械音が響きヨハンソンが見上げると、クレーンが動いてヴィクターを巻き上げている。

「こちらへどうぞ」

アルバンは船の中央部に案内した。人の背ほどのコンテナが五基設置されている。

「たいていの船は、ヴィクターを搭載できる仕様にはなっていない。そこで、ポーラーシュテルン号から装置を借りたんです」

「コンテナの中身は？」

「ウインチ用の水圧ユニットなどです。前部がコントロール室になってます。頭に気をつけて！」

小さな扉をくぐってコンテナに入った。内部は狭く、モニターが二列に並ぶコントロールパネルが、空間の半分を占領していた。いくつか作動中の画面には、ROVの稼動データや航行情報が映しだされている。その前に数人が座っており、ルンの姿もあった。

「中央にいるのが操縦士です」

アルバンが小声で説明を始めた。

「その右が副操縦士で、マニピュレータを操作します。ヴィクターは精密で感度が高く、正確に操縦するには相当の技術がいる。その隣が副調整士。ロボット潜水機と船がいっしょに動けるよう、ブリッジにいる当直航海士と連絡をとり合う。操縦士の左側が科学者の席です。つまりティナの席で、カメラを操作したり、画像を記録したりする――準備はできた？」

「下ろせるわ」

ルンが答えた。

次々と残りのモニター画面が点灯し、船尾やクレーンの一部、空や海が映しだされた。

「これはヴィクターのカメラが捉えた映像です」

アルバンが説明を続けた。

「カメラは八台で、ズーム付きのメインカメラのほかに、潜降監視用が二台と付属カメラが五台。画質は最高で、深度数千メートルでも、ものすごく鮮明な映像だ」

画面に映しだされる光景が変わった。潜水機が降下を始めたのだ。海面が近づいたと思ったら、波がレンズを洗う。ヴィクターはそのまま潜降し、画面は青緑の世界に変わった。

その色が次第に濃さを増す。

先ほどまで船尾で作業していた乗員もコンテナに集まり、内部は人で溢れていた。

「ライト点灯」

副調整士が言った。

ヴィクターの周囲が一度に明るくなった。しかし光は拡散し、青緑の世界は色褪せて漆黒の闇に消えていく。小型の魚がレンズの視界に飛びこんできた。やがて、画面は小さな気泡でいっぱいになった。プランクトンだ。何十億もの微小生物。アカクラゲや透明のクシクラゲがレンズの前を横切った。

やがて微小生物の群れは希薄になった。深度計は五百メートルを指している。

「海底に着いたら、ヴィクターは何をするの？」

ヨハンソンが尋ねた。

「水や堆積物のサンプルを取るのよ。生物も集めるわ。もちろん映像を送ってくる」

ルンが振り返らずに答えた。

尖《とが》った岩のようなものが見えた。ヴィクターは急峻な斜面に沿って潜降している。赤やオレンジのエビが触手を振っていた。この深度では真っ暗闇のはずだが、ライトのおかげでカメラは驚くほど鮮明に、生物の自然のままの色を捉えていた。またカイメンやナマコの上をレンズが横切った。やがて、斜面が平らになってきた。

「着いたわ。深度六百八十メートル」

ルンが言った。

「了解。潜水機をちょっとバンクさせよう」

操縦士がコントロールパネルに身を乗りだして言った。

画面から斜面が消えて海中が映しだされた。やがて、深青色の深海に海底が現われた。

「ヴィクターはミリ単位で動けるんです。針に糸だって通せる」

アルバンが誇らしげにヨハンソンに言った。

「私の服を仕立ててもらおうか。ところで、今はどのあたり？」

「ちょうど斜面が張りだしたあたりです。この下に膨大な石油が眠っている」

「メタンハイドレートも？」

アルバンは考えこむような目で彼を見た。

「ええ。でも、なぜそんなことを訊くんですか？」

「訊いてみただけだ。スタットオイルはここに海底ユニットを建設する予定なんだね？」

「理想の場所です。懸念材料がないかぎり」

「ゴカイのような？」

アルバンは肩をすくめた。話題にしたくないようだと、ヨハンソンは思った。二人はカメラが捉えた未知の世界に見入った。ひょろ長い脚を持つウミグモや、堆積物をかきまわす魚をカメラが追い越していく。カイメンの集合体や発光クラゲ、小型の頭足類が映しだされた。この深度の海に生息する生物は少ないが、種類は多彩だ。しばらくあたりはざらざらと荒れた光景になり、やがて海底に幅の広い縞模様が現われた。

「堆積物が崩れた跡よ。ノルウェーの大陸斜面では過去に何度か崩れたの」

ルンが言った。

「この波打ったような模様は？」

ヨハンソンが尋ねた。海底がふたたび様子を変えていた。

「海流のせいよ。ヴィクターをテラスの縁に進めましょう」

彼女はひと息おいた。

「この近くでゴカイを発見したの」

二人は画面を凝視した。ライトの光芒の中に変化が現われた。明るい色が広がっている。

「バクテリアマットだ」

ヨハンソンが言った。

「ええ、メタンハイドレートがある証拠ね」

「あそこだ」

操縦士が言った。

レンズは広大な白い表面を捉えていた。海底のメタン氷だ。突然、ヨハンソンの目に異質なものが飛びこんできた。誰もがそれを目にし、コントロール室が凍りついた。

メタンハイドレートの一部がピンク色の群れに覆われている。一瞬、個々の体を見分けられたが、すぐに、体をくねらせて動く生物の固まりになった。白い毛の生えた、細長いピンク色の生物が重なり合って蠢《うごめ》いている。

コントロールパネルに座る男の一人が嫌悪の声を上げた。まさに条件反射だ。たとえ生物の自然な動きであっても、人間は群れをなして蠢くものに嫌悪感を覚えるのだ。自分自身の体を眺めても、ぞっとすることだろう。ダニの群れが毛穴に蠢き皮脂を食べているし、腸の中では何十億ものバクテリアがうようよしている。

けれども、ヨハンソンは今見ているものが気に入らなかった。メキシコ湾の映像にも同じように大群が映っていたが、ずっと小さな生物が穴でじっとしていただけだった。ここでは、メタン氷の上を蠢いている。しかも、海底を覆いつくすほどの膨大な数なのだ。

「コースをジグザグに」

ルンが言った。

潜水機が大きくスラロームを描いたが、映像に変化はなかった。至るところにピンク色の生物が蠢いている。

海底が急に沈んだ。操縦士は潜水機をさらに斜面に近づけた。八基のライトだけでは、数メートルほどしか光は届かない。それでも、この生物が大陸斜面を覆いつくしているのがわかる。ルンが鑑定用に持ちこんだサンプルよりも、どうやら大きいようだ。

不意にすべてが闇に包まれた。ヴィクターがテラスの縁を越えたのだ。ここから約百メートル垂直に海底が落ちこんでいる。潜水機は全速で進んだ。

「ターン！　斜面の壁を見てみましょう」

彼女が言った。

ヴィクターが方向を変えると、ライトを浴びて小さな粒が渦を巻いた。

そのとき、明るい色をした大きな物体がレンズの前でカーブを描いた。一瞬、画面いっぱいに広がると、あっという間に消えた。

「今のは何？」

彼女が声を上げた。

「位置を戻してみよう」

ヴィクターが反対方向にまわった。

「いない」

「その場で旋回！」

ヴィクターは静止すると、回転を始めた。カメラに映るのは漆黒の闇と、ライトに浮かび上がるプランクトンだけだ。

「確かに何かいた。魚かもしれないが」

副調整士が言った。

「だとしたら、かなり大きな魚だ。画面からはみ出すほどだったから」

操縦士がうなった。

ルンがヨハンソンを振り返る。彼は首を振った。

「さて、何だろう」

「じゃあ、もっと下を見てみましょう」

潜水機は斜面に近づいた。数秒後、急勾配の斜面が現われた。ところどころ堆積物の塊が突出している。それ以外はすべてピンク色の生物に覆われていた。

「そこらじゅうにいるわ」

ヨハンソンは彼女の横に立った。

「きみたちは、膨大な量のメタンハイドレートを見込んでいるんだろう？」

「この付近はメタンだらけ。メタン氷や、地層の中のガス溜まり。ガスは染み出して……」

「海底にあるメタン氷だが」

彼女がキイボードをたたくと、モニターの一つに海底の地形図が現われた。

「この明るい部分が、メタンのあるところを示している」

「ヴィクターの現在地を教えてくれないか」

「ちょうどこのあたり」

彼女は広範囲に色づけされた部分を指さした。

「もう少し下まで行って、それから戻りましょう」

ルンは操縦士に指示した。やがて、ライトがまた海底を捉えるが、そこにあの生物の姿はない。海底はわずかに隆起すると、すぐに急峻な壁が闇の中に現われた。

「上昇！　ゆっくりと」

数メートル上昇すると、先ほどと同じ光景が広がった。白い毛の生えた、細長いピンク色の生物だ。

「すごいな」

「何が？」

「きみたちの地形図のとおりだとすると、ここには広大なメタンハイドレート層がある。氷上にはバクテリアがいて、メタンを分解している。ゴカイはバクテリアを食べている」

「無数にいるのがすごいの？」

彼は首を振った。

「まあいいわ」

ルンは椅子に背を預けた。

今度は、マニピュレータを操作する副操縦士に向かって言った。

「ヴィクターを海底につけて、ゴカイを採取してくれる？　付近の様子を観察しましょう」


夜の十時を過ぎた頃、キャビンの扉にノックの音がした。ヨハンソンが扉を開けると、ルンが入ってきて小さな椅子に倒れこむように座った。椅子は小さな机とともに、部屋で唯一豪華な調度品だ。

「目がひりひりする。少しのあいだ、アルバンが交代してくれたの」

彼女の視線が、皿にのったチーズと栓の開いたボルドーに止まった。

「うっかりしてたわ。だから、あなたは行方をくらましたのね」

彼女は笑って言った。

ヨハンソンは三十分前にコントロール室を出て、この用意をしていたのだ。

「ブリー・ド・モー、タレッジョ、マンステール、熟成したヤギのチーズとピエモンテ産のフォンティーナ。バゲットとバターもある」

彼はチーズを順に紹介した。

「おかしな人ね」

「ワインは？」

「もちろん、いただくわ。どこのワイン？」

「ポイヤック。デカンタに移し替えないが、大目に見てくれ。トルヴァルソン号にはお洒落《しゃれ》なデカンタがないんだ。で、ほかにも面白いものを見つけたかい？」

ルンはグラスを受け取ると、一気に半分飲んだ。

「あのいまいましい生き物は、ハイドレートのそこらじゅうにいるわ」

彼はベッドの端に腰を下ろして彼女と向かい合うと、バゲットにバターを塗った。

「本当に驚きだ」

彼女はチーズをつまんだ。

「皆、心配になっている。特にアルバンは」

「初めは、こんなにたくさんいなかったのだろう？」

「ええ。でも、わたしの趣味からすると、充分すぎるほどたくさんいたの。けれど、そう思ったのはわたしだけだった」

ヨハンソンは笑みを浮かべた。

「趣味のいい者は、たいてい少数派だ」

「とにかく、明日の早朝ヴィクターがゴカイを持って戻ってくる。よかったら、あいつらと遊んであげて」

彼女は口をもぐもぐさせながら立ち上がり、キャビンの窓に目をやった。いつの間にか空は晴れていた。月明かりに照らされ、波がきらきらと輝いている。

「ビデオで何百回もあのシーンを見たの。例の明るい物体。アルバンは魚だと言っている。でも魚ならマンタの大物か、それ以上の魚だわ。それに、形があるようには見えない」

「光の反射かもしれない」

彼女は振り返った。

「いいえ。数メートル離れた、光の届くぎりぎりのところだし。大きくて平らなものだった。それに、一瞬で消えた。まるで光がまぶしすぎるか、発見されるのを恐れるかのように」

「いろいろ可能性はあるだろう？」

「いいえ、それほどないわ」

「魚の群れも急に方向を変える。ものすごく密集していれば……」

「魚の群れじゃない！　平らだったのよ。切れ目のない平らなもの……どろんとして。大きなクラゲのような」

「大きなクラゲ。それだよ」

「違う、違う!」

彼女は言って、また腰を下ろした。

「自分の目で見てごらんなさい。あれはクラゲじゃない」

ルンはしばらく黙ってチーズを食べた。

「きみはヨーレンセンに嘘をついたね。きみたちが計画しているのはＳＷＯＰではない。何であろうと、作業員を必要としないものだろう」

ヨハンソンが唐突に言った。

彼女は目を上げた。グラスを口に運んでワインを飲むと、慎重にグラスを戻した。

「そうよ」

「どうして？　彼を傷つけると思ったのか？」

「たぶん」

彼は首を振った。

「どのみち、きみたちは彼を傷つけることになる。作業員は必要ないんだろう?」

「聞いて、シグル。嘘などつきたくなかった。でも……今、石油産業は変革しようとしていて、人員は切り捨てられる。わたしに何ができるというの？　ヨーレンセンもわかっている。ガルファクスCの人員が十分の一に削減されることも知っている。二百七十人を雇い続けるよりも、プラットフォームの設備を新しくするほうがコストがかからない。スタットオイルはガルファクスBを無人運用しようと考えているわ。別のプラットフォームから操作できるにしても、それだけの人員削減で会社の利益が上がるとも思えないけれど」

「きみたちのビジネスはもう成り立たないのか？」

「一九七〇年代初め、ＯＰＥＣが原油価格を吊り上げたときには、海洋油田は利益が大きかった。でも一九八〇年代中頃から原油価格が下がり、経営が苦しくなってきた。北ヨーロッパの坑井が枯渇《こかつ》すれば、深刻な事態になる。だから、もっと沖合、つまり深海を掘削しなければならない。ＲＯＶやＡＵＶを使って」

ＡＵＶは自律型無人潜水機――Autonomous Underwater Vehicle の略称だ。ＲＯＶのヴィクターと同様の機能を持つが、無索式であるため、母船といわゆる人工の臍《へそ》の緒でつなぐ必要がない。宇宙で無人探査機が活躍するように、未開の海を潜航する。運動性に優れ、一定の枠組みの中で自律して活動する能力がある。海洋油田産業は、この種の技術革新に強い関心を寄せていた。ＡＵＶを使えば、深度六千メートルの深海ですら海底ユニットを設置し、操業を監視できるのだ。

「きみが謝る必要はない。きみにできることはないんだ」

ヨハンソンがワインを注ぎながら言った。

「謝っているのではないわ。できることならいくらでもある。燃料をこんなに浪費しなければ、問題は起こらないのよ」

彼女が無愛想に言った。

「いや、いずれ問題は起きる。だが、きみの環境意識はたいしたものだ」

「それがどうしたの？　石油会社だって学習するのよ。あなたは無理だと思うでしょうが」

ルンは彼の口調に嘲《あざけ》りの響きを聞きとり、怒って言った。

「何を？」

「今後何十年かのうちに、技術が古くて経済性が低いプラットフォームを六百基以上廃棄する。費用がいくらかかるかわかる？　数十億ユーロ！　その頃には、大陸棚の石油は枯渇しているわ！　わたしたちが無責任だなんて思わないで」

「わかったよ」

「当然、無人の海底石油生産に移行する。でないと、ヨーロッパは中東や南米のパイプラインにすがって生きるしかなく、わたしたちに残るのは海の墓場だけ」

るのだろうか」

「反対するつもりはない。ただ、きみたちは今ここで何をしているのか、充分わかってい
「どういう意味？」

「深海で石油を生産するには、膨大な技術上の問題を解決しなければならない」

「そうよ」

「きみたちは、すさまじい水圧下で石油を生産しようとしている。しかも、わずかな準備で。深海がどのようなところか、きみたちは本当に知っているのか？」

「今まさに調べているのよ」

「今日のように？　あれでは疑わしいな。まるで、おばあちゃんが旅行に出かけて写真を撮っただけで、行った土地のことを理解できたと思うようなものだ。きみたちは場所を探して鉱業権の杭を打ち、そこなら成功しそうだと遠くから眺めているだけだ。それでは、きみたちがどんな生態系に踏みこんでいくのか、わかるはずがない」

「また同じことを」

ルンは不平を言った。

「間違っているか？」

「わたしは生態系の歌だって歌えるし、スペルを逆からも言える。眠っていてもできるわ。

あなたは、石油生産に反対なの？」

「反対じゃない。ただ、自分が踏み入ろうとする世界をよく知るべきだ」

「わたしたちが今、何をしていると思うの？」

「きみたちが過ちを繰り返そうとしているのは確かだ。一九六〇年代にゴールドラッシュが起こり、きみたちは北海に海洋油田を建設した。今、プラットフォームは捨てられて、ぼうっと立っているだけだ。そんなに急いで、深海で同じ過ちを犯すことはない」

「急いでいるなら、あなたにあのいまいましいゴカイを送ったりしないわ」

「確かに、それはそうだ。しかたない、許してあげるよ」

彼女は下唇を噛んだ。ヨハンソンは話題を変えた。

「コーレ・スヴェルドルップはいいやつだ。今晩、きみに言ってあげられる、唯一のポジティブなことかな」

彼女は額に皺を寄せた。やがて、緊張を解いて笑った。

「そう思う？」

「まさにそうだね」

彼は両手を開いてみせた。

ルンはグラスの中のワインをまわした。

「まだ始まったばかりで」

彼女が小声で言うと、二人はしばし黙りこんだ。

やがて、その沈黙をヨハンソンが破る。

「愛してるの？」

「わたしが？　そう思うけど」

「思う？」

「わたしは研究者よ。真実は探し求めないと」

真夜中になり彼女は腰を上げた。扉のところで振り返り、空《から》のグラスとチーズの外皮に目をやった。

「何週間か前だったら、わたしはあなたのものになったのに」

彼女の言葉には残念そうな響きがあった。

ヨハンソンは彼女を優しく通路に押しだした。

「私ぐらいの年になれば、あきらめもつく。さあ、研究に行ってきなさい！」

彼女は通路に出た。体を傾けると、彼の頬にキスをした。

「ワインをごちそうさま」

人生とは、逃がしたチャンスと妥協することだ。扉を閉めながら、ヨハンソンは思った。

やがて、にやりと笑った。つかんだチャンスが多すぎて、嘆いている暇はない。

三月十八日

カナダ　バンクーバーおよびバンクーバー島

レオン・アナワクは息を止めた。

さあ、こっちだ。やってごらん。

シロイルカが、ミラーガラスの壁に向かって泳いできたのは六度目だった。バンクーバー水族館の水面下にある観察室には、ジャーナリストや学生たちが集まっていた。静まり返っている。巨大なガラス壁の向こうに、プールの全体が見わたせた。斜めに差しこむ陽光が、壁やプールの底で踊っている。観察室の内部は暗く、水面を通った光がまるで魔法のように、壁際に立つ者たちの顔に不規則な光と影を映しだしていた。

このシロイルカには、下顎に無害な色素で円が描いてある。ミラーガラスを覗いて自身の姿を見なければわからない位置に、印はつけられていた。プールのガラス壁の二カ所がミラーになっており、その一つにシロイルカがゆるやかに近づいてきた。実験の成功を約束するかのように、まっすぐ目標に向かっている。泳ぎながら白い体を軽く翻《ひるがえ》した。まるで、下顎の印をこちらに見せているようだ。やがてガラス壁の前で止まり、体をわずかに沈めてミラーと同じ高さで静止した。体を硬くして直立する。頭をゆっくり動かした。印がよく見える角度を、明らかに探している。しばらくミラーの前でその動作を続けたあと、ひれを動かし、特徴ある額の丸い頭を左右に振った。

シロイルカの顔には人間に似たところはないが、一瞬、人の顔を連想させた。イルカとは違い、クジラの仲間であるシロイルカは顔の表情を変えることができる。今は、ほほ笑みかけているように見えた。しかし、それは見せかけの笑みで、笑っていると人間が解釈するだけだ。実際、シロイルカが口角を高く上げると、人相学で言うところの笑った表情に見える。口角を下げられるが、人間の顔とは違って不機嫌な印象は受けない。唇をとがらせて、まるで機嫌よく口笛を吹くような表情さえ作れるのだ。

次の瞬間、シロイルカが興味を失った。鏡に映る自分の姿を充分に観察したと思ったのかもしれない。いずれにせよ、優雅にカーブを描くと、ガラス壁から遠ざかっていった。

「これで終わりです」

アナワクが小声で言った。

「今のはどういう意味ですか？」

女性ジャーナリストが、シロイルカが戻らないとわかると、がっかりした様子で訊いた。

「自分が誰だかわかっているのです。上に行きましょう」

全員が地下から太陽の下に出た。左手にプールがあり、さざ波の下に二頭のシロイルカの姿が見えた。参加者は実験の正確な流れを事前に伝えられていない。彼はシロイルカの行動を、自分勝手に解釈しないよう心がけている。参加者に印象を聞いてみると、一様に同じ印象を持っており、自分の思いこみではないと確信できた。

アナワクの観察はすべて正しいと証明された。

「おめでとう。皆さんは鏡による自己認識テストに立ち会うことができた。これは、動物行動学の歴史の中で確立された実験です。これについて、ご存じの方はいますか？」

学生は知っていたが、ジャーナリストで知る者は少なかった。

「では、簡単に説明しよう。鏡による自己認識テストは一九七〇年代に始まったが、霊長類に限られてきた。ゴードン・ギャラップという名前を耳にされただろうか……」

約半数の参加者がうなずき、残りは首を振った。

「ギャラップはニューヨーク州立大学の心理学者で、ある日、かなり風変わりなアイデアを思いついた。さまざまな種類のサルに鏡を見せたのです。たいていのサルは、鏡に映る自分の姿を無視した。侵入してきた敵だと思って鏡に襲いかかるサルもいた。結局、チンパンジーは自分だと認識し、鏡の中の自分を観察した。これは驚くべきことだ。なぜなら、ほとんどの動物には、鏡に映る自分の姿を認識する能力がないからだ。たいていの動物は知覚し、行動し、反応するが、それが自分自身だとは認識しない。自身が仲間とは違う独立した個であると、認識できないのです」

アナワクは説明を続けた。ギャラップは、サルの額にマークをつけて鏡を見せた。チンパンジーは、鏡に映るのが誰なのか即座に認識した。さらに指で額に触れ、その臭いを嗅《か》ぎ検査した。ギャラップはほかの霊長類、オウムやゾウにもミラーテストを行なうが、自己認識能力を持ち、ある種の自意識を使えるのは、チンパンジーとオランウータンだけだった。

「ギャラップはさらに探求しました。彼は、動物は他の動物の感情を感じることはできないと長年考えてきたが、ミラーテストによって、その考えを変えた。ある種の動物は自己認識能力を持つだけでなく、その能力のおかげで、他者の身になって思考できると、彼は考えるようになった。チンパンジーやオランウータンは、他者の意思を認めて共感する。自分の心理状態から、他者の心理状態を推測できる。これがギャラップのテーゼで、今では多くの支持を得ています」

彼はひと息おいた。あとで、ジャーナリストの勇み足を抑えなければならないだろう。〈シロイルカは優秀な心理学者〉とか、〈バンドウイルカが海難救助チームを結成〉とか、〈チンパンジーのチェス協会設立〉という見出しが、新聞に躍るのを見たくないのだ。

「いずれにせよ一九九〇年代になるまでは、ミラーテストは陸上動物に限って実施された。クジラやイルカの知能も高いと推測されていたが、食品業界にとって、それを証明することは必ずしも利益にならない。サルの肉や皮を消費するのは、ごく限られた人々だ。しかし、捕鯨はクジラやイルカの持つ知性や自意識とは相容《あいい》れない。ぼくたちが数年前にミラーテストをバンドウイルカに実施しはじめたところ、かなりの人々がいい顔をしなかった。さて、そのテストでは、プールの壁の一部を反射ガラスに、一部をミラーガラスにし、バンドウイルカに黒い印をつけた。すると驚いたことに、バンドウイルカは壁を探して、ミラーガラスを見つけだした。印をはっきり見るには、鏡に映したほうがいいとわかったのだ。バンドウイルカは、印をつけるペンの感触に反応しただけかもしれない。そこで水性インクを使ってみると、バンドウイルカは印が消えるまで、鏡の前で印を調べていた」

「バンドウイルカはご褒美《ほうび》をもらったのですか？」

学生の一人が訊いた。

「いや、テスト用に訓練したわけではないから。また、学習効果を排除するために、印をつける位置を変えた。そして数週間前から、同じ実験をシロイルカに導入しました。六回印をつけ、うち二回はインクの出ないペンを使った。結果は、皆さんが見たとおりです。毎回、シロイルカは鏡に近づいて印を探す。二回は、印が見つからないので鏡から早く離れる。これは、シロイルカがチンパンジーと同等の自己認識能力を持っていることを証明するものだ。考えられていたより、クジラと人間はいくつかの点で似ているのかもしれない」

女子学生が手をあげた。

「……結果は、イルカやクジラは精神や意識を意のままにできるということですね？」

「そうです」

「その根拠は？」

彼は驚いた。

「きみ、説明を聞いていなかったの？　下で実験を見なかったの？」

「いえ、シロイルカが鏡に映った自分の姿を確認するのを見ました。自分だとわかっているのです。それを自意識だと結論づけるのですか？」

「きみは自分で答えを言ったよ。『自分だとわかっている』と。シロイルカは自分という意識を持っているんだ」

「そうは思いません」

彼女は一歩前へ出た。アナワクは眉根を寄せて彼女を眺めた。赤毛、先の尖《とが》った小さな鼻、大きすぎる前歯が口もとからのぞいている。

「あなたの実験はシロイルカの観察能力と、自分の体の認識能力を証明することを目的としている。見たとおり、その点では成功です。でも、それは恒久的な自己認識を証明するとは言えないし、ましてや、その結論をほかの動物にまで広げられない」

「それは、ぼくも言っていない」

「いいえ、あなたはギャロップのテーゼを支持されました。ある種の動物は自己の心理状態から、他者の心理状態を推測する」

「それは霊長類だ」

「それには賛否両論あります。いずれにせよ、バンドウイルカやシロイルカの話をされたときには、まったく制約をつけなかった。それとも、わたしが聞き違えたのかしら？」

「この場合、制約をつける必要はない。動物が自己を認識するのは、証明されている」

彼はしぶしぶ答えた。

「いくつかの実験は、証明されたと想像させるものです」

「何が言いたいの？」

彼女は肩をそびやかし、目を見開いて彼を見つめた。

「え、わからないんですか？　シロイルカが行動するのを見て、シロイルカが何を考えているかなんて、どうして理解できるんですか？　ギャロップの論文は読みました。動物は他者の心理状態に共感できるということを証明したと、彼は思ったのです。それには、動物が人間と同じように考え、感じるという前提が必要になる。これは擬人化の実験なのです」

アナワクは言葉をなくした。よりにもよって、こういう意見を聞かされるとは思わなかった。それはまさに彼自身の意見なのだ。

「きみは本当にそんなふうに感じたの？」

「さっき、おっしゃいました。『考えられていたより、クジラは人間に似ているかもしれない』と」

「もっと注意して聞いてほしかったな。きみ、名前は？」

「デラウェア。アリシア・デラウェアです」

「デラウェアさん、ぼくが言ったのは、『考えられていたより、クジラと人間は似ているかもしれない』だ」

「何が違うのですか？」

「視点が違う。似ている点をたくさん見つけて、クジラが人間に似ていると証明するつもりはない。人間を基準にするのではなく、根本的な類似性が……」

「動物と人間の自意識が比較できるとは思いません。基本要素が違いすぎます。人間は恒久的な自意識を持ち、それによって……」

「それは間違いだ。人間の永続的な自意識も特別な環境で発達する。それは証明済みだ。生後十八カ月から二十四カ月で、乳児は鏡に映った自分を認識する。それまでは自己認識する能力がない。乳児は自分の精神状態を、さっき見たシロイルカよりも自覚できない。それに、常にギャラップだけを引き合いに出すのはやめなさい。ぼくの目的は動物を理解することだ。きみの目的は？」

「わたしは、ただ……」

「きみが鏡を覗いていたら、シロイルカはどう思うだろうか？　きみがどぎつい化粧をしているところを見たら、何と考えるか？　きみが鏡の中の人物を自分だと認識していると、シロイルカは結論する。あるいは、きみの洋服の趣味や化粧のでき次第で、きみが自己認識できていないのではないかと疑いすらする。きみの精神状態を疑問視するはずだ」

デラウェアの顔が真っ赤になった。答えようとした彼女をアナワクがさえぎった。

「これらの実験は始まったばかりだ。昔の伝説のように、クジラは人間の友人だと証明しようというのではない。クジラもイルカも人間になど興味はないのだろう。まったく別の環境で生きているのだし、人間と欲求も違えば、進化の過程も違う。だが、この研究によって、クジラやイルカが尊重され保護されるのであれば、どんな苦労も報われる」

アナワクはほかの質問に手短に答えた。やがて、グループが解散して参加者がいなくなると、後ろに立っていた。アリシア・デラウェアは当惑した様子で人々の後ろに立っていた。

アナワクはほかの質問に手短に答えた。やがて、グループが解散して参加者がいなくなると、アリシア・デラウェアは当惑した様子で人々の後ろに立っていた。彼は研究チームと、次の日程や今後の実験の段取りを相談した。それも終わって一人になると、プールサイドに行って深呼吸し、体の力を抜いた。

広報活動が特に好きなわけではない。だが、将来それを避けては通れないだろう。順調にキャリアを重ね、知性研究の刷新者としての名声を得る。これからは、アリシア・デラウェアのように大学を卒業したてで、本ばかり読み、海の中を見た経験のない人々と、小競り合いを繰り返すことも多いのだろう。

しゃがんで、指先でプールの冷たい水に触れた。早朝だった。実験や見学会は、水族館の開館前か閉館後に行なうのだ。何日も雨が降り続いたあと、清々《すがすが》しい好天が続いている。三月の朝の光が、アナワクの肌には暖かく感じられた。

あの女学生が言うように、自分は動物を擬人化しようとしているのか？

辛辣《しんらつ》な批判だ。彼は科学者としての冷静さを常に心がけている。可能なかぎり冷静に人生を送っている。酒は飲まないし、パーティーにも出かけない。派手なテーゼを見せびらかそうと、しゃしゃり出ることもない。神は信じないし、いかなる宗教的な行為も認めず、秘教には不快感を覚える。動物に人間の価値観を押しつけたりしない。ところが世間では、特にイルカはロマンチックなイメージに祭り上げられてしまった。それは憎悪や傲慢《ごうまん》と同じくらい危険なことだ。人々はイルカをより優れた種として見る傾向にあるが、イルカからすれば死ぬほど苦しめられるか、死ぬほど溺愛されるかのどちらかなのだ。

デラウェアは、アナワクに彼自身の論拠をぶつけようとしたのだ。

彼は水面をたたき続けた。しばらくすると印をつけたシロイルカが近づいてきた。体長四メートルの雌だ。頭を水面に突きだし、彼に頭を撫《な》でさせた。かすかな口笛のような声を上げた。シロイルカには人間の持つような感情があるだろうか。共感できるのだろうか。事実、可能だという証拠はまったくない。その点では、アリシア・デラウェアは正しい。

しかし、不可能だという証拠もない。

シロイルカはさえずるような鳴き音を上げ、水中に戻っていった。そのとき、彼に影が差した。首をひねると、カウボーイブーツが脇に見えた。

まったく、勘弁してくれよ！

「おや、レオンじゃないか。今日はどいつを虐待するんだ？」

プールサイドを近づいてきた男が言った。

アナワクは立ち上がって男を見た。ジャック・グレイウォルフは現代版の西部劇から飛びだしてきたような男だ。筋肉質の巨体を着古して光った革のスーツに押しこみ、がっちりした胸には先住民のペンダントが揺れていた。羽根飾りのついた帽子をかぶり、絹のように輝く黒髪が肩まで垂れている。手入れが行き届いているのはその髪だけで、あとは風呂にも入らず、何週間も大草原で生きてきたような恰好だ。よく日焼けした顔に、嘲《あざけ》るような笑みを浮かべている。アナワクはかすかに笑い返した。

「誰がお前を入れたんだ？　マニトウの精霊か？」

グレイウォルフの笑みが広がった。

「特別許可証があるんでね」

「ほう、いつから？」

「あんたたちを叱る許可を法王にもらってからだ。くだらない、普通に入ってきたんだ。五分前に開館したんでね」

アナワクはあわてて腕時計を見た。グレイウォルフの言うとおりだ。プールサイドに佇み、時間を忘れてしまっていた。

「こうして出会ったのは偶然だろうが」

「そうでもなさそうだ」

グレイウォルフは口をとがらせて言った。

「ぼくを探していたのか？　ぼくなら力にはなれない」

アナワクは彼を従えて、ゆっくり歩きだした。最初の客が入ってきたのだ。

「おれのために何ができるか、あんたはわかっているはずだ」

「またその話か」

「おれたちの味方になれ」

「無理だ」

「どうした、レオン。あんたも、おれたちの一人じゃないか。金持ちのくそったれどもは、クジラが死ぬほど写真を撮りまくっている。あんたの望むことか？」

「違う」

「あんたの言うことなら、みんな耳を傾ける。ホエールウォッチングに反対表明してくれれば、もっと真剣に議論するようになる。あんたのような人間は、おれたちの役に立つ」

アナワクは立ち止まり、挑むようにグレイウォルフの目を覗きこんだ。

「そのとおりだ。ぼくは役に立つ人間だ。けれど、本当にぼくを必要とする人でなければ、手を貸すつもりはない」

「見てみろ！」

グレイウォルフは腕を伸ばしてシロイルカのプールを指した。

「あいつらは必要としている！　ここにいるあんたを見ると、反吐《へど》が出る。捕虜と心を通わせているだけだ！　あんたたちはクジラを閉じこめるか、じわじわと死に追いやっている。あんたたちがボートに乗って海に出るたびに、クジラは死に追い立てられるんだ」

「お前は本当にベジタリアンなのか？」

「え？」

グレイウォルフは当惑して目をしばたたいた。

「お前の上着を作るのに、どんな動物が皮をはがれたんだ？」

アナワクは言って歩きだした。グレイウォルフは一瞬呆然としたが、すぐに大股であとを追った。

「それとは話が違う。先住民はいつも自然と調和して生きている。動物の皮から……」

「もうたくさんだ」

「だが、そういうことなんだ」

「お前の問題が何か言ってやろうか。厳密には二つある。一つ、お前は環境保護論者の衣を着ているが、実は先住民の代理戦争をしている。だが、彼らはとっくに自身の問題を片づけた。二つ、お前は純粋な先住民ではない」

グレイウォルフの顔が青ざめた。この男は傷害容疑で何度も法廷に立ったことがある。刺激して大丈夫だろうか。一発の平手打ちで、論争を永遠に終わらせる男なのだ。

「なぜ、そんなくだらない話をするんだ」

「お前は混血だ」

アナワクはラッコの水槽の前で立ち止まった。暗い色の体が魚雷のように水中を突進している。朝日を浴びて毛皮が輝いていた。

「いや、混血とすら言えない。シベリアの白熊を先住民と呼ぶようなものだ。それこそが問題なんだ。お前は自分のいるべき場所がわかっていない。何の問題も解決していない。環境保護のふりをして、人に迷惑を押しつけているんだ。ぼくのことは放っておいてくれ」

グレイウォルフはまぶしそうに目をしばたたいた。

「あんたの言うことは理解できない。なぜだと思う？　あんたの言葉はいつもくだらない騒音だからだ。カートに満載した砂利を、トタン屋根の上にぶちまけたときの音だ」

「何だって！」

「喧嘩してもしかたない。あんたに頼みに来たんだ。少しでいいから助けてくれ！」

「できない」

「親切にも、おれたちの次の行動を知らせに来てやったんだ。その必要はないのに」

アナワクは耳をそばだてた。

「何を企んでいるんだ？」

「ツーリストウォッチング」

グレイウォルフは言って、大声で笑った。白い歯が象牙のように輝いた。

「何だそれは？」

「海に出て、あんたたちの客を写真に撮り、驚嘆して見てやる。船を寄せて、手を伸ばしてさわってやる。じろじろ見られ、べたべたさわられるのがどんなか思い知ればいい」

「そんなことはさせない」

「それは無理だ、自由な国だからな。おれたちのボートで、いつ、どこへ行くか、誰にも指図させない。いいか？　これは決定済みで、準備も万端だ。だが、あんたがおれたちの希望を少しだけ聞いてくれれば、中止することを考えてやってもいい」

アナワクは彼を睨むと、踵《きびす》を返して歩きだした。

「どのみちクジラは現われない」

「あんたたちが追いやったからだ」

「関係ないね」

「そうだな、人間には決して責任がないんだ。間抜けな動物のほうが悪いということだ。あるときは捕鯨砲が飛び交う中を泳ぎ、あるときは客の家族写真におさまるためにポーズを決める。だが、クジラが戻ってきたと聞いたぞ。ザトウクジラが現われたんだろう？」

「数頭だ」

「あんたたちの商売もおしまいだ。利益をますます右肩下がりにしてやってもいいんだぜ」

「放っておいてくれ」

「これが最後の提案だ」

「そう聞いてほっとした」

「くそ！　じゃあ、せめてどこかで、おれたちのことを弁護してくれ！　金が必要なんだ。寄付で成り立っているわけだから。レオン、ちょっと待てよ！　いい話じゃないか？　おれたち二人の目的は同じなんだ」

「同じじゃない。じゃあな、ジャック」

アナワクは足を速めた。走りたかったが、逃げだしたと思われたくなかった。グレイウォルフは立ち止まり、背後から叫んだ。

「くそったれが！」

アナワクは答えなかった。イルカ展示室を通り、まっすぐ出口をめざした。

「レオン、あんたの問題が何かわかっているのか？　おれは純粋な先住民じゃないかもしれない。だが、あんたの問題は、あんたが先住民だってことだ」

「ぼくは先住民じゃない」

彼はつぶやいた。

「それは失礼！　あんたは特別なわけだ。どうして、自分が出てきたところに戻らない？自分が必要とされる場所にいないんだ？」

グレイウォルフは彼の言葉が聞こえたかのように叫んだ。

「くそったれ」

アナワクは舌打ちした。怒りが煮えたぎっていた。初めは、あの反抗的な女子学生、そしてジャック・グレイウォルフだ。実験が成功し、今日はいい一日になるはずだった。それなのに今は疲れきり、惨《みじ》めな気分だった。

自分が出てきたところ……

あの無能な筋肉男は何をつけ上がっているのだ。よくも図々しく、人の出自を批判できるものだ。

自分が必要とされる場所？

「必要とされる場所に、ぼくはいる」

アナワクは鼻を鳴らした。

女性とすれちがいざま、怪訝《けげん》な目で見つめられた。彼があたりを見まわすと、そこはすでに水族館の外だ。なおも怒りに体を震わせて車に向かった。そして、ツァワッセンの船着場からフェリーに乗り、バンクーバー島に戻った。

翌日の朝は、早くに起きだした。六時に目が覚めると、もう眠れなくなったのだ。しばらく船室の低い天井を見つめていたが、〈デイヴィーズ〉に行くことにした。

ピンク色の雲が水平線の上を漂っていた。ゆっくりと空が白みはじめる。鏡のような海面が、山々、岸辺の家並み、ボートの影を映していた。あと少しすれば、観光客が姿を見せはじめるだろう。アナワクはゾディアックを係留した桟橋の端で、木製の手すりにもたれて周囲を眺めた。人間よりも先に大自然が目を覚ました、この静かな雰囲気が好きだった。うるさいやつらは誰もいない。スーザン・ストリンガーの生意気なボーイフレンドのような人間は、まだベッドの中だ。アリシア・デラウェアも惰眠をむさぼっているのだろう。

ジャック・グレイウォルフも。

だが、彼の言葉がアナワクの耳に響いていた。あいつはまったくの愚か者だが、またしても痛いところを突かれた。

小型のカッターボート二艇が通りすぎていった。ストリンガーに電話して、いっしょに海に出ないか誘ってみようか。ザトウクジラが目撃されたのは事実でも、かなり遅れたのは明らかだ。現われたことは嬉しいが、こんなに長期間どこにいたのだろうか。海に出てクジラを見れば、識別できるだろう。ストリンガーはいい目を持っている。それに彼女といっしょにいるのは楽しかった。アナワクの出自を気にしない、わずかな人間の一人だ。

「先住民？」とか、「アジア人？」とか、執拗に訊く者は多い。

サマンサ・クロウにも尋ねられたが、不思議と彼女には自分のほうから話せた。しかし、彼女はもう帰ってしまった。

レオン、お前は考えすぎだ。

彼はストリンガーには電話せず、一人で海に出ようと決めた。〈デイヴィーズ〉に行き、ノートパソコン、カメラ、双眼鏡、レコーダー、水中マイク、ヘッドホン、ストップウォッチを防水バッグにつめた。さらにミューズリー・バーとアイスティの缶を用意すると、すべてブルーシャーク号に運びこんだ。湾内はゾディアックをゆっくり走らせ、家並みが遠ざかるとスピードを上げた。ゴムボートの艇首が高く上がる。風が頬を打ち、どんよりとした考えを頭から吹き飛ばしてくれた。

乗客のために途中でボートを止める必要もなく、目的地までは早かった。わずか二十分後、ブルーシャーク号は小さな島々が点在する、いぶし銀色をした海を走っていた。波のうねりの間隔は大きい。エンジンの出力を絞り、ゆっくりと船を走らせた。薄明の中、岸から遠ざかり、クジラが現われるのを待った。すっかり慣れてしまったあきらめの気持ちを心の中から追いだす。とにかくクジラは目撃された。それは定住型ではない。カリフォルニアやハワイから回遊してきたクジラだったのだ。

さらに沖に出てからエンジンを切った。完璧な静寂に包まれる。アイスティの缶を開けて飲み干し、双眼鏡を手に艇首に座った。

永遠とも思える時間が過ぎた頃、湾曲したクジラの背がちらりと見えた。

「顔を出してくれ。そこにいるのは、わかっているんだ」

海面にじっと目を凝らすが、数分間は何も起こらなかった。そのとき、少し離れたところで、シルエットが二つ、順に海面に現われた。銃声に似た音が聞こえ、背から硝煙のような白い煙が上がる。アナワクは目を見開いた。

ザトウクジラだ。

彼は笑いだした。嬉しかった。経験を積んだ研究者なら、クジラの吹く潮で種類を見分けられる。大型のクジラの場合、一回に吹く量は数立方メートルだ。肺に溜まった空気は圧縮されて、狭い噴気孔から吹きだされる。空中に拡散すると同時に冷やされ、スプレーから噴出された霧のように凝縮される。潮の形や高さは、同種のクジラでも、潜水時間や個体の大きさに応じて変化するし、風も影響した。しかし、明らかに今の潮は密集した霧状で、ザトウクジラに典型的なものだった。

彼はパソコンを開いてプログラムを起動させた。決まってこの海にやって来るクジラのプロフィールを記録してあるのだ。熟練しなければ、水面に出るわずかな部分だけで種を見分けることはできない。ましてや個体の識別は不可能だ。さらに、荒れた海、靄《もや》、雨やきらきらと輝く陽光のために目視は難しくなる。それでも、各々のクジラは識別票ともいえる独自の特徴を持っている。最もわかりやすいのが尾びれだ。潜水を始める際に、尾びれは海面に高くそそり立つ。一つとして同じものはない。独自の模様を持ち、縁の形状がすべて異なるのだ。彼自身も多くの尾びれを覚えているが、パソコンに記憶させた写真と照合するほうが、作業は当然ずっと楽だった。

アナワクは、この二頭がよく知るクジラだと確信していた。

しばらくして、ふたたび黒い姿が浮上した。初めは見えなかったが、やがて噴気孔のある背が現われた。銃声のような音が響き、ほぼ同時に潮を吹きだした。今回はすぐに潜水せず、背を丸めて高く掲げた。ずんぐりした背びれが現われて前方に湾曲すると、ふたたび海面を切り裂く。浮きでた背骨がはっきり見えた。クジラは潜水を始め、ついに尾びれがゆっくりと海面にそそり立った。

彼は急いで双眼鏡を覗いたが、間に合わなかった。大丈夫だ、クジラはここにいるのだ。クジラ研究者のいちばんの長所は忍耐力だ。それに、ツーリストが来るまでには充分な時間がある。二本目のアイスティを開け、ミューズリー・バーにかぶりついた。

彼の忍耐はわずかな時間で報われた。五頭のザトウクジラが、ボートのすぐ近くを泳いでいたのだ。早鐘のように胸が鳴った。すぐ近くだ。胸を躍らせて、尾びれが出るのを待つ。彼はこの光景にすっかり心を奪われて、ボートの脇の巨大な影にまったく気づかなかった。やがて影はさらに大きさを増し、ついに彼も首をまわした。そして、驚愕した。

五頭のザトウクジラのことは頭から消え、彼の口がぽかんと開いた。

音もなく、クジラの頭が波間から出てきた。ボートの縁のゴムパッドに触れそうなほど近い。頭は三メートル半も水面にそそり立った。閉じた口もとには、たくさんの畝《うね》、骨ばったふくらみ、無数のフジツボが見える。上向きの口角の先にこぶし大の目があり、ゾディアックの中の彼をまっすぐ見つめていた。巨大な胸びれのつけ根が波間に見えた。

不動の岩のように、頭は突き出たままだ。

アナワクにとって、これはクジラとの最高の遭遇だった。クジラを間近に見たことは何度もある。自分が潜って近づき、クジラに触れ、腕をまわし、背に乗った経験もあった。コククジラ、ザトウクジラやオルカは、しばしばボートのすぐそばに頭を出すことがある。景色を眺め、ボートを観察するのだ。

しかし、これはそうではない。

彼は、むしろ自分がクジラに見られていると感じた。クジラはボートには興味がないようだ。ゾウのような丸い瞼《まぶた》の下の瞳は、間違いなくボートの中の人物を見ている。クジラは水中では鋭い視力を持っているが、レンズの湾曲が強いため近視だ。しかし、この至近距離では、はっきりとアナワクが見えているだろう。

驚かさないように静かに腕を伸ばし、クジラのなめらかで湿った肌にさわった。潜水する気配はない。クジラは目をぐるりと動かしたが、視線はふたたびアナワクに張りついた。気味が悪いほどじっと見つめている。この瞬間、彼は幸せに満ちあふれた。だが、クジラは何の目的で、このように長く観察しているのだろうか。普通、クジラが周囲を観察するのは数秒間だ。体を垂直に保つにはかなりの力を必要とする。

「今までどこにいたんだい？」

ゾディアックの反対側で、かすかに水のはねる音がした。彼が振り向いた瞬間、クジラの頭がもう一つそそり立った。一頭目よりも少し小ぶりだが、同じように近い。黒い瞳が彼を捉えていた。

クジラを撫でていた手が止まった。

どういうことだ？

彼は次第に落ち着かなくなった。このようにクジラが目を見据えることは普通ではありえない。一度も経験したことのない光景だ。鞄にかがみこんで小型のデジタルカメラを取りだすと、高く掲げた。

「じっとして！」

それが間違いだったのだろう。そうだとしたら、ザトウクジラが公然とカメラに反感を示したのは、ホエールウォッチングの歴史が始まって以来、初めてのことだ。二頭は命令されたかのように潜水を始めた。島のような巨体が海中に沈んでいった。水が攪拌《かくはん》される音がして、数個の泡が浮かんだ。彼は輝く海原に、一人とり残された。

あたりを見まわした。

陽が昇るところだ。朝靄《あさもや》が山にかかっている。青みがかった波が穏やかにうねっていた。

クジラはいない。

アナワクは大きく息を吐いた。今ようやく、胸の激しい鼓動の音を聞いた。カメラを鞄に戻して双眼鏡を手に取ったが、考えを変えた。二頭は遠くには行っていないはずだ。レコーダーを取りだしてヘッドホンをつけると、水中マイクをゆっくりと海に入れた。マイクは感度が良く、水中を昇る気泡の音を捉えられる。ヘッドホンからは雑多な音が聞こえてくるが、クジラの発する音は聞こえなかった。期待に胸をふくらませて耳を澄ましたが、クジラの立てる特徴ある音は聞こえなかった。

結局、水中マイクを引き上げた。

しばらくして、遠くにクジラの吹く潮が見えた。そろそろ港に帰る潮時だ。トフィーノに戻りながら、アナワクは想像をふくらませた。観光客がクジラのこの光景を見たら、どう反応するだろう。あちこちで噂になるかもしれない。「〈デイヴィーズ〉とクジラたち!」さぞや問い合わせが殺到することだろう。

夢のようだ!

ゾディアックを静かな湾に走らせながら、湾を囲む森を眺めた。

どことなく夢のような光景だった。

三月二十三日

ノルウェー　トロンヘイム

シグル・ヨハンソンは、けたたましい音に眠りを引き裂かれた。目覚まし時計を手で探るが、それは電話の呼び出し音だった。目をこすりながら体を起こす。平衡感覚が定まらず、仰向けにひっくり返った。世界がまわっていた。

昨夜はどうしたのか？　同僚や学生たちと飲んで沈没したのだ。本当は、〈ハーヴフルエン〉で夕食をとるだけの予定だった。ガムレ・ビューブルという古い橋からほど近い、昔の倉庫街にあるレストランで、おいしい魚料理が名物だ。それにいいワインも揃っている。そうだ、すごくうまいワインだった。皆で窓辺のテーブルに座り、桟橋や小型ボートの浮かぶニドゥ川の流れを眺めていた。川はいくつかの支流と合流し、近くのトロンヘイムフィヨルドに流れこむ。誰かがジョークを飛ばしはじめると、彼は店の主人とともにワインセラーに下りて、客には提供しない貴重なヴィンテージを見せてもらったのだった。

しかし二日酔いの原因は、結局そのヴィンテージワインを提供されたことにある。

ヨハンソンはため息をついた。

ふたたび体を起こすと、今度はまっすぐに座ることができた。もはや五十六歳だ。無茶はしないほうがいい。いや、してもかまわない。こんな朝早くに電話をよこすやつが悪いのだ。

電話は執拗に鳴り続けた。誰も聞いていないのをいいことに、彼は大げさなうめき声を上げながら、おぼつかない足どりで居間に行った。今日は講義があっただろうか？　突然、おぞましい光景が目に浮かんだ。老いた姿で学生たちの前に立つ。顎は力なく胸に垂れ下がっている。そこで、舌が動くだけの余裕を残し、ネクタイをきつく結んで顎を支える。

だが、一瞬にして舌に苔《こけ》が生えて動かなくなり、明瞭な発音ができない。

やっとの思いで受話器を上げたとき、今日が土曜日だと思い出して、ほっと胸を撫で下ろした。

「もしもし、ヨハンソンです」

意外なことに、明瞭な声が出た。

「あらあら、時間がかかったわね」

ティナ・ルンだ。

彼は目をむくと、リクライニングチェアに沈みこんだ。

「今、何時？」

「六時半よ」

「土曜日だぞ」

「そう、土曜日よ。どうかしたの？　調子が悪そうだけど」

「調子がいいはずないさ。こんな常識はずれな時間に電話がかかってきたら」

彼女はくすくす笑った。

「テューホルトのマリンテクに来てほしいの」

「研究所に？　どうして？」

「いっしょに朝食はどうかと思って。コーレがトロンヘイムに来ていて、彼もあなたに会えたら喜ぶわ……それに、訊きたいこともあるし」

「そういうことか。私と朝食なんて、きみらしくないからな」

「誤解しないで。意見をちょっと聞きたいだけなのよ」

「何の？」

「電話ではちょっと。来てくれる？」

「一時間後なら」

ヨハンソンは言って、顎がはずれそうなほど大きなあくびをした。

「いや、二時間だ。大学に行ってみる。きっと、きみのゴカイの鑑定結果が届いているから」

「好都合だわ。でも、間違いじゃない？　初めに、皆をやきもきさせたのはわたしだけど、今は立場が逆ね。まあいいわ、時間をあげる。でも急いでね」

「かしこまりました」

彼はつぶやいた。

目眩《めまい》に襲われながら、這うようにして浴室に向かった。三十分もシャワーを浴びると、少しは気分がよくなった。二日酔いどころではなく、感覚器官までおかしくなっている。鏡に映った自分の姿が二重に見えた。この状態で運転ができるだろうか。

試してみるか。

外は日が照り、暖かだった。ヒルケ通りに人影はない。朝日を浴びて、家々の壁の色や木々の芽がひときわ強烈に輝いていた。トロンヘイムの町が春のリハーサルをしているようだ。いつになく好天続きで、残雪もすっかり解けていた。特に今日は清々《すがすが》しい日だ。ルンに電話で起こされたことさえ不快ではなくなった。ノルウェー工科大学《NTNU》のあるグロースハウゲンにジープで向かいながら、口笛でヴィヴァルディを吹いた。思いがけず味わった爽快感を高めてくれて、心身に重すぎないのがヴィヴァルディのいいところだ。大学業務は週末は休みだが、誰もいないから、手紙やメールを書くなど、邪魔されずに仕事ができる。

ヨハンソンは集合ポストに行き、自分の学科の棚からぶ厚い包みを引っ張りだした。フランクフルトのゼンケンベルク自然博物館からだ。ルンが待ち焦がれていた鑑定結果にちがいない。開封せずに鞄に入れた。大学を出てテューホルトに向かう。

海洋技術研究所、通称マリンテクはNTNUやシンテフ研究所、スタットオイル中央研究所と密接に連携している。マリンテクには複数のシミュレーションタンクや造波装置のほかに、世界最大の実験用海水プールがある。長さ八十メートル、深さ十メートルのプールに、波や風をスケールモデルで再現できる。ノルウェーの海に浮かぶ石油生産施設のほとんどが、このプールでテストされたのだ。二基の造波装置は海流や、最大で高さ一メートルの波を起こしてミニチュアの嵐を再現する。プラットフォームの模型から見れば、それは巨大な波だ。ルンはきっとそこで、大陸斜面に建設する海底ユニットをテストしているのだろう。

事実、彼女はプールのあるホールにいて、科学者たちと討論の真っ最中だった。プールでは滑稽《こっけい》な光景が繰り広げられていた。ダイバーが、緑色の海に浮かぶ海洋プラットフォームの模型のあいだを泳いでいる。技術者が乗るゴムボートのあいだを、ミニチュアのタンカーが航行している。一見すると玩具屋か、夏の水上パーティーにも思えるが、そうではない。マリンテクが認めなければ、ノルウェーの海洋産業は成立しないのだ。

ルンは彼を見ると、討論を打ち切った。プールサイドをまわって、いつものように小走りで近づいてきた。

「ボートに乗ってくればいいのに」

「これは養殖池ではないの。すべて調整されている。わたしがボートを漕いできたら、何百という作業員が津波で職を失ってしまう。もちろん、わたしの責任よ」

彼女は言って、彼の頬にキスをした。

「ちくちくするわ」

「髭のある男なら、ちくちくするのは当然だ。コーレが髭を剃《そ》っていてよかったな。でなきゃ、私より優先させる理由がなくなる。それで、何のテスト？ 例の海底ユニットか？」

「最善を尽くしているの。このプールで再現できるのは、水深千メートルまで」

「きみたちのプロジェクトには充分だ」

「それでも、いろいろなシナリオをコンピュータで計算するの。実際、プールでの実験結果がはずれることがあるから。そうなると、満足のいく適合性が得られるまで、パラメータを変えなくてはならない」

「シェルが水深二千メートルでのユニット建設をめざすと、昨日の新聞に出ていた。競争になるな」

「知ってる。マリンテクはシェルの依頼も受けているから。問題はますます複雑になるということ。さあ、朝ごはんにしましょう」

二人はホールを出た。

「なぜ、きみたちがSWOPを採用しないのか、いまだにわからない。浮遊構造物からフレキシブルなパイプを海底に伸ばすほうが、簡単じゃないのか？」

彼女は首を振った。

「危険すぎるの。浮遊式生産システムではアンカーを下ろし……」

「それはわかるが……」

「……アンカーがはずれる可能性もある」

「だが、かなりの数のプラットフォームが大陸棚に固定されているぞ！」

「水深の浅いところでは問題ない。深くなると、波や海流の状態がまったく違ってくる。

それに問題はアンカーだけではない。パイプは長くなればなるほど不安定になる。パイプが破損して、海洋汚染を招くわけにはいかない。しかも、そんな沖の揺れるデッキで働こうという人はいないわ。どんなハードボイルドな男でも、胃がひっくり返ってしまうもの。さあ、この上よ」

二人は階段を上った。

「てっきり朝飯だと思ったが」

ヨハンソンが驚いて言った。

「もちろん、でもその前に見せたいものがあるの」

ルンが扉を開けた。そこは、プールの上にあたるオフィスだった。正面の大きな窓に、フィヨルドまで続く、切妻屋根の家並みや緑の木々が見えた。

「なんと素晴らしい朝だろう」

彼がハミングして言った。

ルンがデスクの下から樹脂製の椅子を二脚引きだした。ディスプレイの大きなノートパソコンを開ける。キイボードをたたくと、プログラムが起動した。どこかで見た写真が現われた。乳白色の平面が端に行くにつれ漆黒に溶けこんでいる。不意に、彼はあの光景を思い出した。

「ヴィクターが撮影した写真だね。大陸斜面で見た物体」

「そう、わたしを不安にさせるもの」

「正体がわかったのか？」

「いいえ。除外できるものがわかっただけ。クラゲでも、魚の群れでもない。いくつもフィルターをかけてみたの。で、これがいちばん見やすい写真」

彼女は言って、最初の写真を拡大した。

「最初にこの生物がレンズの前に現われたとき、投光器の強烈な光を浴びた。これは、生き物の一部分。人工の光があたらなければ、まるで違って見えたはずだわ」

「光がなければ、この深さでは何も見えない」

「そのとおり！」

「発光生物でないかぎり……」

彼は言葉につまった。ルンは満足そうに、キイボードをたたいた。次の写真は右上の部分を拡大したものだ。明るい平面が暗闇に消えていくところに、かすかに何かが光っている。それは濃青色の別の光で、明るい尾を引いていた。

「もし発光生物を照らしたら、その生物本来の光は見られないわ。ヴィクターのライトは強力で全部を照らす。けれど、この端まではライトの光は届いていない。そこに何かが光っている。つまり、これは発光生物で、かなり大きいものだということ」

深海生物の多くが、発光する能力を持っている。光を放つには、共生する発光細菌を利用するのだ。海面近くにも、藻類や小型の頭足類など発光する生物がいるが、本当の意味での光の海は、さまざまな発光生物が棲む、太陽光の届かない真っ暗な深海のことだ。

ヨハンソンは画面を凝視した。慣れない者の目には、ほとんど見えないくらいの青い光だ。だが、ヴィクターの画像は解析度が高い。ルンの言うとおりだ。

「どのくらいの大きさだろうか？」

彼は髭をこすりながら訊いた。

「難しいわね。消えるみたいに、あっという間にライトの届かないところに泳ぎ去った。ライトの届く距離は数メートル。ほぼ体の全部が写真に写っている。ということは？」

「この写真に写っている部分だけで、十から十二平方メートル」

「そのとおり！」

彼女はひと息おいた。

「端に光が写っているということは、つまり、わたしたちは一部しか見なかった」

「プランクトン生物かもしれない。微小生物でも、発光するものがある」

「では、この模様は何？」

「明るく尾を引いている部分か？　偶然、模様に見えるだけだ。火星の運河のように」

「プランクトンではないと思う」

「そうはっきりとは言いきれない」

「言えるわ。これをよく見て」

ルンは次の画像を呼びだした。物体はますます暗闇に溶けこんでいる。実際に、見えていたのは一秒にも満たない一瞬だった。二枚目、三枚目の拡大画像にはかすかに光る平面と尾が写っているが、その位置は変化していくように見える。そして、四枚目の画像ですべてが消えた。

「発光をやめたんだ」

ヨハンソンは驚いて言った。

ある種のイカは、コミュニケーションをとるのに生物発光を利用する。目の前に現われた危険を避けるために、いわゆるスイッチを切り替えて闇に溶けこむ行為は、それほど珍しいことではない。しかし、この生物は大きすぎる。どのようなイカよりも大きかった。

一つ思いあたったが、納得できなかった。ノルウェー沿岸には生息しないからだ。

「アルキテウティス」

「ダイオウイカね。それしかないわ。だとすると、この近辺に初めて現われたことになる」

ルンはうなずいて言った。

「生きたダイオウイカが、このあたりで初めて発見されたのかもしれないな」

しかし、それは違うだろう。ダイオウイカにまつわる話は、船乗りの作り話として悪評が高かった。やがて、岸に死骸が打ち上げられて、その存在が証明される。しかし、確実に証明されたとは言い難かった。なぜなら、イカの体はゴムのようで、特に分解の始まった死骸は引っ張ればいくらでも伸びるからだ。数年前、ニュージーランドの東の海で、ついに小さなダイオウイカが研究者の網にかかった。DNA分析によると、生後わずか十八カ月のあいだに体長二十メートル、体重一トンの巨体に成長すると解明された。しかし、そのように巨大なイカを生きた姿で見た者は、まだ一人もいないのだ。ダイオウイカは深海に生息するが、発光するかどうかはわからない。

ヨハンソンは顔をしかめた。やがて首を振って言った。

「違う」

「何が違うの？」

「否定せざるをえない材料が多すぎる。第一、このあたりはダイオウイカの生息域ではない」

「でも……どこに生息するかなんて、誰も知らない。何もわかってないのよ」

ルンは両手を強く振って言った。

「ダイオウイカはこの海のものじゃない」

「あのゴカイだって違うわ」

二人は黙りこんだ。

結局、ヨハンソンが口を開いた。

「たとえダイオウイカであっても、臆病な生物だ。心配はいらない。ダイオウイカに襲われた人間はいないんだ」

「もっと違う証言もある」

「勘弁してくれよ！　ボートの一艇や二艇、転覆させたかもしれない。だけど、巨大イカが石油産業を脅かすなんて、笑い話にもならないぞ」

彼女は疑うような目で画像を眺めると、やがてデータを閉じた。

「オーケー。あなたの結果を持ってきてくれた？」

ヨハンソンは包みを取りだして開封した。細かい印字の、ぶ厚い書類の束が出てきた。

「まあ大変！」

「要約があるはずだ――あった！」

「見せて」

「ちょっと待ってくれ」

彼は要約に目を走らせた。彼女は立ち上がって窓辺に行った。やがて部屋の中を行ったり来たりしはじめた。

「早くしてよ」

ヨハンソンは眉根を寄せると、書類の束をぱらぱらとめくった。

「面白い」

「早く吐いてしまいなさい！」

「報告書によると、例の生物は多毛類だ。ヘシオチェカ・メタニコラとかなりの類似点があると証明された。しかし、際立った顎……この辺は詳細が書いてある……ここだ。顎を調べたところ、非常に強靭《きょうじん》で、穴を掘るのに適している」

「そんなことは、とっくに知ってる」

ルンが苛立って言った。

「もっと検査した。アイソトープ照射、それから質量スペクトル分析——おっと！　私たちの友人は、マイナス九十パーミル」

「わかるように言ってくれる？」

「本当にメタンを食べている。つまり、メタンを分解するバクテリアと共生しているんだ。どう説明すればいいか……アイソトープはわかるね？」

「化学的性質が同じでも重さが違う原子」

「よろしい。たとえば、炭素には重さの違うものがある。炭素12と炭素13。きみが、軽いほうの炭素、軽いほうのアイソトープを主に含む食品を食べる。すると、きみは軽くなる。ここまではわかるかね？」

「大丈夫」

「メタンの中には、非常に軽い炭素が含まれている。メタンを食べるバクテリアと共生しているなら、まずバクテリアが軽くなり、次に、軽いバクテリアを食べた生物も軽くなる。そして、私たちの友人は非常に軽いとわかった」

「生物学者って、おかしな人たちね。そんなこと、どうやって見つけるの？」

「恐ろしいことをするんだ。生物を乾燥させてから砕いて粉にする。それから秤《はかり》で計量するわけだ。電子マイクロスコープでスキャンした結果は……DNAを染色し……なかなか慎重だ……」

「もういいわ！」

ルンは彼に近づくと、書類を引っ張った。

「学術的なことはどうでもいい。わたしが知りたいのは、あそこが掘削可能かどうか」

ヨハンソンは彼女の手から書類を取り返し、最後の行を読んだ。

「きみたちは……素晴らしい！」

「何が？」

彼は書類から顔を上げた。

「あの生物はバクテリアだらけだ。きみのゴカイは、バクテリアの乗り合いバスといったところだ」

「どういう意味？」

彼女は不安そうに見返した。

「矛盾した話だ。きみのゴカイは明らかにメタンハイドレートにいる。バクテリアで爆発しそうなほど、バクテリアを引き連れている。だから、餌を取りにいく必要も、穴を掘る必要もない。ただ、メタン氷の上で怠惰に太っていられる。にもかかわらず、掘るのに適した巨大な顎がある。大陸斜面に集まる大群は、怠惰で太っているようには見えなかった。間違いなく機敏なゴカイだ」

「海底で何をやっているの？　いったいどういう生物なの？」

彼は肩をすくめた。

「わからない。本当にカンブリア紀から蘇《よみがえ》ったのかもしれない。海底で何をしているのか、どんな役割を持つのかもわからない。ゴカイに大それたことができるだろうか？　一面に蠢《うごめ》いているが、パイプラインをかじったりはしないだろう」

「じゃあ、何をかじるの？」

彼は報告書の要約に目を落とした。

「それを教えてくれそうな研究所の住所が書いてある。そこでもだめなら、自分たちで探しあてるほかなさそうだ」

「まずは訊いてみたほうがいいようね」

「わかった。サンプルを送るよ」

ヨハンソンは体を伸ばして、あくびをした。

「きっと現場を確かめに調査船でやって来るだろう。いずれにせよ、もう少し待たなければならないが。今のところわれわれがすることはない。きみさえよければ、朝飯を食べたいのだが。コーレ・スヴェルドルップにアドバイスもしたいし」

ルンはほほ笑んだ。しかし、満足しているようには見えなかった。

四月五日

カナダ　バンクーバー島およびバンクーバー

ホエールウォッチングに活気が戻ってきた。

この不思議な状況でなければ、アナワクもシューメーカーとともに喜んでいただろう。クジラが戻り、シューメーカーは愚痴《ぐち》を言わなくなった。実際、クジラは一頭、また一頭と姿を現わした。コククジラ、ザトウクジラ、オルカ、それにミンククジラまでも。クジラがまた回遊してきたことは嬉しい。とにかくクジラに戻ってきてほしいと願っていたのだ。しかし喜ぶ前に、知りたい答えがある。こんなにも長期間、クジラはどこにいたのだろうか？　衛星やソナーでも位置を探知できなかったのに。さらに、あの二頭のクジラとの遭遇は頭に焼きついて離れない。まるで自分自身が実験用マウスになった気がした。クジラは冷静かつ徹底的に観察していた。彼は解剖台にのせられた気分だった。

二頭はスパイだったのか？

何を探っていたのか？

ありえない！

彼はチケット売り場を閉めて外に出た。客はすでに桟橋の端に集まっている。オレンジ色のオーバーオールで体をすっぽり覆った姿は、特殊部隊を彷彿させた。彼は朝の新鮮な空気を吸い、乗客たちのあとを追った。

背後に駆け寄る足音が聞こえた。

「ドクター・アナワク！」

彼は立ち止まった。振り向くと、アリシア・デラウェアがすぐ脇に現われた。赤毛をポニーテイルに結い、流行の青いサングラスをかけている。

「いっしょに連れていってもらえませんか？」

アナワクがじろりと見ると、彼女はブルーシャーク号の青い船体に目をやった。

「もう満席だ」

「ずっと立ってますから」

「三十分もしないうちに、レディ・ウェクサム号が出る。そっちのほうが快適だよ。大きいし、キャビンには暖房もあるし、スナックバーも……」

「そんなの結構です。どこかに場所はあるでしょう？　後ろのほうに！」

「キャビンはスーザンとぼくでいっぱいだ」

「座席なんかいりません」

彼女は言ってほほ笑んだ。大きすぎる歯は、そばかすだらけのウサギを連想させた。

「お願いです！　まだ怒っているんですか？　正直言うと、いっしょに行きたいんです」

彼は顔をしかめた。

「そんな顔をしないでください。あなたの本を読んで感銘を受けました。それだけです」

彼女は目を丸くして言った。

「そんなふうには見えなかったが」

「水族館で？　忘れてください」

彼女は手を振った。

「ここにいられるのは、あと一日だけなんです。いい思い出になります」

「規則があるし」

彼の声から説得力が消えていた。

「頑固なんですね。わたし泣き虫なんです。連れていってくれないなら、シカゴに帰る飛行機の中で泣き続けることになりますよ。責任をとってくれますか？」

彼女はほほ笑みかけた。アナワクも笑うしかなかった。

「わかったよ。いっしょに来なさい」

「本当に？」

「だが、ぼくの気に障るような真似はしないこと。きみの難解な理論はしまっておいてくれ」

「あれはわたしの理論ではなく……」

「とにかく黙っていてくれ」

彼女は反論しようとしたが、考え直してうなずいた。

「ここで待っていなさい。オーバーオールを取ってくるから」

アリシア・デラウェアが約束を守ったのは、初めの十分間だけだった。トフィーノの町並みが緑の山の向こうに消えると、アナワクの隣に来て手を差しだした。

「リシアと呼んでください」

「リシアって？」

「アリシアからアを取って。アリシアって間抜けな名前だと思うんです。両親はもちろんそう思わなかった。名前をつけるときに、本人に訊くわけにもいかないし。あなたはレオンでしょう？」

「よろしく、リシア」

彼は差しだされた手を握った。

「こちらこそよろしく。では、ちょっとはっきりさせておきましょう」

アナワクは助けを求めるように、ゾディアックを操縦するストリンガーを見た。彼女は肩をすくめ、進行方向に集中した。

「何のこと?」

彼は慎重に尋ねた。

「この前、水族館ではばかみたいに知ったかぶりして、ごめんなさい」

「済んだことだ」

「それで、今度はあなたが謝る番だわ」

「どうしてぼくが?」

彼女は目を伏せた。

「皆の前で自分の意見を批判されるのはかまわない。でも、容姿について言われるのは」

「ぼくは何も……」

なんということだ。

「わたしが化粧をするところを見たら、シロイルカはわたしの理性を疑う——あなたはそう言った」

「そんなつもりではなかった。抽象的な比較だ」

「許せない比較だわ」

アナワクは黒い頭を掻《か》いた。あのとき彼はデラウェアに腹を立てていた。自分の論点を用意して水族館に現われ、無知によって注目を集めたからだ。しかし、自分も無知だった。彼女を傷つける言葉を言ったのだから。

「本当にすまなかった」

「わかりました」

「きみはポヴィネリを引き合いにしたんだね」

彼女は笑みを浮かべた。彼が真面目に話をしているとわかったからだ。霊長類やほかの動物が実際はどれほど知能や自意識があるかという論争において、ダニエル・ポヴィネリはゴードン・ギャラップの好敵手だった。彼は、鏡に映った自分を認識するチンパンジーは、自分なりのイメージを持つという、ギャラップの論理を支持した。しかし、自身の心理状態を把握し、そこから他者の心理も理解するという論理は否定した。ポヴィネリから見れば、人間が持つような心理的理解力を、動物も持つとは証明されていないのだ。

「ポヴィネリの考えは時代遅れです。一方、ギャラップはずっとわかりやすい。チンパンジーやイルカを人間と同等のパートナーだとみなすから」

「彼らは同等のパートナーだ」

「倫理的な意味では」

「それは関係ない。倫理は人間が作りだしたものだ」

「誰もそれは疑わない。ポヴィネリもです」

アナワクは湾を見わたした。小さな島々が目に入った。

「きみの言いたいことはわかる。動物を人間的に扱うために、動物の中に人間らしい点を見つけようとするのは間違っていると、考えているんだね」

「傲慢《ごうまん》なことだわ」

デラウェアは強い口調で言った。

「きみの言うとおりだ。それは何の問題解決にもならない。だが、より人間に似ていれば、その生命をより大切にすると考える人もいる。動物を殺すのは殺人を犯すより気楽だ。動物が人間に近いものだと考えれば、殺すのが難しくなる。たいていの人はそう考えるが、一方で、人間はすべての生き物の頂点に立つのではなく、生き物の価値は同等だと考える人も少数だがいる。しかし、そう考えるとジレンマに陥る。人間の価値がアリやサルやイルカよりも重要だと考えてしまえば、動物や植物を人間と同等に扱えないのではないか」

「わたしたち、同じ考えだったのね」

彼女は手をたたいて言った。

「ほぼ同じだ。きみは少し……アプローチが独断的だ。ぼくは、チンパンジーやシロイルカは人間の心理と共通するところがあると信じている」

アナワクは、答えようとする彼女を手で制して続けた。

「違った角度で考えてみよう。ぼくたちがシロイルカをもっと高く評価すれば、シロイルカはぼくたちをもっと信頼する――クジラというものがそういう考え方をすればだが。シロイルカは、ぼくたちを知性的だとすら考えるかもしれない。どうだい？」

彼はにやりとした。

デラウェアは鼻に皺《しわ》を寄せた。

「わからない。なんだか誘導されているようだわ」

「前方にアシカがいる！」

ストリンガーが大声を出した。

アナワクは額に手をかざした。ボートの前方に木々のまばらな島があった。岩の上でアシカの群れが日を浴びている。何頭かが億劫《おっくう》そうに頭を持ちあげ、こちらを見ていた。

「もうギャラップやポヴィネリどころではないな」

彼は言った。カメラを構えると、ズームにしてシャッターを切った。

「テーマを変えよう。ぼくたちに共通するのは、動物の価値に序列はなく、人間が考えているだけだという意見だ。二人とも、動物を擬人化することには反対だ。だが、ぼくはそれでもある程度なら、動物の心理を理解できると考えている。動物の知性を把握するといってもいい。さらに、人間とより多くの共通点がある動物もいて、いつかコミュニケーションを図る方法が見つかると思っている。一方きみは、人間ではないものは永遠に未知の存在だと考える。動物の心理は決して理解できない。だから、人間は動物を放っておくことで満足するべきだと」

彼女は沈黙した。ゾディアックは減速してアシカのいる島の脇を通った。

ストリンガーがアシカについて説明し、乗客は写真を撮った。

「考えてみます」

デラウェアはしばらくして言った。

その言葉どおり、ボートが外海に出るまで彼女は口を開かなかった。アナワクは満足した。初めにアシカと遭遇するとは好スタートだ。クジラの数はまだ例年の数に達していない。クジラと遭遇できなくても、岩に群がるアシカの姿でツアーのムードを保てるだろう。

しかし、心配は無用だった。

海岸線のすぐ前に、コククジラの群れが現われたのだ。ザトウクジラよりも小さいものの、巨体には変わりない。数頭がすぐ近くまで来た。わずかなあいだ水中から頭をのぞかせ、乗客たちはその様子に見とれた。斑点《はんてん》のある灰色をした生きた巨岩のようで、強大な顎にはフジツボやカイアシが寄生していた。乗客の多くが夢中でムービーや写真を撮り、残りの者はただ呆然と見つめている。アナワクは一度、立派な大人がクジラの出現に涙を流すのを見たことがあった。

少し離れたところに、ゾディアックが三艇とそれより大きい船が一隻見えた。すべてエンジンを止めている。ストリンガーが無線でこちらの状況を伝えた。ここで繰り広げられているのは平和なホエールウォッチングだ。しかし、ジャック・グレイウォルフのような男には、戦う場として充分だろう。

ジャック・グレイウォルフは愚かな男だ。

しかも凶暴だ。彼のツーリストウォッチングという計画は気に入らない。まるでばかげている。だが、彼が強行するとすれば、まずはメディアを味方につけるだろう。たとえ責任を持って良心的にホエールウォッチングを行なっていても、〈デイヴィーズ〉の信用を傷つけかねない。動物保護を訴える人々の抗議行動は、たとえグレイウォルフのような人物はそのひと握りであっても、ホエールウォッチングに対する悪しき先入観を肯定するものになる。まともな組織の抗議行動と、ジャック・グレイウォルフのような狂信者の襲撃を、誰も区別しようとはしない。ずっと先になってマスコミが事実を検証した頃には、こちらは損害を被ったあとなのだ。

しかし、アナワクの気がかりはグレイウォルフだけではなかった。

カメラを手に、海を見わたした。二頭のザトウクジラと遭遇してから、自分は妄想にとりつかれているのだろうか。あれは幻想だったのか。それとも、クジラが奇異な行動をしたのだろうか。

「右です!」

ストリンガーが指差して叫んだ。

乗客はその方向に顔を向ける。ボートのすぐそばで、数頭のコククジラがまさに潜水するところだった。乗客に尾びれを振ってみせているようだ。アナワクはシャッターを切った。シューメーカーが写真を見たら、手をたたいて喜ぶだろう。まるで絵本のようだ。クジラたちは観客を長いこと待たせた詫《わ》びに、真のパフォーマンスを見せようと決めたらしい。さらに離れたところに、巨大な頭が三つ現われた。

「あれはコククジラではないでしょ?」

デラウェアがガムを噛みながら言った。褒美《ほうび》を期待するかのように、彼を見つめている。

「ザトウクジラだ」

「そうだと思った」

「あれは背を丸めるようにして潜水するから、英語で猫背《ハンプバック》と呼ばれるんだ」

「そんなふうには見えないわ。口もとなら膨らんでるけどね」

彼女は眉を吊り上げて言った。

「また反論する気かい？」

「ごめんなさい。ねえ、あれ何やってるの？」

彼女は突きだした腕を興奮して激しく振った。

ザトウクジラの頭が三つ同時にそそり立ち、巨大な口を開けていたのだ。細い上顎の中央にあるピンク色をしたヒゲ板の、下向きに生えた毛まではっきり見える。巨大な喉もとが膨らんでいる。クジラのいる海が泡立っていた。その中に何かがきらりと光った。小さな魚が跳ねたのだ。無から湧いたようにカモメやアビの一群が現われ、上空で円を描いたり、急降下したりした。まるで宴《うたげ》を分かち合うかのようだ。

「餌を食べているんだ」

アナワクは写真を撮りながら言った。

「すごい！　わたしたちまで食べられそう！」

「リシア！　きみは見た目よりもばかだと思われるぞ」

デラウェアはガムを反対側の歯に嚙み替えた。

「冗談なのに。ザトウクジラの餌は甲殻類や小さな生物でしょう。わたしは、こんなふうに餌を食べるのを初めて見たから。口をちょっと開けるだけだと思っていた」

ストリンガーが振り返った。

「セミクジラの仲間はそうよ。でも、ザトウクジラには独特の食べ方があるの。まず、小魚やカイアシの群れの下を丸く泳ぎ、小さな空気の泡を吹いて群れを丸く囲む。小魚は渦を嫌うから、身を寄せ合って泡のネットを避けようとする。そこで、クジラは海面に出て下顎の畝《うね》を広げると、がぶり」

「説明しなくてもいいよ。彼女、何でも知っているから」

アナワクが言った。

「がぶり？」

デラウェアが訊き返した。

「畝を持つクジラの場合、この餌の食べ方を呑みこみ型と言うのよ。幾筋もある畝を開いて喉もとを膨らませると、餌を溜める巨大な袋に早変わり。オキアミなどを一網打尽にしておいて海水を吐きだすと、ヒゲ板に餌が引っかかる」

アナワクはストリンガーのすぐ横に移動した。デラウェアは、二人だけで話したいことがあるのだと察した。前方の乗客たちのところに行き、ザトウクジラの餌の採り方を説明しはじめた。

しばらくして、アナワクが小声で言った。

「どう思う？」

ストリンガーは彼を見た。

「クジラのこと？」

「そうだ」

「おかしな質問ね。いつもと同じに見えるけど。あなたはどう思うの？」

「きみは普通だと思うんだね？」

「もちろん。すごいショウを見せてくれてる。それどころか、とっても機嫌がいいわ」

「どこか……変わったところは？」

彼女は目を細めた。水面に陽光がきらきらと反射した。ボートのすぐそばに、斑点のある灰色の背が一つ浮かんで、すぐに消えた。ザトウクジラたちはすでに波のすぐ下まで上がってきている。

「変わったところ？　どういう意味？」

「二頭のメガプテレがすぐそばに現われたことは、きみに話したね」

彼はときどき学名を使うことがあった。頭にあるのはばかげた考えだが、メガプテレと学名で言えば、半分くらいは真剣に聞こえるだろう。

「それで？」

「奇妙だった」

「両側に一頭ずつ来たんでしょ。うらやましいな。本当に素晴らしいわ。その場にわたしがいなかっただなんて」

「素晴らしいとは思えない。まるでクジラにチェックされているようだった。密かに……」

「よくわからないわ」

「いい気持ちはしなかった」

彼女は呆れたように首を振った。

「いい気持ちじゃなかった？　あなた、頭がおかしいんじゃないの？　それこそわたしが待ち望むクジラとの遭遇よ。あなたじゃなくて、わたしだったらよかったのに」

「いいや、きみでも全然楽しくなかったはずだ。今でもぼくは疑問なんだ。誰が誰を見張っていたのか？　何の目的で……」

「レオン、相手はクジラよ。スパイじゃないわ」

彼は目をこすって、肩をすくめた。

「オーケー。忘れてくれ。きっと、ぼくの思い違いだ」

ストリンガーの携帯無線機が音を立て、トム・シューメーカーの声が雑音に混じって聞こえてきた。

「スーザン？　チャンネルを99に変えてくれ」

すべてのホエールウォッチングセンターは無線の送受信にチャンネル98を使用している。誰もが情報を共有できて便利だからだ。沿岸警備隊やトフィーノ航空、ホエールウォッチングのことを好まないスポーツフィッシングの船も同様だ。そこで私的な通話には、各センターは独自のチャンネルを使う。彼女はチャンネルを切り替えた。

「レオンは近くにいるか？」

「ええ、ここにいるわ」

彼女は無線機をアナワクに渡した。彼はシューメーカーとしばらく話をした。

「いいよ、ぼくが行こう――急だけどかまわない――戻り次第そっちに飛ぶと伝えてくれるかい――じゃあ、あとで」

彼は無線を終えると、デラウェアに無線機を返した。

「何だったの？」

「イングルウッドから問い合わせがあって」

「イングルウッド？　船会社の？」

「お偉いさんからの電話で、シューメーカーには詳しいことを言わなかった。ぼくの意見を聞きたいそうだ。それも急いで。妙な話だ。とにかくぼくに会社まで来てほしいらしい」


イングルウッドはヘリコプターを差し向けていた。シューメーカーと無線で話してから二時間も経たないうちに、アナワクはバンクーバー島の大自然の中を飛んでいた。なだらかな丘は険しい岩山に変わり、そのあいだに川やターコイズブルーの湖がきらきらと輝いている。しかし島の美しさも、木材産業による森林伐採の跡は隠せない。この一世紀で、木材産業はこの地方の主要産業に発展した。かなりの面積が伐採されたことは一目瞭然だった。

バンクーバー島をあとにして、ジョージア海峡を越えた。豪華客船やフェリー、貨物船やヨットがたくさん行き交っている。遠くに、雪を頂くロッキー山脈が連なっていた。ピンクや青いガラスの輝く高層ビルが、広々とした湾を縁どるように建っている。たくさんのカラフルな水上飛行機が鳥のように飛び立ち、着水していた。

パイロットが地上基地と無線交信した。ヘリコプターは高度を下げてカーブを描くと、ドックをめざす。まもなく、広大な駐車場の空いたスペースに着陸した。両側にはヒマラヤスギが積み上げられ、船に積まれるのを待っていた。少し離れたところには、硫黄や石炭の山がある。桟橋には巨大コンテナ船が停泊しており、数人の集団が見えた。そこから男が一人、ヘリコプターに近づいてくる。ローターの風に髪をなびかせ、コートを羽織った肩を寒さにすぼめていた。アナワクはシートベルトをはずし、降りる準備をした。

男が扉を開けた。六十代初めの背が高く恰幅《かっぷく》のいい男で、愛想のいい丸顔にしっかりした目をしていた。アナワクが握手の手を差しのべると、ほほ笑んだ。

「専務取締役のクライヴ・ロバーツです」

二人は握手を交わした。アナワクはロバーツの後ろを、先ほど見えた集団のところに向かった。彼らはコンテナ船を観察している。船の右舷を見上げ、船体に沿って歩いては立ち止まり、身振りを交えて話をしていた。

「こんなに早く来てくださり、ありがとうございます。普通なら、出し抜けにお願いするような真似はしないのですが。なにしろ事態が急を要することで」

「大丈夫です。それで用件は？」

「事故でして。おそらくは」

「あの船が？」

「ええ、バリア・クイーン号です。正確に言うと、あの船を曳航《えいこう》するタグボートに問題があって」

「ぼくがクジラの専門家だということはご存じでしょう？　クジラやイルカの行動を研究する」

「まさに、その行動研究が必要なんです」

ロバーツは人々を紹介した。三人が船会社のマネジメントに所属し、二人が技術提携会社の人間だった。少し離れたところで、二人の男がトラックから潜水機材を降ろしている。アナワクは心配そうな男たちの顔を見た。すると、ロバーツが彼を脇に連れていった。

「今のところ、残念ながら船員とは話ができません。報告書ができ次第、コピーを親展で差し上げます。これは内密にお願いできますか？」

「もちろんです」

「事件を簡単にお話しします。その上で、ここに残るか帰るかを決めてください。どちらにしても、ご足労いただいたことには充分なお礼をさせていただきますので」

「べつに迷惑ではありませんよ」

ロバーツは彼に感謝の眼差しを向けた。

「バリア・クイーン号はかなり新しい船です。つい最近も徹底的に調べたばかりで、あらゆる基準に照らして検査に合格しました。六万トンの貨物船です。これまで問題もなく、主に日本向けにトラックを運び、帰ってきたところです。安全には十二分に経費をかけています。いずれにせよ、バリア・クイーンは復路も貨物を満載していた」

アナワクはうなずいた。

「六日前、船はバンクーバーの二百海里水域に到着しました。午前三時頃、操舵手がコースを五度変更。これは通常の修正で、特に計器には注意しませんでした。遥か前方に一隻の灯りが見え、肉眼で方向は確認できました。ところが、当時の状況では、その灯りは右方向へ移動するはずだったが、実際は動かない。バリア・クイーンはまっすぐに進み続けたのです。操舵手はさらに舵をとったが、コースは変わらない。そこで舵を一杯にとったところ、突然コースが変わった。それどころか舵が利きすぎたわけです」

「その船に衝突したのですか?」

「いや、船はずっと遠くだったので。しかし、舵板が動かなくなったようです。舵を一杯にとったまま戻らない。二十ノットで航行中に舵を一杯にとる……この大きさの船はすぐには止まらない！　バリア・クイーンは高速で急カーブを切った。積荷を満載した船は傾く。傾斜度十度でどうなるかわかりますか?」

「想像はできます」

「喫水線のすぐ上に、車両デッキ用の排水口があります。外洋では絶えず排水口は水をかぶるため、そのたびに排水しなければならない。船がそれほど傾けば、常に排水口が海面下にあることになり、船はあっという間に浸水してしまいます。幸いなことに、海は穏やかだった。だが、危機的状況には変わりなかった。舵は元の位置に戻らなかったので」

「原因は何ですか?」

ロバーツは一瞬沈黙した。

「原因は不明です。わかっているのは、厄介ごとはこれからだということ。バリア・クイーンはエンジンを止め、遭難信号を発信して待った。明らかに操船不能でした。周辺の船舶は慎重にコースを変えて現場に接近した。バンクーバーから二隻の海難救助船が出港し、二日と半日後、午後の早い時間に到着した。全長六十メートルのオーシャンタグと、二十五メートルのタグボートでした。最も困難なのは、曳船から救助する船にロープを渡す作業です。嵐の中だと数時間かかることもある。まず細いロープを渡し、次に太いロープ。最後に重いケーブルを渡す。しかし、今回の場合は……それほど問題があったわけではありません。好天が続いており、海は穏やかだった。なのに、タグボートは妨害されたのです」

「妨害？　誰にですか？」

「それが……」

　ロバーツは先を続けるのがつらそうに、顔をしかめた。

「それはまるで……なんということだ！　クジラに襲撃されたというような話を聞いたことがありますか？」

　アナワクは面くらった。

「船がですか？」

「ええ、大型船が」

「非常に稀《まれ》ですが」

「稀？　でも、襲撃されたことがあるんですね」

「十九世紀に記録が残っています。メルヴィルがそれで小説を書いた」

「『白鯨』のことですか？　フィクションだと思っていたが」

　アナワクは首を振った。

「『白鯨』はエセックスの捕鯨船の話をもとにしています。実際に、マッコウクジラに沈められたんです。全長四十二メートルの木造船で、おそらくかなりの老朽船だった。クジラが船に激突し、わずか数分で沈没した。乗組員は救命ボートに乗って、何日も大海原を漂った……。あ、そうだ。去年、オーストラリア沿岸で、二件そういう事故があった！二件とも、漁船が転覆したんです」

「どんなふうに？」

「尾びれで船をたたいた。力のほとんどは尾びれに蓄えられていますから。確か、一人が亡くなった。でも、海に落ちた際の心臓麻痺ではなかったかな」

「クジラの種類は？」

「不明です。すぐに消えてしまったから。それに、そういう場合は誰もが違う目撃情報を持ってますよ。しかし、このような船を襲撃するなど考えられない」

アナワクは言って巨大なバリア・クイーン号を見やった。傷があるようには見えない。

ロバーツは彼の視線を追った。

「タグボートのほうが襲撃されたんです。バリア・クイーンではなくて。二隻とも横腹に激突された。クジラは明らかに船を転覆させようとしたが、それは成功しなかった。そこで、ロープを渡すのを妨害し、次に……」

「襲撃した？」

「そうです」

アナワクは手を振った。

「ありえない。クジラは自分と同じか、それ以下の小さなものなら投げ飛ばせる。ですが、大きなものは無理だ。しかも、襲撃するなどありえない。強制されでもしないかぎり」

「乗組員は神に誓って、絶対にそうだと言っているんです。クジラが……」

「クジラの種類は？」

「種類って？　さっき何とお答えに？　誰もが違う証言をすると言われましたよ」

アナワクは顔をしかめた。

「では、シミュレーションしてみましょう。タグボートはシロナガスクジラに襲撃されたと仮定します。バレノプテラ・ムスクルスは最大で体長三十三メートル、体重百二十トン。今も昔も地球最大の生物だ。一頭が自分と同じ大きさの船を襲撃するとなると、少なくとも船と同じ速度が必要だ。それ以上あればもっといいが。まあ、短い助走で時速五十から六十キロメートルは出せるし、流線型の体は水力抵抗も考えなくていい。どのくらいのエネルギー量で衝突するか？　単純に、どちらがどちらを押しのけるか？」

「百二十トンといえば、かなりの大きさだ」

「あなたはあれを持ち上げられますか？」

アナワクはトラックを顎で指した。

「トラックですか？　もちろん無理ですよ」

「地面に足を踏ん張っても不可能だから、あなたが泳いでいたら、なおさら無理な話です。自分よりも重いものは持ち上げられない。あなたも、クジラもそれは同じだ。重さの方程式は避けて通れない。さらに、クジラの重量は押しのける水で相殺される。すると、あとは尾びれの推進力だけ。それだけでも船の方向を変えるのは可能だ。クジラは衝突した瞬間に角度をつけて船と離れる。ビリヤードのようなものです。わかりますか？」

ロバーツは顎をさすった。

「ザトウクジラだったと言う者もいれば、ナガスクジラだったと言う者もいる。バリア・クイーンの乗組員はマッコウクジラを見たと言うし……」

「その三種には、それほど違いはないですよ」

ロバーツは躊躇《ちゅうちょ》した。

「アナワクさん、私は冷静に物事を考える人間です。タグボートがクジラの群れの中に入ったのではないだろうか。クジラが船に激突したのではなく、その逆では？　乗組員が愚かだったのだろう。しかし、クジラが小型タグボートを沈没させたのは事実です」

アナワクはロバーツを呆然と見つめた。

ロバーツは先を続けた。

「バリア・クイーンの船首と、タグボートの船尾とのあいだにケーブルが渡された。鋼鉄製ケーブルがぴんと張りつめたとき、数頭のクジラが海面にジャンプし、ケーブルの上に身を投げた。この場合、押しのける水の量はほとんどありません。乗組員によれば、かなり大型のクジラだった……タグボートは引っ張られて回転し、逆さまに転覆した」

「なんてことだ。乗組員は?」

「二人が行方不明で、あとの者は救助されました。なぜ、クジラはこんなことをしたのでしょう?」

いい質問だと、アナワクは思った。バンドウイルカやシロイルカは鏡に映った自分を認識する。クジラは思考し、プランを練るのか? どのようにして? 人間には理解できない方法なのか? 動機は? 過去や未来という概念を持つのか? どのような理由でタグボートにぶつかったり、沈めたりするのだろうか。

唯一考えられるのは、タグボートがクジラを脅かしたということだ。特に子どものクジラを。

しかし、どのように脅かしたのだろう?

「すべて、クジラの行動とは思えない」

ロバーツは困り果てた顔をした。

「私もそう思います。だが、乗組員は違う状況も見ている。オーシャンタグのほうも同様に攻撃されたのです。結局、ケーブルを渡すことには成功し、それで攻撃は終わった」

アナワクは考えるように足もとを見た。

「偶然でしょう。恐ろしいまでの偶然だ」

「そうでしょうか？」

「舵の状態を見れば、もう少し何かわかるかもしれない」

「そのためにダイバーを要請しました。数分で準備できます」

「予備の潜水具がありますか？」

「あると思いますよ」

「じゃあ、ぼくもいっしょに潜りましょう」

アナワクはうなずいて言った。


どこの港でもそうだが、ドックに潜るのはまるで悪夢だ。水分子と同じ数だけ浮遊物が漂っているかと思うほど水は汚れ、海底は泥や有機物の死骸がヘドロとなって一メートルは堆積している。彼は潜った瞬間に、こんな状態で何かを見つけられるのかと考えてしまった。茶色い霧の中を沈んでいく感じだ。先を潜る二人のダイバーの輪郭《りんかく》がぼんやりと見える。その向こうに、バリア・クイーン号の船尾が暗く霞《かす》んでいた。

　ダイバーが振り返り、指でオーケーのサインを作った。アナワクも同じ合図を返した。浮力調整器《BCD》から空気を抜き、船尾に沿って潜水する。数メートル潜ったところで、ヘッドライトをつけた。強力な光に周囲を漂うものが浮かび上がった。自分の吐く空気が耳もとでぶくぶく泡を立てるのを聞きながら、さらに潜った。薄暗い中にラダーが現われた。刃こぼれして、斑点があり、傾いたままだ。深度計を見ると、八メートルを指していた。二人のダイバーの姿がラダーの向こうに消えた。ヘッドライトの光芒だけが、闇の中をさまよっている。

　アナワクは反対方向へまわった。

　角ばった縁と、異様な形に重なり合った貝殻が目に飛びこんできた。すぐに、それは縞模様の貝に覆いつくされたラダーだとわかった。近寄って見ると、舵板がシャフトにつながる部分の隙間という隙間に、細かく砕かれた生き物の残骸がつまっていた。ラダーが動かなくなった原因は明らかだった。舵板が噛んでしまっている。

　さらに潜ると、ラダーの下部も貝殻に覆いつくされていた。塊の中にそっと手を入れる。三センチメートルほどの長さの貝が密集していた。鋭い殻で手を切らないように注意して、一つを引きはがした。半分開いた口から、毛玉のように固まった足糸《そくし》が伸びていた。その足糸で貼りついていたのだ。貝をベルトにつけた回収容器に入れて、アナワクは考えた。

貝類には詳しくないが、房状で粘液性のある足糸を持つ貝がいることは知っている。そのうちで最も悪名高いのがゼブラ貝だ。中東原産だが、この何十年かでアメリカやヨーロッパの生態系に広がり、固有種を絶滅に追いやる勢いなのだ。バリア・クイーン号のラダーにいたのがゼブラ貝だとすれば、これほど密生しているのも不思議ではない。この貝が現われたら、あっという間に想像を絶する数に膨れ上がるからだ。

彼は剝《は》ぎとった貝を手の上でひっくり返した。

まるで、ラダーはゼブラ貝に襲われたかのようだ。だが、そんなことが起きるのか？

ゼブラ貝は主に淡水の生態系を破壊する。海水でも繁殖はするが、深度何千メートルの外洋を航行中の船舶に侵入することなど考えられない。港に停泊中に貼りついていたのか？

船は日本を出港した。日本でも、ゼブラ貝が問題になっていただろうか。

ラダーと船尾のあいだに、巨大な二本のスクリューが淀んだ闇から現われた幽霊のようにそそり立っていた。彼はフィンを蹴って、プロペラの縁に手が届くところまで潜った。プロペラは長さ四・五メートル。鋼鉄を鋳造し、重さは八トン以上あるだろう。これが高速で回転したら、引っかき傷をつけることすら不可能だ。近づくものは何でも粉々《こなごな》に砕いてしまうのだから。

それなのに、プロペラも貝に覆いつくされていた。

一つ思いついたことがあるが、納得できなかった。ゆっくりとプロペラの縁を中心に向かう。指先がねばねばしたものに触れた。明るい色の塊が分離し、回転しながら漂ってきた。手を伸ばしてそれをつかみ、マスクの前に持ち上げた。

ゼラチン。ゴムのような物体。

何かの組織のようだ。

裏表を見てから、ベルトの回収容器に入れると、あたりの観察を続けた。そのとき、反対側からダイバーの一人が現われた。ヘッドライトの光のせいで、まるでエイリアンのようだ。こっちに来いという合図に従い、アナワクはラダー軸とプロペラのあいだをゆっくり潜った。やがて、プロペラがつながるシャフトにフィンがあたった。そこにはもっと多くの粘液性の物体が付着している。まるでシャフトをカバーするかのように巻きついていた。ダイバーとともにその物体を引きはがそうとしたが無理だった。非常にしっかりと貼りついており、手では剝がせないのだ。

ロバーツの言葉を思い出した。クジラがタグボートを押しのけようとした。そんなばかな。

なぜ、クジラは牽引を妨害したのか？　バリア・クイーン号を沈没させるつもりだったのか？　海が荒れれば、バリア・クイーン号のように航行不能な船は沈没するかもしれない。いつかまた波は高くなる。クジラは、貨物船が安全な水域まで牽引されるのを、阻止しようとしたのだろうか。

彼は残圧ゲージを見た。

空気はまだ充分にある。親指を立てて、船体を調べたいと二人のダイバーに合図した。二人はオーケーの合図を出し、いっしょにスクリューをあとにした。アナワクがいちばん下になり、船体が竜骨《キール》に向けて湾曲するあたりを進んだ。ヘッドライトの光芒が船の外殻をさまよった。塗装はかなり新しい。引っかき傷や塗装の剝げは、それほど見られなかった。船底に近づくにつれて、あたりは暗くなる。

見上げるとライトが二つぼんやりと見え、ダイバーが船体を調べているのがわかった。何が起きるというのか？　自分の位置はわかっている。だが、それでも胸が重苦しい。フィンを蹴って船体に沿って上昇した。損傷を示すものは見あたらなかった。

次の瞬間、ヘッドライトの光が弱まった。右手をライトにかざしてみると、ライトの光が弱まったのではなく、ライトが照らす船体に原因があることがわかった。今まで船体は均一に光を反射していたのだが、その光を呑みこむ部分が現われたのだ。船体のところどころに貝が密生していた。

このように大量の貝が、いったいどこから来たのか？

アナワクはダイバーに知らせようとしたが、考えを変えてふたたび船体に沿って潜った。貝の密生はキールに向かってどんどん増えている。船の下部一面に貝がついているとしたら、相当な重量になる。船の異変に誰も気がつかないはずがない。これほど貝がついていれば、外洋での航行速度が落ちるからだ。

キールのほぼ真下に達し、仰向けになるしかなくなった。すぐ下は、ヘドロの溜まったドックの底だ。水はひどく濁っており、頭のすぐ上まで垂れる貝の塊のほかは何も見えなかった。フィンを懸命に蹴って前方に向かう。始まりと同じように、貝の密生はいきなり消えた。そこでようやく密生の厚みが測れた。貝は二メートルもの厚みに密生し、バリア・クイーン号の下にぶら下がっていたのだ。

あれは何だ？

貝の密生のいちばん端に隙間があった。

一瞬アナワクは躊躇《ちゅうちょ》したが、手を伸ばして足首のホルダーからナイフを抜いた。そして、貝の山に突き刺した。

殻が一つ開いた。

何かが飛びだしてきて顔にぶつかり、レギュレータを口からもぎ取られるところだった。

彼はのけぞった。頭が船体にぶつかり、目の前でまぶしい光が爆発した。上昇したかったが、まだキールの下だ。必死でフィンを蹴って貝から離れた。しかし体をひねると、今度は別の貝の山と向かい合わせになる。貝はゼラチン状の物体で船体に貼りついているようだ。吐き気がこみ上げてきた。どうにか平静を保ち、まわりに渦巻く粒子の中に自分を襲った物体がないか、目を凝らした。

それは消えてしまった。不気味な貝の塊のほかは何も見えない。

そのとき、右手に何かを握りしめていることにようやく気づいた。ナイフだった。刃に、乳白色で半透明のねばねばした塊が付着している。そのまま回収容器に入れた。これで、さしあたり冒険の埋め合わせはできた。動悸を鎮めながら、慎重に上昇した。やがて遠くに二人のダイバーのライトが見え、それをめざした。ダイバーたちも貝の塊を発見し、一人がナイフでいくつか切り取っている。アナワクは緊張した。中から何かが飛びださないかと思いながら様子を見守ったが、何も出てこなかった。

もう一人のダイバーが親指を立てて合図をすると、いっしょに海面に向かった。次第に周囲が明るくなるが、最後の一メートルまでも水は濁っていた。海面に出た瞬間、視界に色と輪郭が蘇った。アナワクは太陽の光に目をしばたたいた。マスクをはずし、新鮮な空気をありがたい思いで胸いっぱいに吸いこんだ。

　桟橋にはロバーツたちが待っていた。

「下はどうでした？　何かわかりましたか？」

　ロバーツが身をかがめて訊いた。

　アナワクは咳をして、ドックの海水を吐きだした。

「十中八九、間違いない！」


　彼らはトラックの後ろに集まっていた。アナワクはダイバーとともに加わり、状況を報告した。

「貝がラダーをブロックしている？」

　ロバーツが信じられないという口調で訊いた。

「ええ、ゼブラ貝が」

「いったい、どうしてそんなことに？」

「いい質問です」

　アナワクは言って、ベルトにつけた回収容器を開けた。海水を入れた大きな容器に、ゼラチン状の物体を慎重に移し替える。状態が心配だった。すでに崩壊しはじめている。

「ぼくの想像だが、事故はこうして起きたのかもしれない。操舵手が舵を五度とった。しかし舵は動かない。一面に貼りついた貝にブロックされているからだ。あなたのほうが詳しいでしょうが、ラダーの装置そのものを止めるほど貝は重くない。ところが、今回はかつてない事態だった。操舵手は、舵板が何かにブロックされているとは想像もしない。舵のとり方が足りないのだと考え、さらに舵をとるが、いつまでたっても舵は動かない。実際には、装置はフル回転していた。ついに操舵手は舵を最大にとる。すると舵板がはずれた。舵板がまわるあいだに、貝は隙間に挟まれて粉々《こなごな》になったものの、貼りついたままだ。結局、ギアに砂が挟まるように貝がラダー全体をブロックし、舵板は二度と元に戻らなかった」

彼は濡れた髪を額から払うと、ロバーツを見つめた。

「でも、気がかりなのはこれだけではない」

「ほかに何か？」

「海水取り入れ口に貝はいないが、プロペラは覆いつくされていた。この貝がどうやって船に漂着したのかわからない。ただ、一つ確信を持って言えるのは、いくらしぶとい貝でも回転するプロペラに貼りつくことはできない。すると、貝は日本にいるあいだに付着したと考えられる。けれど、カナダの二百海里手前まで、ラダーが何の支障もなく機能したというのは信じ難い。やはり、エンジンが停止する直前に付着したことになる」

「外洋で貝に襲われた?」

「乱入されたと言うほうが的を射ているかもしれない。これは想像だが、貝の大群がラダーにしっかり付着する。舵板がブロックされると、船が傾く。数分後、エンジンが止まり、プロペラの回転も止まる。貝の大群がラダーにますます押し寄せ、セメントのように固まってしまう。そのとき、貝はスクリューや船体にも付着した」

「大量の貝は、いったいどこから来たのですか? 太平洋のど真ん中で!」

ロバーツは言って、途方に暮れた目で海を見わたした。

「なぜ、クジラはタグボートを押しのけ、ケーブルに身を投げたのか? この奇妙な話を始めたのはあなたですよ。ぼくではない」

「そうだが……」

ロバーツは下唇を噛んだ。

「……何もかもが同時に起きたんです。私にもわからないが、すべて関連があるように思える。とはいえ、貝とクジラでは何の意味もなさないが」

アナワクは躊躇した。

「船体下部の検査をしたのは、いつですか?」

「検査は常にしています。それに、バリア・クイーンには特殊な塗料を使っている。ご心配なく、環境に悪い塗料ではないから。フジツボが少々付着するぐらいで、そのほかは寄せつけない塗料です」

「いずれにせよ、少々のフジツボどころではなかった」

アナワクは言葉を休め、虚空を見つめた。

「しかしロバーツさん、そのとおりだ。あんなに貝が付着するはずがない。まるで、バリア・クイーン号は何週間も稚貝《ちがい》の侵略にさらされていたようだ。それに……こんなものまで貝の中に」

「何ですか？」

アナワクは、その物体が貝の中から飛びだした状況を説明した。話していると、あのシーンが蘇ってくる。驚いて、頭をキールに打ちつけたのだ。いまだに頭がずきずきする。

あのとき、星が飛び……

いや、閃光だ。

一条の閃光だった。

そうだ、閃光は瞼の裏に走ったのではなく、目の前の水中できらめいたのだ。

あの物体が光を放った。

つかの間、彼は言葉をなくした。あの物体が発光したことをようやく思い出し、報告を続けるのも忘れた。発光したのなら、あれは深海から来たことになり、港で船体に貼りついたとは考えにくい。外洋で、貝といっしょに船体に貼りついたにちがいない。貝に誘われてきたのだろう。貝を餌にするのか、防護に利用するのだ。もし、タコの一種だとすると……

「ドクター・アナワク？」

彼の視線がふたたびロバーツに向いた。

そうだ、タコだったのだ。そうにちがいない。クラゲにしては俊敏すぎるし、力も強すぎる。貝の口をぱっと開かせたのだ。まるで伸縮する筋肉のようだった。そうだ、ナイフを突き刺した瞬間に飛びだしてきた。ナイフで傷を負ったのかもしれない。痛みを感じたのだろうか？　少なくともナイフの一撃に反応し……

考えすぎだ。濁った水中で何が見える？　自分が驚いただけだ。

「港の底を調べてみてください」

彼はロバーツに言って、蓋を閉めた容器を指した。

「その前に、至急このサンプルをナナイモにある生物学研究所に送ってください。ヘリコプターに積んでくれたら、ぼくが同乗します。誰に調査を頼めばいいかわかってますから」

ロバーツはうなずいた。すぐにアナワクを脇に引っ張っていき、小声で言った。

「レオン、本当はどういうことなんです？　わずかな時間で、一メートル以上もの厚さに貝が密生するなどありえない。船は一週間も、ぶらぶらしていたわけじゃないんだ」

「ロバーツさん、この貝は疫病神ですよ」

「クライヴでいい」

「クライヴ、この種の貝はのろのろとやって来るのではなく、奇襲部隊のように一気に現われる。それはよく知られている」

「だが、こんなに速く」

「この貝一つで、一年間に千の子孫を生みだす。稚貝は海流に乗ってくるか、魚の鱗《うろこ》や海鳥の羽に無賃乗車してやって来る。アメリカの湖では、一平方メートルに九十万個の稚貝を確認したことがあった。しかも、ほぼ一晩でそれだけ出没するんです。浄水場、工業地帯の冷却システムや灌漑施設に入りこみ、パイプを詰まらせて壊してしまう。そして、淡水と同じように、海水にも適応する」

「まあいい。だが、それは稚貝の話だ」

「何百万という稚貝」

「何十億でも、大阪港でも外洋でも同じだ。とにかく、どういうことなのだ？　稚貝が二、三日で、硬い殻を持つまでに成長したと？　本当にこれはゼブラ貝なのだろうか？」

アナワクは振り返ってトラックを見た。ダイバーが機材を片づけている。サンプル容器は万一に備えて封印し、プラスチックケースの中に入れてその場におかれていた。

「未知数の多い方程式のようなものです。クジラが本当にタグボートを押しのけようとしたのなら、それはなぜか。船がそうされるしかないようなことを、先にしたから？　貝によって航行不能にされ、沈まなければならなかったから？　そして、この未知の生物。隠れ家にナイフを突き立てられると逃げだした——どう思います？」

「映画『インデペンデンス・デイ』の続篇のようだ。相手はエイリアンではないが。あなたは本当に……」

「ちょっと待ってください。方程式の続きです。コククジラかザトウクジラの群れは、バリア・クイーン号に邪魔されたと感じる。そこに、タグボートが二隻現われて喧嘩を売った。売られた喧嘩は買う。まったくの偶然だが、貨物船は厄介な生物に襲われていた。旅行者が伝染病を持ちこむように、外国で拾ってきた。そして、外洋に出ると、タコか、あるいはイカが貝の寄生の中に迷いこんだ」

ロバーツがアナワクを見つめた。アナワクは続けた。

「ぼくはSFは信じない。すべてはどう解釈するかです。あなたはダイバーを潜らせ、貝をこそげ落として、ほかに何かいないか探す。見つけたら捕まえる」

「ナナイモの調査結果はいつ頃になるだろうか？」

「数日のうちでしょう。ぼくにも報告書のコピーをいただけると、ありがたい」

「内密に願いますよ」

ロバーツは強調した。

「もちろん。乗組員からも内密で話を聞きたいのですが」

「私に権限はないのだが、何とかしますよ」

ロバーツはうなずいた。

二人はトラックのところに戻り、アナワクは上着を羽織った。

「普通、このようなケースで専門家を呼び寄せるんですか？」

ロバーツは首を振った。

「このようなケースは、そもそも普通じゃない。これは私の一存だ。あなたの本を読んだことがあって、あなたがバンクーバー島にいると知っていたからね。調査委員会は手放しで喜ばないが、私はよかったと思う。われわれはクジラに詳しくないから」

「全力を尽くします。サンプルをヘリに積みましょう。ナナイモに早く着ければ、それに越したことはない。生物学研究所のスー・オリヴィエラ所長に直接渡します。彼女は有能な分子生物学者だ」

アナワクの携帯電話が鳴った。ストリンガーだった。

「すぐに戻ってくれる？」

「何かあったのか？」

「ブルーシャーク号から無線連絡を受けたの。沖でトラブルに巻きこまれた」

アナワクは不吉な予感がした。

「クジラと？」

「そんなばかな」

ストリンガーは、彼の頭が変になったとでも言わんばかりだ。

「クジラとどんなトラブルを起こすの？　あの間抜けが元凶よ。とんでもないクソ男だわ」

「誰？」

「ジャック・グレイウォルフに決まってるじゃない！」

四月六日

ドイツ　キール

シグル・ヨハンソンが、ゴカイの最終報告書をティナ・ルンに提出して二週間がすぎた。今、彼はキールにあるヨーロッパの最先端を行く海洋地球科学研究所、ゲオマールに向かうタクシーの中にいた。

海底の構造、成り立ちや歴史について知りたいことがあれば、まずゲオマールに相談する。かのジェームズ・キャメロン監督もゲオマールをしばしば訪れ、『タイタニック』や『アビス』のような映画製作を成功に導いた。しかし、ゲオマールの研究活動を一般の人々に説明するのは難しい。海底の堆積物を掘削調査したり、海水の塩分濃度を測定したりすることが、人類が直面する問題の解決に寄与しているようには見えないのだ。信じられないことに一九九〇年代初頭でも、太陽光が届かない冷たい海底は単なる岩だらけの荒野ではなく、生物の宝庫だと考える科学者は少数派だった。けれど、そこは生物で溢れている。海底火山の熱水噴出孔のまわりの暖かな海底には、多くの生物が生息することは知られている。一九八九年、地球化学者のエアヴィーン・ズースがオレゴン州立大学からゲオマールに招聘されると、彼はさらに不思議な事実を明らかにした。冷たい深海は生物のオアシスであり、地球内部から、謎に満ちた化学エネルギーが湧きだしていること。また、これまでほとんど注目されなかった、天然の産物メタンハイドレートが大量に埋蔵されていることを。

多くの分野がそうだが、自然科学の一分野である地球科学という学問には長年にわたり日があたらなかった。けれども、ようやく表舞台に躍進するときが来たのだ。地球科学により今では自然災害、気候や環境変動を予測し対処できる可能性が大きい。さらに、メタンは将来のエネルギー問題の解決策になるだろう。地球科学はマスコミの脚光を浴び、研究者たちは初めは戸惑いながらも研究成果を一般の人々に伝えようと、新しいブームを利用する手法を学んだ。

しかし、ヨハンソンを乗せたタクシー運転手は地球科学について、まるで理解していないようだ。事実、運転手は研究への誤解を二十分間も延々としゃべり続けている。「自分たちがどうにかこうにか生きているのに、研究所には巨額を投じ、ばかどもは二カ月に一度は豪華クルージングに出かける」ヨハンソンは流暢《りゅうちょう》にドイツ語を話すが、話題を変える気にもなれなかった。運転手はかまわず話し続け、しかも両手で大げさなジェスチャーをするため、タクシーは何度も車線をはずれた。

「あそこで何をしてるかなんて、誰も知らないんだ」

運転手は批判がましく言った。

「あんた、新聞社の人？」

ヨハンソンがひと言も答えずにいると、ついに運転手が訊いた。

「いや、生物学者だ」

運転手は即座に話題を変え、次々と起こる食品スキャンダルについて語りだした。ヨハンソンに責任の一端があると見たらしく、遺伝子組み換え食品や、高すぎる無農薬野菜の文句を言っては、挑発的な目で睨んだ。

「お客さん、生物学者でしょう。教えてくださいよ。いったい何を食えばいいんだ？　食えるものがあるのかねえ。そもそも買ったものは食わないほうがいい。びた一文、払えるか！」

タクシーが車線をはみだした。

「何も食べなかったら、飢え死にしてしまうよ」

「それがどうだというんです？　何で死のうと同じじゃないですか？　食わなくても人は死ぬ。食えば、その食い物で死ぬんだ」

「まったくそうだね。でも、私なら薬づけのステーキを食べて死んだほうがましだな。あのタンクローリーに激突して、ボンネットの上で死ぬよりは」

運転手は表情も変えずハンドルを握りしめると、スピードを上げて一気に三車線分を斜めに走り高速道路の出口に突っこんだ。タンクローリーが轟音を立てて通りすぎていった。右手に海が見えた。車はキール・フィヨルドの東岸を走っている。対岸に、巨大なガントリークレーンがそそり立っていた。

運転手は、ヨハンソンが最後に言った言葉に腹を立てたようだ。事実、もう話しかけようとはしなかった。車が郊外の切妻屋根の家が並ぶ閑静な住宅街に差しかかると、突然、鉄とガラスと瓦屋根《かわらやね》の建物群が現われた。タクシーは強引にカーブを切って研究所の敷地に入り、タイヤを軋ませて止まった。エンジンの音がぶるんと響いてから消えた。彼は大きく息を吐くと支払いを済ませ、ほっとして車を降りた。最後の十五分間は、先月に乗ったスタットオイル社のヘリコプターよりもスリルがあった。

「ここで何をしているのか、本当に知りたいものだ」

運転手はハンドルに話しかけるようにつぶやいた。

ヨハンソンは腰をかがめ、もう一度ドアから上体を入れて運転手を見た。

「本当に知りたいのかい？」

「もちろん」

「彼らはタクシー組合を助けているんだよ」

運転手は理解できないというように、目をしばたたいた。

「ここにお客を乗せてくることは、めったにないですがね」

「そういうことじゃない。商売するには車を走らせるだろう。ガソリンがなくなったらタクシーはスクラップになるか、別の燃料に切り換えるかしかない。代わりになる燃料が海の底に眠っている。メタンだ。彼らはそのメタンを使えるように研究しているんだ」

運転手は額に皺を寄せた。

「問題は、誰もそんなふうに説明してくれないことですよ」

「新聞に出てるよ」

「お客さんが読んでる新聞でしょ。私が読む新聞は、どれも教えてくれませんよ」

ヨハンソンは答えるのをやめ、ただうなずいてドアを閉めた。タクシーは方向を変えて走り去った。

「ドクター・ヨハンソン！」

ガラス張りの円形の建物から、日焼けした若い男が出てきた。ヨハンソンは差しだされた手を握った。

「ゲーアハルト・ボアマン？」

「違います。生物学者のハイコ・ザーリングです。ドクター・ボアマンは講演中で、十五分ほど遅れます。そちらに案内しましょうか、それとも食堂でコーヒーでも？」

「きみの好きなほうでいいですよ」

「あなたのお好きなほうで。ところで、あのゴカイは非常に興味深いですね」

「きみが担当なの？」

「全員が担当ですよ。こちらへどうぞ、コーヒーはあとにしましょう。ゲーアハルトはすぐ終わるから、ちょっと聴講しませんか」

二人は趣味のいい広いロビーに入った。ザーリングに案内されて階段を上り、スチール製の吊り橋を渡った。研究施設のわりには、ゲオマールは設計デザイン賞がとれそうなほど洒落《しゃれ》ている。

「講演はいつもはホールで行なうのですが、今日は子どもたちの課外授業で」

「それはいい」

ザーリングはにやりとした。

「十五歳の生徒にはホールも教室も同じですよ。そこで、子どもたちに研究所内を見学させていたんです。子どもたちはどこに入ってもいいし、ほとんどのものに手を触れられる。サンプルの保管庫〝リトテク〟を最後に見せています。ゲーアハルトが子どもたちに寝る前のお話をするんですよ」

「テーマは?」

「メタンハイドレート」

ザーリングが引き戸を開けた。吊り橋は扉の向こうにも続いており、二人は中に入った。リトテクは中型飛行機の格納庫ほどの大きさがあった。建物は波止場に面し、かなり大きな船がちらりと見えた。壁際には、箱や道具類が積み重ねてある。

「ここにサンプルを一時的に保管します。採取した地層の柱状試料《コア》や海水のサンプルです。地球の歴史と呼べるコレクションで、ぼくたちの誇りです」

ザーリングは手をあげた。階下で、背の高い男が手をあげて挨拶を返し、すぐまた周囲に集まった生徒たちに顔を向けた。ヨハンソンは手すりに体を預けて、聞こえてくる声に耳を傾けた。ゲーアハルト・ボアマンが話している。

「……われわれが最も興奮した瞬間だった。グラブ採泥器が深度八百メートルの海底から、二、三百キログラムの堆積物を採取し、白い物質の混じる塊を船の作業デッキに落とした。

それは、どうにか海面まで残ったものだ」

「一九九六年、オレゴンの沖合百キロメートルの太平洋。ゾンネ号でのことです」

ザーリングがささやいた。

ボアマンは話を続けた。

「急がなければならなかった。メタンハイドレートはかなり不安定で、あてにならない物質だ。きみたちはよく知らないだろう？　飽きて眠くならないように説明するから、よく聞いてくれ――深海では何が起きるのか？　特にガスが発生するんだ。たとえば有機メタンは、海草やプランクトン、魚が腐敗してかなりの炭素を放出すると、その残骸が何百万年もかけて分解して形成される。分解に関与するのが主にバクテリアだ。深海では水温が低く、ものすごい水圧がかかっている。十メートル潜るごとに、水圧は一バールずつ増していく。エアタンクをつけていれば五十メートルは潜れるが、水深七十メートルが限界だ。今のところ潜水記録は水深百四十メートルあたりだが、こんなことは誰にも勧めない。死を招きかねないからだ。さて、ここで話題にしているのは水深五百メートル以上の深海だ！　この深さでは物理学はまったく変わってしまう。大量のメタンが地球の内部から海底に上昇すると、驚くような現象が起きる。ガスは、冷たい深海の水と結合して氷になるんだ。これから先きみたちは、メタン氷という言葉を新聞なんかで目にするようになる。

けれど、それは正確な概念ではない。つまり、メタンが凍ったのではなく、メタンを取り巻く水が凍ったのだから。水分子が微小な籠のような形に結晶し、その中にメタン分子が存在する。水はガスを小さな空間に閉じこめて圧縮してしまう」

　一人の少年がおずおずと手をあげた。

「質問があるのかい？」

　少年はためらいがちに言った。

「水深五百メートルは、それほど深くないですよね？」

　ボアマンは一瞬黙って少年を見た。

「それでは感動しない？」

「そんなことありません。でも……ジャック・ピカールはマリアナ海溝に潜水艇で潜りました。深度一万一千メートルです。そこはまさに深海だと思います。なぜ、メタン氷はそんな深いところには存在しないのですか？」

「すごいね、有人潜水艇の話を読んだことがあるんだね。で、きみはなぜだと思うの？」

　少年は考えこんで、肩をすくめた。

　代わりに少女が答えた。

「簡単なことです。深海に生物はあまりいません。千メートルより深いところでは、腐敗する有機物もほとんどない。だから、メタン氷もないんです」

「やはり女性は賢いね」

吊り橋の上のヨハンソンがつぶやいた。

ボアマンは少女に優しくほほ笑みかけた。

「そのとおりだ。だが、いつでも例外はある。事実、深海でもメタンハイドレートは発見されているよ。海底の堆積物に有機物がたくさん溶けこんでいたとしたら、水深三千メートルだってメタン氷は存在する。大陸縁辺部にはそういうケースがあるんだ。水圧が足りない浅い海でも、メタンハイドレートは発見された。水温が充分に低ければ、メタン氷が形成される。たとえば極地の大陸棚がそうだ」

ボアマンはふたたび全員を見わたした。

「とはいえ、メタンハイドレートが多く埋蔵されるのは、水深五百から千メートルの大陸斜面だ。最近、われわれは北米沖にある海底山脈を調査した。高さ五百メートル、長さ二十五キロメートルの山脈は、かなりの部分がメタンハイドレートでできていた。岩盤の中にも存在するし、海底に露出している部分もある。大洋はメタンハイドレートに覆われていると、次第にわかってきた。特に、大陸斜面にはメタンハイドレートが貼りついていた。まるでモルタルのように。そこで、メタン氷が全部一度になくなったと考えると、大陸斜面はスイスのチーズのように穴だらけになってしまう。けれど、穴だらけのチーズがしっかりと形を保てるのとは違い、大陸斜面は崩壊してしまう！」

　彼はひと息おいて一同の反応を見た。

「だが、それだけではない。さっき言ったように、メタンハイドレートは高水圧で水温が低い場合のみ安定している。つまり、すべてのメタンガスが氷結しているのではなく、上層だけなのだ。地球内部に向かうと温度がふたたび上昇するから、堆積層の深いところでは、凍っていないメタンガスが溜まっている。氷の層が天井のように覆いかぶさっているために、漏れださないだけなのだ」

「何かで読んだのですが、日本がメタンを採掘しようとしているそうですが」

　同じ少女が言った。

　ヨハンソンは自身の学生時代を思い出すようで楽しかった。よく予習をして、課題の半分はすでに理解している生徒が、どのクラスにも一人はいるものだ。あの少女はあまり人気がないのだろうなと、彼は思った。

「日本だけではないよ。世界中が採掘したいと思っている。でも、実際にとなると難しい。われわれが水深八百メートルたらずの海底からメタン氷を引き上げたときには、半分ほど上げたところで、氷塊からガスの泡が立ち昇った。最終的にかなりの量をデッキに回収したが、それでも海底で採取した一部でしかなかった。水深五百メートルで、水温が一度上昇しただけで、メタン氷は一気に不安定な状態に変わる。とにかく、われわれは大急ぎでメタン氷をつかみ、安定した状態を保てるように液体窒素といっしょにタンクに収容した。こちらにいらっしゃい」

「なかなかうまい説明だ」

ヨハンソンは言った。ボアマンは生徒たちを連れて、スチール製の棚に近づいた。大小の容器が並んでいる。いちばん下に、銀色のタンクが四個あった。一つを持ち上げて前に出すと、手袋をはめて蓋を開けた。白い煙が音を立てて噴きだした。生徒の何人かが思わずあとずさった。

「これはただの窒素だ」

ボアマンは言って容器に手を入れると、こぶし大の塊を取りだした。汚れた氷の塊のように見える。数秒後には、塊は音を立てて割れはじめた。彼は少女に近くに来るよう合図し、塊を砕いて、小片を彼女に手渡した。

「大丈夫だ。冷たいが、素手でさわれるから」

「臭い」

少女が大きな声を出すと、何人かが笑った。

「そうだよ。腐った卵の臭いがする。それがガスだ。漏れだしたのだ」

彼はさらに塊を砕き、生徒に配った。

「見てのとおりだ。氷の中の汚れた部分が堆積物の粒。数秒後には、その粒と水滴以外は消えてしまう。氷が解ける。つまり、メタン分子が氷という檻《おり》を破って逃げてしまうんだ。こう言うこともできる。たとえ海底にメタンが安定した状態で存在したとしても、あっという間になくなってしまう。それが、きみたちに見せたかったことだ」

彼は言葉を休めた。生徒たちは音を立てて小さくなっていく塊に、一心に見入っている。悪臭についてのきわどいコメントが、あちこちから聞こえた。塊が解け去るのを待って、彼は続きを話しだした。

「たった今、きみたちの目には見えない現象が起きたんだが、それは氷結体のすごさを教えてくれる。きみたちの手にあった一立方センチメートルの氷は、なんと約百六十五立方センチメートルのメタンガスを閉じこめていたんだ。メタン氷が解けると、百六十五倍のガスが出てくる。それも一気に。きみたちの手に残ったものは水滴だ。舐《な》めても大丈夫だよ」

彼は少女を見た。

「どんな味がするか教えてくれないか」

少女は怪訝《けげん》そうに見返した。

「この臭いものを？」

「もう臭わない。ガスは消えてしまったから。でも、きみが信じてくれないなら私が試そう」

くすくす笑う声がした。少女はゆっくり顔を近づけると、水を舐めた。

「真水だわ」

少女は驚いて叫んだ。

「そうだよ。海水が凍ってできた氷には塩分は含まれない。それで、南極には地球で最も多くの淡水が蓄えられているわけだ。氷山は淡水でできているからね」

ボアマンは液体窒素を入れて容器の蓋を閉め、棚に戻した。

「メタンハイドレートの掘削について賛否両論あるのは、きみたちが今体験したことなんだ。メタンを掘ってメタン氷の状態が不安定になると、さまざまな連鎖反応が起こる。大陸斜面に貼りついたモルタルが落ちたら、どうなるだろう？　深海にあるメタンが空気中に放出されたら、地球の気候にどんな影響が出るだろう？　メタンは温室効果ガスだ。大気温を上昇させるにちがいない。すると海も暖められる。ここで、ちょっと考えてみよう」

「じゃあ、なぜ採掘するんですか？　そのままにしておけばいいのに」

別の少年が尋ねた。

「エネルギー問題を解決できるから」

先ほどの少女が答え、一歩前へ出た。

「日本は自国に天然資源がないから、すべて輸入するしかない。メタンはその問題を解決できるかもしれないわ」

「ばかみたい。よけいに問題を作るような解決策では、何にも解決できないじゃないか」

少年が答えた。

ヨハンソンはにやりと笑った。

ボアマンが両手をあげた。

「二人とも正しいよ。メタンはエネルギー問題を解決するだろう。だから、もう科学分野だけのテーマではなくなったんだ。すでにエネルギー会社が研究に着手している。海に眠る氷は、地上の天然ガス、石油や石炭の埋蔵量を全部合わせた二倍のメタン資源量を含有すると、われわれは見積もっている。アメリカ沿岸にある海底山脈だけで、二万六千平方キロメートルの区域に、三十五ギガトンのメタンがある。これはアメリカ合衆国で年間に消費される天然ガスの百倍だ！」

「すごいね。そんなにあるとは思いもしなかった」

ヨハンソンは小声でザーリングに言った。

「もっとありますよ。ぼくは思い出せないけど、彼なら正確な数字を言える」

その声が聞こえたかのように、ボアマンは続けた。

「推定だが、海のメタンハイドレートの資源量だけで一万ギガトン以上ある。そこに陸上のメタンハイドレートが加わる。アラスカやシベリアの永久凍土層にあるものだ。想像できるように置き換えて言うと——今日、採掘できる石炭、石油、天然ガスの埋蔵量は五千ギガトン。つまりメタンの約半分だ。エネルギー産業界がメタン氷の採掘方法に頭を悩ませるのも当然のことだ。その数パーセントだけでも、燃料消費大国アメリカに埋蔵される化石燃料の、ほぼ二倍に相当するのだから。しかし、ここでいつもの問題が出てくる。産業界は莫大なエネルギー資源だと期待するが、科学者は時限爆弾だと考える。だから、人類共通の利益のもとで、互いに協力しようと努力しているのだ——さて、今日はこれで終わりだ。皆さん、来てくれてありがとう。そして、ご清聴を感謝するよ」

彼は言って、にんまりと笑った。

「そして、理解してくれてありがとう」

ヨハンソンがつぶやいた。

ザーリングが付けたした。

「だといいですね」

「私の記憶にある人とはまったくの別人ですね。インターネットには、口髭を生やした顔写真が出ていた」

数分後、ヨハンソンはボアマンと握手しながら言った。

「剃《そ》ったのですよ。根本的にはあなたに責任があるが」

ボアマンは鼻の下をつまむようにさわった。

「どうして？」

「今朝もずっと、あなたのゴカイのことを考えていた。鏡の前に立つと、頭の中にゴカイが這い寄り、体の中をぐるぐるまわっている。その動きに合わせて、なぜか剃刀《かみそり》を持つ手もまわり、髭の端がなくなってしまった。それで残りの髭も科学の犠牲に」

「なるほど私の責任だ。また、新たに生やしてください」

「心配はいらない。次の研究航海に出れば、すぐに伸びるから。海に出ると、なぜだか知らないが、誰でも髭がよく伸びる。髭があるほうが船酔いしないのかもしれない。では、実験室に行きましょう。食堂に寄り道してコーヒーでもいかがです？」

「いえ、早く結果が知りたいから。コーヒーは待ってくれるし。また研究航海に？」

ボアマンはうなずいた。彼らはガラス張りの通路を歩いていた。

「秋に、海洋プレートが大陸プレートに沈んでいるアリューシャン沈み込み帯や、冷湧水の調査を行なう予定です。キールにいる私を捕まえられたとは、あなたは運がいい。二週間前に電話をいただいたが、八カ月の研究航海を終えて南極から帰ってきた翌日だった」

「八カ月も南極で、何の調査を？」

「越冬隊を送り届けたんです」

「越冬隊？」

「科学者や技術者。彼らは十二月に基地で作業を始めた。今は、深さ四百五十メートル地点の、氷の柱状コアを採取している。信じられますか？　昔の氷には、過去七千年分の気候変動の歴史が刻まれている！」

ヨハンソンはタクシーの運転手を思い出した。

「一般の人々はべつに感動しないのだろうな。気候変動の歴史の調査が、食糧危機を克服したり、サッカーのワールドカップで優勝したりする手助けになるとは、理解できないから」

「われわれにその責任が全然ないとは言えない。科学は自分の世界に閉じこもっている」

「あなたは、そうは見えませんよ。先ほどの授業はとてもオープンだった」

三人は階段を下りた。

「広報活動がすべて役に立つとも思えませんよ。オープンハウスを行なっても、一般の無関心はそれほど変えられない。先日も大盛況だったが、一千万ユーロ予算を増やしてほしいと頼むとすると……」

ボアマンが言った。

「問題は、科学者同士を隔てる分野の垣根にあるのでは？」

ヨハンソンがしばらくしてから尋ねた。

「意見交換する機会が少なすぎると？」

「そうです。私の場合は産業界と、あるいは軍隊とですが。意思疎通の場が少なすぎる」

「石油会社とはどうです？」

ボアマンは言って、じろりとヨハンソンを見た。彼は笑みを浮かべた。

「私がここに来たのは、答えを必要とする人がいるからで、無理やり答えを引きだしに来たのではないですよ」

「産業界や軍隊は、とにかく科学者をあてにしている。ぼくたちは彼らと話しますよ。むしろ問題は、互いのものの見方をうまく伝えられないからではないかな」

　ザーリングが口をはさんだ。

「伝えようという気持ちもない！」

「そうです。氷の調査は、食糧危機を回避する手助けにもなり、新兵器の開発にも役立つ。同じものを見ているのに、それぞれの見方は違うんです」

　ボアマンがうなずいて、ザーリングのあとを続けた。

「そして、あとはすべて見すごしてしまう。ドクター・ヨハンソン、あなたが送ってくれた生物がいい例だ。産業界が、その生物のために大陸斜面での計画を疑問視するとは思えないが、私ならやめたほうがいいと忠告したい。おそらく、これが科学と産業界の根本的な相違なのだ。科学者の立場からは、この生物の果たす役割が充分に解明されないかぎり、ボーリングをしないことを勧める。しかし、産業界は同じ前提条件からスタートしても、われわれとは違う結論にたどりつく」

「産業界は、それが解明されないかぎり、この生物は害はないと考えて計画を続ける。それで、ゴカイがどんな役割を果たすのかわかりましたか？」

　ヨハンソンはボアマンを見つめて尋ねた。

「まだ何も言えない。あなたが送ってくれた生物は……控えめに言っても普通じゃない。がっかりさせるようで悪いが、これまでに判明したことは電話でも説明できただろう。けれども、来ていただいたほうがよく理解してもらえるし、いろいろお見せできるから」

重厚な鋼鉄製の扉の前に着いた。ボアマンが壁のスイッチを操作すると、扉は音もなく開いた。扉の向こうのホールの中央に、二階建ての家と同じくらいの高さの巨大なコンテナ状のタンクがある。丸窓が等間隔で並び、スチールの梯子《はしご》が上部の通路に通じている。その途中には計器類があり、パイプがタンクにつながっていた。

ヨハンソンは歩み寄った。

この装置の写真はインターネットで見ていたが、これほど大きいとは思わなかった。満水のタンク内部の水圧はどれほどだろう。人間は一分間も生きてはいられないだろう。ここにサンプルを送った理由が、この深海シミュレーションタンクだった。この装置を使えば、海底や大陸斜面、大陸棚の世界を人工的に作りだすことができる。

ボアマンは扉を閉めると言った。

「この装置の意義や目的を疑問視する人々もいる。シミュレータは現実を大まかに再現するだけにはちがいないが、それでも毎回、研究航海に出るよりも役に立つ。海洋地層研究の問題点は、真実のわずかな断片しか見られないということだ。少なくともこの装置を使えば、一般に通用する仮説を立てられる。たとえば、さまざまな条件下での、メタンハイドレートの力学をよりよく研究できる」

「中にメタンハイドレートが？」

「ちょうど二百五十キログラム入っている。つい最近、メタン氷の生成に成功したのだよ。けれど、それについては大きな声では言いたくない。産業界は、われわれがこの装置を彼らのために使えばありがたいと思うだろう。こちらもそれで産業界から資金を期待できるかもしれない。だが、それによって研究の自由が奪われてはならない」

ヨハンソンはタンクを見上げた。最上部の通路に科学者が集まっていた。一九八〇年代のジェイムズ・ボンド映画のワンシーンのように、現実離れした不思議な光景だった。

ボアマンは話を続けた。

「タンク内の水圧と水温は精密に調整できる。今は水深約八百メートルの設定だ。タンクの底には安定したメタンハイドレート層がある。二メートルの厚さで、これは自然界では二十倍から三十倍の厚みに相当する。下層部では地球内部からの熱を再現し、つまり気体の状態になっている。完璧なミニチュアサイズの海底というわけだ」

「素晴らしい。ですが、何をしようというのです？　あなた方が作りだしたハイドレートの経過観察はできるが……」

ヨハンソンは言葉を探した。

「観察する以外に何をするのか？」

ザーリングが助け船を出した。

「そうです」

「ここでは、五千五百万年前の地球の状態を再現しようとしています。暁新世《ぎょうしんせい》から始新世《ししんせい》に移行するどこかで、地球は大規模な気候変動に見舞われたと思われる。大洋の環境はすっかり変わり、海底の生物の七十パーセントが絶滅した。特に単細胞生物ですが。深海は一時的に生存困難な場所に変わった。一方、陸上では生物学的な大変革が起こる。北極にワニが出現し、霊長類や新しい哺乳類は亜熱帯から北米に移動した。無秩序状態です」

「どうしてわかったのです？」

「ボーリングコアです。水深二千メートルの海底から採取した柱状試料《コア》を調べた結果、その気候変動についてわかりました」

「コアから原因もわかった？」

ヨハンソンの問いに、今度はボアマンが答えた。

「メタンだ。海はその時期までに暖められていたにちがいない。それで、膨大なメタンハイドレートが不安定になった。結果、大陸斜面が崩壊し、さらにメタンガスを解き放った。千年、いや数百年間で、何十億トンものガスが海中や大気中に放出された。これが悪循環を招く。メタンの温室効果は二酸化炭素の三十倍だ。大気が暖められると海水温もさらに上昇し、さらにメタンガスが発生する。これを繰り返し、地球はオーブンになった」

ボアマンはひと息おいて、ヨハンソンを見た。

「深海の水温は十五度。現在は二度から四度だというのに。とんでもないことだ」

「温暖化の始まりは、ある種の生物にとっては災難だが、別の種には……よくわかりますよ。次のステージは人類の滅亡でしょう?」

「そう急には起こりませんよ。だけど、今が気候変動の段階なのは確かです。メタンハイドレートはきわめて不安定だ。だから、あなたの送ってきた生物にぼくたちは注目している」

ザーリングがにやりと笑って応じた。

「メタンハイドレートの安定性を、ゴカイ一匹が変えられるのだろうか?」

「実際には無理でしょう。たとえば、コオリミミズは厚さ数百メートルはある氷層の表面に生息している。バクテリアを食べるのに、氷を数センチメートル解かすぐらいです」

「しかし、このゴカイには顎がある」

「このゴカイは無意味なことをしているんです。どうぞ、ご自分の目で見てください」

三人は、ホールの端にある半円形のコントロールパネルに近づいた。無人潜水機ヴィクターのコントロールパネルを思い出させるが、それより少し大きい。二十台以上あるモニターの大半が稼動し、タンク内部の映像を映していた。操作する技術者が挨拶した。

　ボアマンが説明を始めた。

「二十二台のカメラで内部を撮影し、さらに一立方センチメートルごとに計測している。上段のモニターに映る白い表面がメタンハイドレート。わかりますか？　その左側の部分にゴカイを二匹おいた。昨日の午前中のことだ」

　ヨハンソンは目を細めた。

「氷しか見えないが」

「よく見てください」

　ヨハンソンは画像を隅々まで調べるように眺めた。不意に、二つの暗い色をした染みに気づき、指さした。

「これは何です？　窪《くぼ》み？」

　ザーリングが技術者と言葉を交わすと、画像が変わった。突然、二匹のゴカイが現われた。

「染みに見えるのは穴です。映像をクイックモーションにしてみましょう」

　ヨハンソンは、ゴカイが体をぴくぴくさせて動く様子に見入った。しばらくのあいだ、ゴカイはまるで臭いをくんくんと嗅《か》ぐような動きをしていた。早送りで見ると、その動きは奇異だ。ピンク色の体に密生する毛が、感電でもしたかのようにびりびり震えていた。

「ここをよく見て！」

一匹が止まった。体に脈打つような波が走った。

次の瞬間、氷の中に消えた。

ヨハンソンは口笛を吹いた。

「なんということだ。穴を掘って潜りこんだぞ」

二匹目は少し離れたところにいる。聞こえない音楽に合わせて首を振るように、頭が動いている。突然、キチン質の顎のある口吻《こうふん》が飛びだした。

「氷を食べて潜っていく」

ヨハンソンが大声を出した。

彼は麻痺《まひ》したように映像を凝視した。何が異様なのだろうか。ゴカイは、メタンを分解するバクテリアと共生している。それでも、氷を掘る顎を持っている。

答えはたった一つ。ゴカイは氷の奥深くにいるバクテリアを食べたいのだ。彼は興奮しながら、毛だらけの体が氷に入っていく様子を見守った。早送りで見ると、ゴカイの体の後部が震えた瞬間、姿が消える。掘った穴だけが、暗い色の染みとなり氷に残っていた。

心配するにはおよばない。穴を掘るゴカイはいる。船を穴だらけにするゴカイもいるくらいだ。

しかし、なぜメタンハイドレートを掘るのか？

「ゴカイは今どこに？」

ヨハンソンは訊いた。

ザーリングがモニターを見た。

「死にました」

「死んだ？」

「窒息死です。ゴカイには酸素が必要ですから」

「それはわかる。共生の仕組みだから。バクテリアはゴカイの餌となり、ゴカイは動くことでバクテリアに酸素を供給する。けれど、なぜそんなことに？」

「ゴカイは自らが死ぬための穴を掘った。まるでおいしいものを食べるように、氷を掘り進む。結果、ガスポケットに到達し、窒息したんです」

「カミカゼか」

ヨハンソンがつぶやいた。

「本当に、自殺のように見えます」

「何かに間違って導かれたのかもしれない」

ヨハンソンは考えこんだ。

「考えられますね。ですが、何に？　ハイドレートの中には、この行動を誘うようなものは何もない」

「もっと下層にあるガスでは？」

ボアマンが顎をさすった。

「われわれもそれは考えた。だが、なぜ自殺に至るのか、それでは説明がつかないのだ」

ヨハンソンは海底に蠢《うごめ》いていた大群を思い出した。不安が膨らむ。何百万匹というゴカイが穴を掘ったら、その結果はどうなるだろうか。

ボアマンは彼の考えを察したようだ。

「この生物にはメタン氷を不安定にするほどの力はない。海底のハイドレート層は、ここと比べようもないほど厚い。こいつらは、せいぜい表面を引っかくぐらいだ。最大でも氷の層の十分の一程度だ。やがて必然的に死に至る」

「これからどうするんです？　さらに実験を続けるんでしょう？」

「そうだな、まだ数匹いるから。それに、実地調査をする機会も得られるだろう。スタットオイル社には歓迎してもらわないと。われわれのゾンネ号が来週からグリーンランドに向かうことになっている。出発を早めて、このゴカイを発見した地点に行けるだろう」

ボアマンはそこまで言うと、両手をあげた。

「だが、私は決定する立場にはない。私とザーリングで計画を練っている段階だ」

ヨハンソンは巨大なタンクを振り返った。死んでしまったゴカイのことを思った。

「そうしていただけると、ありがたい」

彼は言った。


ヨハンソンは着替えをしにホテルに戻った。ルンに電話をかけたが、誰も出ない。コーレ・スヴェルドルップと腕を組む彼女の姿が目に浮かんだ。彼は肩をすくめて受話器をおいた。

ボアマンから夕食に招待されていた。キールで評判のビストロだ。彼は浴室に行き、鏡を覗きこんだ。髭をカットしなければならない。二ミリメートルも伸びすぎている。かつて濃い色だった頭髪には銀色の部分が目立つようになったが、それでも髪は豊かだ。太く黒い眉の下には、いつもと変わらない眼光が宿っていた。自身のカリスマ的な容姿に惚《ほ》れぼれすることがある。しかし今では、そのカリスマ性も早朝などに見ると薄れている。これまでは紅茶を何杯か飲み、顔にクリームをつければ、すぐまた蘇った。女子学生の一人に、俳優のマクシミリアン・シェルに似ていると言われ、悦に入っていた。だが、それはシェルが七十歳過ぎだと知るまでのことだ。その後、クリームの銘柄を変えた。

鞄の中を探して、襟にファスナーのついたセーターを見つけて着ると、その上にジャケットを羽織り、首にスカーフを巻いた。彼はそれほど服のセンスがいいわけではない。というより、センス悪く着こなすのが好きだった。いつでも、ぴしっと決めるようなことはしない。流行にとらわれず、くだけた着こなしを楽しんでいる。人々がオートクチュールの神様を信奉するように、彼は自分なりのモードにこだわった。髪型も大半の人はきちんと整えるが、彼は櫛《くし》を入れない自然なヘアスタイルだ。

鏡の中の自分にほほ笑みかけ、ホテルを出てタクシーで待ち合わせ場所に向かった。

ボアマンは先に着いていた。二人はすっかりうちとけてワインを味わい、舌平目《したびらめ》に舌鼓を打ち、会話に花を咲かせた。やがて、話題は深海に漂っていった。

デザートを食べながら、ボアマンが尋ねた。

「スタットオイルの計画のことは詳しいのかね?」

「おおよそだが。石油業界のことはよくわからないので」

「どんな計画だろう? まさか、そんな沖合にプラットフォームではないだろうが」

「プラットフォームじゃない」

ボアマンはエスプレッソに口をつけた。

「すまない、立ち入ったことを訊くつもりではないんだ。その計画がどれほど機密なものか知らないが……」

「かまわないよ。私は口が軽いので有名だから。私に打ち明けたからには、計画は秘密でも何でもないということだ」

ボアマンは笑った。

「では、何を建設するんだろう？」

「無人の海底ユニットを考えているようだ」

「サブシスのような？」

「え？」

「海底分離・圧入システム《Subsis》。海底石油生産ユニットだ。最近、ノルウェー海溝のトロル油田で稼動している」

「耳にしたことがない」

「あなたをここによこした連中に尋ねてみるといい。サブシスは海底石油生産システムの一つで、水深三百五十メートルの海底に設置される。そこで油とガスと水を分離するんだ。従来この作業はプラットフォームで行なわれ、排水が海に流されている」

「そうだった！　その排水には魚の生殖を不能にするという問題がある」

ルンがほのめかしていたことだ。

「その問題は、サブシスなら解決できるだろう。排水はすぐに圧入井から油層内に送りこまれ、その圧力で原油を押し上げる。すぐにまた排水が分離され圧入されて……永遠に繰り返すわけだ。油とガスはパイプラインで直接海岸に送られる。これ自体はまともな話だ」

「しかし？」

「否定材料があるかどうかは不明だ。現在のところ、サブシスは海底百五十メートルでは問題なく稼動している。生産する側は水深二千メートルでも問題ないと思っているだろうし、石油大手なら水深五千メートルでも望むところだ」

「実現可能だと？」

「それほど遠くない将来に。小さなスケールで機能するものなら、大きなスケールでも成功するだろうし、これには利点があるからね。もうじき、無人ユニットがプラットフォームにとって代わる時代が来る」

「あなたの口調はそれほど嬉しそうでもないが」

沈黙が生まれた。ボアマンは頭の後ろを掻いた。どう答えるべきかわからないようだ。

「海底ユニットそのものに不安を感じるのではない。ことが、あまりにあっさり進みすぎていないかと気になるんだ」

「ユニットは遠隔操作するんだろう？」

「完全に陸上から」

「つまり、メンテナンスはロボットが行なうということだね」

　ボアマンはうなずいた。

　ヨハンソンはしばらくして口を開いた。

「あなたの懸念はわかるよ」

「これには長所と短所がある。未開の地に踏み入るには、いつでもリスクが伴うものだ。深海は未開の地だから、人の命を危険にさらす代わりに、無人システムを導入するのは正しい。けれど、潜水ロボットが海底を撮影したり、サンプルを持ち帰るのは問題はないが、無人ユニットは事情が違う。原油が高水圧で坑井から噴出する事故が起きたとしたら、深度五千メートルでどうやって制圧できるんだ。深海底については何もわかっていない。あるのは計測データだけだ。深海では、われわれは何ひとつ見えないのだ。衛星や音響測深機、地震探査法を使って、五十センチメートルまで正確な海底地形図を作製できる。海底擬似反射面を見つけることで石油やガスの存在を知ることができ、ここをボーリングすれば石油が、メタンハイドレートはあそこと、地図に示すことが可能になった。だが、深海に実際に何があるかは、それでもわからないのだ」

「同感だ」

ヨハンソンはつぶやいた。

「海底ユニットで事故があっても、現場に急行することはできない。誤解しないでほしいが、私は資源の掘削に反対するのではない。過ちを繰り返すことに反対なのだ。石油ブームが到来したとき、こぞって建設する海洋プラットフォームが、いつかスクラップになるなどと考えもしなかった。排水や化学物質を海や川がまた呑みこんでくれると思って、垂れ流した。放射性物質を海に廃棄した。天然資源を搾取し、生き物を絶滅に追いやった。すべてが複雑に絡み合っているなどと考えもしなかった」

「それでも、無人ユニットは実現するだろうか?」

「もちろん。経済的だし、人間の手には届かない資源を掘削できるのだ。そして、次はメタンに殺到する。メタンはほかの化石燃料よりもクリーンだ——そのとおり！　石油や石炭からメタンに転換すれば、温室効果を遅延できる——これも正しい。だが、何もかも理想の条件下での話だ。産業界は理想と現実を取り違えている。いや、取り違えるつもりなのだ。すべての予測からいちばん明るいことを探しだす。そうすれば、たとえ未知の世界に踏みこむのであっても、早く着手できる」

「メタン開発は今後どうなるのだろうか？　海上までのあいだでメタンが分解するなら、どうやって生産するつもりだろう？」

「そこに、無人ユニットが登場する。大深海で、たとえば熱でメタンハイドレートを解かす。発生したガスを漏斗《じょうご》に集めて海上に送る。素晴らしいアイデアだが、メタン氷を解かす行為が連鎖反応を誘発し、暁新世に起きたような大規模な気候変動を引き起こさないという保証があるか？」

「そんなユニットが本当にできるだろうか？」

ヨハンソンの問いに、ボアマンは両手を広げた。

「よく考えないで着手するのは自殺行為だ。だがもう開発は始まっていて、インドや日本や中国では特に盛んだ。だが、彼らは海底に何があるか知らない。まるで知らないのだ」

彼は悲しげな笑みを浮かべた。

「ゴカイか」

ヨハンソンはつぶやいた。無人潜水機ヴィクターが撮影した、海底に蠢くゴカイの大群を思い浮かべた。そして、瞬《また》く間に闇に消えた謎の生物のことを。

ゴカイ、モンスター、メタン、気候変動。

もう一杯、飲んだほうがよさそうだ。

四月十一日

カナダ　バンクーバー島　クラークウォト入江

アナワクは、その光景に怒りを覚えた。

頭から尾びれまで体長十メートルを超える、彼が見た中でも最大級の回遊型オルカだ。強大なオスだった。半分開いた口から、ぎっしり並んだ円錐形《えんすいけい》の小さな歯がのぞいていた。かなり高齢のようだが、それでも力がみなぎっている。しかしよく見ると、白と黒の皮膚に輝きはなく、痘痕《あばた》だらけのようだった。片方の目は閉じ、片方は隠れて見えない。

これほど巨大なオルカだが、サケを襲うことはもうない。濡れた砂浜に巨体を横たえ、死んでいるのだ。

彼にはすぐにそのオルカが識別できた。データバンクにはJ-19として登録されているが、サーベルのように湾曲した背びれの形から、ジンギスという愛称で呼ばれていた。彼がオルカをまわりこむと、少し離れたところにジョン・フォードを見つけた。バンクーバー水族館の海棲哺乳動物研究プログラムの責任者だ。海岸に近い木立の下で、ナナイモ生物学研究所のスー・オリヴィエラ所長と、もう一人の男と三人で話をしている。フォードはアナワクに手招きした。

「こちらは、カナダ海洋科学水産研究所のドクター・フェンウィック」

フォードが男を紹介した。

フェンウィックは解剖のために来ていた。ジンギスの死亡が知れわたると、解剖は浜辺で行なってはどうかとフォードが提案した。できるかぎり多くのジャーナリストや学生に、解剖の様子を見せようと考えたのだ。

〈浜辺で解剖すれば違う効果が得られる。死んだオルカが浜辺に横たわっている。海はオルカの生活空間であって、人間のものではない。まさに自分の家の玄関先に横たわっているのだ。その場所で解剖を行なえば、人々のさらなる理解や同情を得られる。ある種のトリックだが、効き目はある〉彼はそう言った。

アナワクたちは解剖について、ストロベリー島にある海洋観測所のロッド・パームを交えて相談した。ストロベリー島はトフィーノの湾に浮かぶ小さな島で、海洋観測所がクラークウォト入江の生態系の観察を行なっている。パーム自身はオルカの研究で名を成した人物だ。彼らは、オルカの解剖を公開することですぐに意見が一致した。公開すれば世間の注目を集め、注目されることはオルカにとって必要なのだ。

「外見からすると死因はバクテリア感染だ。だが判断を急いで、誤りたくない」

フェンウィックがアナワクに言った。

「間違ってはいませんよ。一九九九年のことを覚えていますか？　七頭のオルカが感染症で死んだ」

オリヴィエラが、フランク・ザッパの懐かしい歌『拷問は果てしなく』の一節を口ずさんだ。そして、アナワクを共犯者のような目つきで見て言った。

「こちらに来て」

彼は彼女に従ってオルカの死体に近づいた。金属製の大きな箱が二つと、コンテナ容器が一つ用意されている。中には解剖用の道具がつまっていた。オルカ一頭を解体するのは、人間の解剖とは違って重労働だ。さらに、大量の血と悪臭を覚悟しなければならない。

彼女が腕時計にちらりと目をやった。

「もうすぐマスコミが学生を大勢引き連れてやって来るわ。こういう場であなたと会うのは残念だけど、手短に、あなたの貝のサンプルについて報告するわ」

「何かわかったんですか？」

「いろいろと」

「イングルウッド社には知らせた？」

「いいえ、まず二人で話そうと思って」

「確信がないように聞こえるけど」

「こう言えばどうかな――ある点では驚き、ある点では途方に暮れた。あの貝を扱った文献は存在しないのよ」

「ゼブラ貝だと思ったんだが」

「ある意味ではそうね。でも違うとも言える」

「どういうこと？」

「見方は二つあって、ゼブラ貝と類似の種か、変異種か。外見はゼブラ貝に見える。同じように寄生もする。でも、足糸が何か変なの。足を形成する糸がかなり太くて長い。だから冗談半分に、ジェット貝と呼ぶことにした」

「ジェット貝？」

彼女は顔をしかめた。

「ほかにいい名前が思いつかなかったの。生きている貝を観察すると、何というか……普通のゼブラ貝と違って、ある程度の泳ぐ能力がある。水を飲みこんでは吐きだし、その反動で前進する。同時に、足糸を使って方向を決める。まるでプロペラが回転するように。何か思い出さない？」

　アナワクは考えこんだ。

「イカはジェット噴射による推進力で泳ぐ」

「そういう種もいるわね。でも、もっと似てるのがいる。すぐに気づくような人はかなりの通でしょうが、うちの研究所にはそういうマニアックな人がたくさんいるから。似ているというのは渦鞭毛藻《うずべんもうそう》類のこと。この単細胞生物は二本の鞭毛を持っている。一本で方向を決め、もう一本を回転させながら泳ぐ」

「ちょっと、こじつけではないかな？」

「拡大解釈すれば一致する。何かにすがりたい気分なの。いずれにしても、こんな方法で動く貝など知らないわ。魚の群れのように泳ぐのよ。殻があるのに、浮力さえも身につけている」

「つまり、この貝が外洋でバリア・クイーン号の船体に貼りつくことは可能なんだね。それで、あなたたちが驚いたわけだ」

「そうよ」

「途方に暮れたのはどうして？」

オリヴィエラはオルカの脇腹に近づき、黒い皮膚を撫でた。

「あなたが採ってきた組織の断片だけど。正直言って、どうしたものかと思って。かなり崩壊が進んでいたでしょう。分析したところ、スクリューに付着していたものと、あなたのナイフについていたものは同一だと判明した。けれど、それ以上のことはわからない」

「ぼくが船体からETを切り取ってきたと？」

「組織は異常なくらい収縮性がある。とても固いのに、ものすごく伸縮する。何なのかさっぱりわからないわ」

彼は眉根を寄せた。

「発光生物を示す特徴は？」

「可能性はある。でもなぜそう思うの？」

「光ったような気がするんだ」

「それが、あなたのほうに泳いできた物体というわけね？」

「ナイフを突き立てたときに、飛びだしてきた」

「あなたが組織の一部を切り取った可能性はあるわね。不思議じゃないわ。これが痛みを感じる神経細胞の束だとは思わないけれど。ただの細胞の塊……」

話し声が聞こえてきた。人々の集団が砂浜を近づいてくる。ある者はカメラを抱え、ある者はノートを持っていた。

「さあ始まる」

アナワクが言った。

彼女は途方に暮れた目で彼を見た。

「そうね。これからどうする？　イングルウッドにデータを送るべきかしら？　送っても、あの人たちは何もしないと思うわ。正直言うと、もう少しサンプルが手に入るといいのだけど。特にあの組織の」

「ロバーツに連絡してみるよ」

「わかった。さあ、大虐殺に出かけましょう」

アナワクは動かないオルカを見た。怒りと無力感を感じる。沈痛な気持ちだった。クジラは何週間も姿を見せず、ようやく現われたクジラは死んで浜に打ち上げられた。

「どうして、こんなことになったんだ！」

オリヴィエラが肩をすくめた。フェンウィックとフォードはすでに準備にかかっている。

「マスコミには嘆いたりしないことね」

解剖には一時間以上かかった。フェンウィックがフォードに手伝わせてオルカを切り開き、心臓、肝臓、肺などの内臓を取りだして生体構造を説明した。胃の内容物を広げると、半分ほど消化されたアザラシも含まれていた。定住型と違い回遊型や沖合型オルカは、アシカやイルカを餌とし、巨大なヒゲクジラを群れで狩ることもある。

見学者の中では、科学が専門のジャーナリストは少数派で、その代わりに新聞、雑誌、テレビの記者が多く集まっていた。彼らは専門知識を持っておらず、フェンウィックはまずオルカの構造的特徴から説明を始めた。

「体型は魚の形をしているが、それは、陸上動物が水棲に移行するときに、この体型が自然に備わっただけだ。これはよくあることで、収束進化という。異種の生物が収束進化すると、環境に適応するため、同じ構造を持つようになる」

彼はぶ厚い皮膚をはがして、その下にあった脂肪を引っ張りだした。

「ここに一つ相違がある。魚類、両生類、爬虫類は変温動物、あるいは冷血動物。つまり、周囲の温度に体温を適応させる。たとえば、サバは北極にも地中海にも生息する。だが、北極のサバの体温が摂氏四度であるのに対して、地中海のサバは摂氏二十四度だ。クジラはこれとは違う。クジラは、われわれと同じ恒温動物なのだ」

アナワクは見学者を見守った。フェンウィックは短いが効果的な言葉を使った。〝われわれと同じ〟という言葉には誰もが聞き耳を立てる。クジラは人間と同じ。この限定的な言葉を聞いて、人々は動物の命を尊重するようになる。

フェンウィックは先を続けた。

「北極にいようが、カリフォルニアの入江にいようが、クジラの体温は常に摂氏三十七度。そうするためクジラは脂肪を蓄える。特にクジラの脂肪のことを脂皮と呼ぶ。この白い塊が見えますか？　海水は体温を奪うが、この脂肪の層が体温が失われるのを阻止する」

彼は見学者を見まわした。手袋がオルカの血と脂肪で、赤くぎらぎらと光っていた。

「しかし、脂皮は同時に致命的だ。クジラが座礁した場合、体重と、ぶ厚い脂肪の重さが深刻な問題になる。シロナガスクジラは体長三十三メートル、体重百三十トン。これは、かつて地球に生息した最大級の恐竜の四倍も重いことになる。オルカでさえ体重は九トンにも達する。このように重い生物は水中でしか生きられない。ここで、アルキメデスの定理が登場するわけだ。水中に体を沈めれば、押しのけた水の重量と等しい浮力を持つことになる。逆に、陸上ではクジラは自分の体重で押しつぶされてしまう。そこに、脂肪の断熱効果がとどめをさす。なぜなら、脂肪が吸収した熱をふたたび放射することはできないからだ。座礁したクジラの多くは熱中症で死んでしまう」

「このクジラもそうですか？」

女性のジャーナリストが訊いた。

「違います。ここ数年、免疫機能が破壊されたクジラがかなりいて、感染症で死んだ。J－19は二十二歳だ。若くはないが、オルカの平均余命は三十年だから、早すぎる死だろう。見たところ、争って負った傷もない。バクテリアによる感染だと思われる」

アナワクが一歩前に出て、事務的な口調で話しはじめた。

「なぜそのような事態になるのか説明します。毒性調査を行なうと、ブリティッシュ・コロンビア沿岸に生息するオルカは、例外なくPCBやその他の毒物に汚染されている。今年は、オルカの脂肪組織から百五十ミリグラムのPCBを検出した。人間の免疫機能なら対抗できようもないPCBレベルだ」

当惑と興奮の入り混じった視線がいっせいに彼に向けられた。自分が伝えた話が人々の心をつかんだのだ。

「最悪なのは、この有害物質は脂肪に溶けるということだ。つまり、母乳を通じて子どもも汚染される。人間の子どもがエイズに感染して生まれてくる。そういうニュースを聞いたとき、ぼくたちは驚愕する。今日ここで皆さんが体験したことを報道し、皆さんの驚愕を伝えてください。オルカほど汚染された動物は、ほかには地球にいないのです」

「ドクター・アナワク、人間がクジラの肉を食べたらどうなりますか？」

一人のジャーナリストが小声で訊いた。

「有害物質の一部を自らの体内に摂取することになる」

「それによって死に至る？」

「長い目で見れば……おそらくは」

「ここで有害物質を海に垂れ流している企業、つまり木材産業ですが、人が病気になって死んだら、間接的でも責任を問われるのではありませんか？」

フォードが男をちらりと見た。アナワクは躊躇《ちゅうちょ》した。これは難しいところだ。当然、この男の言うことは正しい。だが、バンクーバー水族館としては、地元企業と直接対立するのは避け、対話の道を歩もうとしている。ブリティッシュ・コロンビアの政治・経済的エリートを潜在的な殺人集団に見立てたら、対立は激化する。彼もフォードの努力を無にするつもりはなかった。

「いずれにせよ、汚染された魚を食べ続ければ、健康に害を及ぼすでしょう」

彼は直接の答えを避けた。

「産業は知りながら汚染を続ける」

「その解決策を探しているところです。責任問題も含めて」

「わかりました」

ジャーナリストはメモをとると、ふたたび口を開いた。

「特にあなたの故郷の人々のことを言っているんです、ドクター……」

「ぼくはここの出身だが」

アナワクは無愛想に答えた。

ジャーナリストは驚いた顔をした。彼は理解に苦しむだろう。充分に下調べしてきただろうから。

「そうではなく、あなたのもともとの出身地では……」

アナワクは男の言葉をさえぎった。

「ブリティッシュ・コロンビアでは、クジラやアザラシの肉はそれほど食べない。一方、北極圏の住人には深刻な汚染が確認されている。グリーンランドやアイスランド、アラスカやもっと北のヌナブト準州、もちろんシベリアやカムチャツカ、アリューシャン列島も、海棲哺乳動物を毎日食べている地方では。一方、クジラが汚染される場所ではクジラを食べる習慣がないから、人間への影響は少ない。問題はクジラが回遊することだ」

「クジラは自分が汚染されていると気づいているでしょうか？」

学生の一人が訊いた。

「知らないだろう」

「でも先生の本には、クジラは知能が高いと書いてありました。もしクジラが、なんだか餌がおかしいと感じたら……」

「人間は足を切断するか、肺癌で死ぬまで、煙草を吸う。煙草の害はよく知っているが、それでも吸うんだ。しかも人間は明らかにクジラより知能が高い」

「どうして、そんなにはっきり言えるんですか？　もしかすると逆かもしれないのに」

アナワクはため息をついた。できるかぎり優しい口調で答えた。

「クジラはクジラとして見なければならない。クジラは非常に特殊に発達した動物だが、限界もある。オルカは魚雷のような理想的な流線型をしているが、脚や手もなく、表情や立体的な視野を操ることもできない。イルカや、ヒゲクジラ類やハクジラ類も同様だが、人間には似ていない。オルカは犬よりも賢く、シロイルカは自己認識が可能なほど知能が高い。イルカには疑いなく独特な脳がある。だが、それでクジラは結局のところ何をするのか考えてほしい。魚はクジラやイルカと同じ環境に住み、同じような生態を持っている。魚はわずかなニューロンしか持っていないにもかかわらず」

アナワクは携帯電話のかすかな振動を感じてほっとした。フェンウィックに解剖を続けるように合図すると、脇に退いて電話に出た。

「レオンか。そこを離れられるか？」

シューメーカーだった。

「たぶん。どうかしたんですか？」

「あいつがまた現われた」

アナワクは怒り心頭に発していた。

数日前、彼がストリンガーからの知らせでバンクーバー島に急いで帰ると、ジャック・グレイウォルフと仲間たちの姿はすでになく、二艇のボートに満載の乗客が残されただけだった。客は自分たちがじろじろ眺められ、写真に撮られた文句をさんざんまくしたてた。シューメーカーがやっとのことで客をなだめたが、何人かには再度のツアー参加をプレゼントするはめになった。その後は騒動は収まるかに見えた。ところが、グレイウォルフはやりたい放題の騒ぎを引き起こし続けた。

〈デイヴィーズ・ホエーリングセンター〉ではグレイウォルフたちへの対処法を検討した。彼らに対抗するべきか、無視するべきか？　公《おおやけ》に対抗するなら、彼らに発言の場を提供することになる。グレイウォルフのような人間は真面目な環境保護団体にとっても、ホエールウォッチングをする側から見ても目の上の瘤だ。しかし結局は、事情を知らない一般の人々に歪曲したイメージが伝わるというプロセスの繰り返しなのだ。グレイウォルフの言葉に共感する人々も出てくる。

個人的には彼らの抗議に応じられたかもしれない。しかし、グレイウォルフのさまざまな前科を考えると、この対立が向かう先はおのずと知れた。あとは彼の脅迫に怯えるか否かだが、それは有効な解決策ではない。ほかにも方法はある。突発事故と考えて、グレイウォルフを放置するのも一つだ。

そこで、彼を無視することに決めた。

しかし、それは間違いだったのだ。アナワクは小型のゾディアックをクラークウォト入江の海岸線に沿って走らせながら、そう考えていた。少なくとも、こちらの不快感を示す手紙を送ってやれば、彼の自己顕示欲を満足させられたかもしれない。彼のことを気にしているというサインにはなったはずだ。

アナワクは海上に目を凝らした。ボートはスピードを出しているため、クジラを驚かせたり、ましてや怪我を負わせたりしたくはなかった。遠くに巨大な尾びれを何度も見た。一度、黒光りした巨体が近くの波間を切り裂いた。彼はブルーシャーク号のスーザン・ストリンガーに無線で連絡をとった。

「やつら何をしているんだ?　つかみかかろうというのか?」

無線機が音を立てた。

「いいえ。このあいだのように写真を撮って、罵声《ばせい》を上げてる」

「人数はどのくらい?」

「ボートが二艇。グレイウォルフともう一人が一艇に、あとの三人がもう一艇に乗ってる。おっと、今度は歌が始まった!」

無線機の雑音に混じって、リズミカルな騒音が聞こえてきた。

「太鼓をたたいてる。グレイウォルフが音頭をとって、残りが歌ってる。インディアンの歌だわ! よく聞きとれないけど」

「落ち着くんだ。いいね? けしかけてはだめだ。ぼくはあと数分で着くから」

遠くに、明るいボートのシルエットが現われた。

「レオン? あいつ、どこのインディアンなの? あのばかが何をしてるかわからないけど、祖先の霊を呼び寄せようとしているなら、誰が現われるのか知っておきたいから」

「ジャックは詐欺師だ。そもそもインディアンじゃない」

「違うの? てっきり……」

「母親が先住民のハーフというだけだ。本当の名前はオバノン。ジャック・オバノンだ。グレイウォルフなんて、とんでもない」

ストリンガーは沈黙した。高速で走るアナワクのボートに、太鼓の音が波に乗って聞こえてきた。

「ジャック・オバノン……か。すごいじゃない。わたし、すぐにも言ってやる……」

「そんなことしてはだめだ。ぼくの船が見えるか？」

「見えるわ」

「ぼくが行くまで、何もするんじゃないぞ」

彼は無線機をおき、カーブを描いて艇首を沖に向けた。様子がはっきり見えた。ブルーシャーク号とレディ・ウェクサム号が、ザトウクジラの群れの真ん中にいた。あちこちに尾びれが見え、クジラの吹く潮が上がる。全長二十二メートルのレディ・ウェクサム号の白い船体が、日の光に輝いていた。真っ赤に塗装した二艇の古びたレジャーボートが、ブルーシャーク号の周囲をまわっている。その距離は近く、まるでゾディアックを乗っ取ろうとするかのようだ。太鼓の音が大きくなり、それに混じって単調な歌も聞こえてきた。

グレイウォルフはアナワクに気づいたとしても、知らないふりをしていた。まっすぐに立って太鼓をたたき、歌っている。もう一艇に乗る、男二人と女一人がいっしょに歌い、呪いの言葉や悪態をついていた。ときどきブルーシャーク号の乗客の写真を撮ったり、何やら光るものを投げつけている。アナワクは目を細めた。魚だ。いや、腐った魚だ。身をかがめる乗客もいれば、投げ返す者もいた。彼はグレイウォルフのボートに激突して、あの大男が転がる姿を眺めてみたかった。だが、客にエキシビションを見せてもしかたない。

ボートをすぐ近くまで寄せて叫んだ。

「ジャック！　やめるんだ。話し合おう」

グレイウォルフは疲れも知らず、太鼓をたたき続けている。振り返りもしない。乗客の苛立った顔がアナワクの目に飛びこんできた。そのとき、無線機から男の声が聞こえた。

「やあ、レオン！　来てくれて嬉しいよ」

レディ・ウェクサム号の船長だ。船は百メートルほど離れたところにいて、上部デッキに集まった乗客が手すりから身を乗りだし、こちらの様子に見入っている。何人かが写真を撮っていた。

「そっちは大丈夫か？」

アナワクが尋ねた。

「最高さ。あのばかをどうしてやろうか？」

「さあね。もう一度、平和裏に説得してみるよ」

「いつでも合図してくれ、やつらを突き飛ばしてやる」

「わかった」

二艇の赤いモーターボートが、ブルーシャーク号に船体をぶつけていた。グレイウォルフは体を揺らしながらも、太鼓をたたき続けている。帽子についた羽根が風にはためいていた。モーターボートの背後でクジラの尾びれが海面に浮かび、また消えた。しかし、クジラに気づいた者はいない。ストリンガーは憎々しい目でグレイウォルフを睨みつけていた。

「レオン！」

ブルーシャーク号の乗客の一人がアナワクに手を振っている。アリシア・デラウェアだ。青い眼鏡をかけた顔が上下に跳ねていた。

「あいつら、いったい誰なの？　何してるの？」

おかしい。数日前に会ったとき、彼女はその日が最後の日だと言わなかったか？

今はどうでもいいことだ。

彼はグレイウォルフの船に近づくと、自分のボートを斜めにして拍手した。

「ジャック、ありがとう。いい歌だった。さあ、何が望みか言ってくれ」

グレイウォルフの歌声が大きくなった。単調で古風な旋律が高くなったり、低くなったりする。嘆き悲しむようでもあり、攻撃的でもあった。

「おい、ジャック！」

突然、静寂が訪れた。グレイウォルフは太鼓を持つ手を下ろし、アナワクへ振り返った。

「何だい？」

「お前の仲間にやめるように言ってくれ。そうしたら、話し合おう。何でも話すが、まずさがるように言ってくれ」

グレイウォルフの顔が引きつった。

「誰もさがりはしない」

「いったい何の真似だ？　お前の目的は何だ？」

「この前、水族館で話そうとしたのに、あんたは聞こうとしなかった」

「時間がなかったんだ」

「今度は、おれのほうに時間がない」

グレイウォルフの仲間がけたたましく笑った。アナワクは怒りを押しとどめ、努めて冷静に言った。

「ジャック、一つ提案がある。そんな真似を今すぐやめて、今晩〈デイヴィーズ〉で会おう。ぼくたちに何をさせたいのか、お前の要求を聞いてやる」

「消えろ。それが、あんたたちのすべきことだ」

「なぜだ？　ぼくたちが何をするというんだ？」

ボートのすぐそばに、暗い色をした島が二つ浮上した。風化した巨岩のように、畝《うね》や斑《はん》点《てん》がある。コククジラだ。かなり近い。グレイウォルフにツアーが台無しにされなければ、素晴らしい写真が撮れたことだろう。

「あんたたちが消えろ」

グレイウォルフは乗客をまっすぐに見据え、祈禱師のように両腕をあげた。

「さっさと消えて、自然を痛めつけるのをやめろ。じろじろ見る代わりに、調和して生きろ。あんたたちの船のエンジンが空気や水を汚している。スクリューがクジラを傷つける。あんたたちはカメラを持って追いかけまわす。騒音がクジラを死に追いやる。ここはクジラの世界だ。あんたたちが消えろ。人間に居場所はない」

なんとくだらない。グレイウォルフ自身でさえ、そんなくだらない話を信じていないだろう。しかし、彼の仲間は熱狂して拍手喝采を送った。

「ジャック！　思い出してくれ。ぼくたちはクジラを守るためにやってるんだ。研究なんだ！　ホエールウォッチングは人々の新たな視野を開いてくれる。それを邪魔するなら、お前は動物の利益を奪うことになる」

「クジラがどんな利益を持ってるんだ？　研究者さん、あんたは頭の中が覗けるのか？」

「ジャック、くだらないことを言うな。望みは何だ？」

グレイウォルフは沈黙した。彼の仲間は乗客を写真に撮ったり、罵《ののし》ったりするのはやめていた。誰もが彼に注目している。

「おれたちは世間に訴えたい」

アナワクは両手を広げた。

「世間だって？　ここにはボートに乗った人たちが少しいるだけだ。ジャック、話し合おう。公の場で徹底的に議論を戦わせよう。そこで白黒つけようじゃないか」

「ばかばかしい。それは白人の言うことだ」

アナワクの怒りが爆発した。

「くそ！　お前はぼくより白人の血が濃いんだぞ。オバノン、頭を冷やせ」

グレイウォルフはパンチをくらったような顔をして、アナワクを見つめた。やがて、にやりと笑うと、レディ・ウェクサム号を指さした。

「あっちの船の客は熱心に写真やムービーでこっちを撮ってるが、なぜだい？」

「お前たちのくだらない行為を撮ってるんだ」

「そのとおり。結構なことじゃないか」

グレイウォルフは笑った。

その瞬間、アナワクはすべてを察した。レディ・ウェクサム号の乗客の中にはマスコミの人間がいる。このスペクタクルを見せようと、グレイウォルフが招集したのだ。

くそったれ！

返答を考えていると、グレイウォルフが手を伸ばしたまま、レディ・ウェクサム号を今もじっと見ているのに気がついた。その視線を追って、アナワクは息を呑んだ。

船のすぐ前に、ザトウクジラが水中から飛びだしたところだった。巨体を跳ね上げるには猛烈な勢いが必要だ。一瞬、クジラは尾びれで水面に立ち上がったように見えた。ひれの先端だけを海中に残して体が空中にそびえ立つと、レディ・ウェクサム号のブリッジにのしかかった。顎と下腹に何本もの長い畝がはっきり見える。体のわりに長い胸びれが羽のように広がり、黒い木目模様のある骨ばったひれが白く輝いている。体が完全に宙を舞ったかのようだった。レディ・ウェクサム号からいっせいに驚愕した叫び声が響いた。やがて巨体がゆっくりと脇に傾いて海面に激突し、壮絶な波しぶきが上がった。

上部デッキの乗客が後ずさる。船の一部が泡の壁の向こうに消えた。泡の中に、黒い巨体が現われた。二頭目が海中から飛びだそうとしている。クジラはさらに船に接近して波の上にそそり立った。体のまわりに、霧のように細かい泡がきらきらと輝いている。このジャンプは失敗だ——船から悲鳴が上がる前に、アナワクは気がついていた。

巨体がレディ・ウェクサム号に激突し、船は轟音を立てて激しく揺れた。クジラは海中に消えた。上部デッキの乗客が床に転がっている。まわりの海水が激しく泡立ち渦巻いていた。そこに、複数のザトウクジラが横から現われた。二頭の巨体が宙を舞い船に激突した。

「復讐だ。自然の復讐だ！」

グレイウォルフがうわずった声で叫んだ。

レディ・ウェクサム号は全長二十二メートルで、ザトウクジラよりも大きい。運輸省の認可を受け、客船としてカナダ沿岸警備隊の安全基準に適合していた。悪天候や一メートルもある砕け波、動きの鈍いクジラに不運にも衝突する――これらすべてを考慮に入れて、船は設計されている。

しかし、クジラからの攻撃は想定外だ。

そのとき、船のエンジンがかかった。クジラに激突された衝撃で、船は危険なまでに傾いている。二つあるデッキは、言葉にはならないパニックに襲われていた。下部デッキの窓ガラスは全部割れ、あわてふためいて逃げまどう人々の悲鳴が聞こえてくる。船は速度を上げたが、遠くへは行けなかった。ふたたび一頭が空中に飛びだし、ブリッジの壁に激突した。転覆させるほどの衝撃ではないものの、船はさらに激しく揺れ、高く飛び散ったガラス片が雨のように降っている。

アナワクはとっさに考えた。船体はかなりの部分が損傷している。何かしなければならない。なんとかクジラの気をそらすのだ。

彼の手がスロットルレバーに伸びた。

その瞬間、鋭い叫び声が空気を切り裂いた。しかし、それはレディ・ウェクサム号ではなく、彼のすぐ後ろだ。彼は振り返った。

シュールな光景だった。赤いボートのすぐ上に、巨大なザトウクジラの体がまっすぐ空に向かってそそり立っていたのだ。重力を忘れてしまう、壮大な記念碑のような姿。口で雲をつかもうとするかのように上昇を続ける。十メートル、十二メートル。一瞬、時間が止まり巨体が空中で静止した。クジラはゆっくりと体をひねり、合図するように巨大な胸びれを振った。

アナワクはそそり立った巨体に視線を這わせた。これほどまでに恐ろしく、しかし素晴らしい姿は見たことがない。しかも、このように近くから。ジャック・グレイウォルフも、ブルーシャーク号の乗客も、彼自身も、誰もが空を仰ぎ、これから頭上に降ってくる物体を見つめていた。

「なんということだ」

彼はつぶやいた。

スローモーションのようにクジラの体が傾いた。赤いボートに影が差した。影はブルーシャーク号の艇首にまで伸びる。巨体の傾きが増すにつれ、影は急速に伸びていった。

アナワクはスロットルを開いた。ボートが一気に飛びだす。グレイウォルフの船も発進したが、方向が悪かった。老朽化したレジャーボートは横揺れしながらアナワクに向かってきた。二艇は衝突し、アナワクは背中から引き倒された。一方、グレイウォルフはデッキに転がり、操縦していた男は海に投げ飛ばされた。アナワクのボートは方向を変え、猛スピードでブルーシャーク号に向かった。そのとき、彼の目の前で、ザトウクジラの九トンの巨体がもう一艇のレジャーボートに覆いかぶさった。乗員もろとも海中に押しこみながら、ブルーシャーク号の艇首に激突した。高い波しぶきが上がる。ゾディアックの艇尾が空中に持ち上げられ、オレンジ色のオーバーオールを着た乗客が宙に舞った。瞬間、ブルーシャーク号は艇首を真下に垂直に立ち、そのままスピンして横向きに倒れていく。アナワクは身をかがめた。ゾディアックが頭上に落ちる前に、下をすり抜けた。そのまま彼のボートは海面のすぐ下にある何か巨大なものに乗り上げジャンプした。一瞬、彼も宙に浮いたが、なんとかハンドルをつかむと急ハンドルを切って減速した。

想像を絶する光景だった。グレイウォルフの仲間が乗っていたボートは残骸と化し、ブルーシャーク号は転覆して漂っていた。波間で乗客が手をばたつかせ、叫んでいる。ぐったりとして動かない者もいた。着ているオーバーオールは自動的に膨らみ、水に浮く。しかし、何人かはクジラに激突されて即死だったにちがいない。少し離れたところを、レディ・ウェクサム号が船体を傾けて走っていく。クジラの背や尾びれがまわりを囲んでいた。

その瞬間、船は横腹を突かれて激しく揺れ、さらに傾いた。

海に浮かぶ人々にぶつからないよう注意しながら、アナワクはボートを進めた。無線のチャンネルを98に合わせて現在位置を告げる。

「事故だ。死者もいる」

彼は喘《あえ》ぎながら言った。

周辺にいる全船舶に救難無線は届くだろう。詳しい事情を説明する時間はなかった。ブルーシャーク号には乗客十二名、ストリンガーと助手を合わせて十四名が乗っていた。それにグレイウォルフの仲間のボートの三人を加えると、全部で十七名だ。しかし、海に漂う人影は明らかに少ない。

「レオン!」

ストリンガーだ! ボートに向かって泳いでくる。アナワクが彼女の両手をつかんで引き上げると、咳きこんで床に倒れた。少し離れたところに、オルカの背びれがいくつも見えた。スピードを上げてこちらに近づいてくる。次第に黒い頭と背が海面に浮上した。まちがいなくこちらをめざしている。アナワクはぞっとした。

アリシア・デラウェアがすぐ近くに浮いていた。若い男の頭を沈まないように支えている。男のオーバーオールは機能しなかったのか膨らんでいない。ストリンガーといっしょに、まず意識をなくした若者を、次にデラウェアを引き上げた。彼女はアナワクの腕を振りほどくと舷側から身を乗りだし、救助を続けるストリンガーに手を貸した。自力でボートに泳ぎついた者たちが腕を伸ばす。その腕をつかんでは船に引き上げた。すぐにボートはいっぱいになった。ブルーシャーク号よりずっと小型で、もう定員オーバーだ。しかし、アナワクは海上を探しては、人々をボートに引き上げた。

「あそこに一人いる！」

ストリンガーが叫んだ。

うつ伏せで浮かぶ人影があった。肩幅が広く、大きな背中からすると男性だ。オーバーオールを着ていない。すると、グレイウォルフの仲間の一人だ。

「急げ！」

アナワクが身を乗りだし、ストリンガーといっしょに男の両腕をつかんで持ち上げた。

軽かった。

軽すぎる。

男の頭がのけぞった。うつろな瞳が虚空を見つめていた。その瞬間、アナワクは男が軽い理由を知った。男の体は腰から下がなかったのだ。脚と骨盤の代わりに、胴体から太い血管や腸がぶら下がり、血が滴《したた》っていた。

ストリンガーが息をつまらせ、手を離した。死体はひっくり返ると、アナワクの指をすり抜け、音を立てて海に落ちた。

ボートの右にも左にも、波を切り裂くオルカの背びれが見えた。十頭、いや、もっとだろう。ひと突きされてボートが揺れた。アナワクはハンドルをつかむと、スロットルを開いた。目の前に三頭の巨大な背が浮かび上がった。彼は懸命にカーブを切った。オルカの背が海に消えると、反対側に二頭が浮上してボートに向かってくる。また彼はカーブを切った。泣き叫ぶ声が耳に響く。彼自身も背筋が凍り、吐き気がこみ上げる。それでも冷静にハンドルを握って巧みなスラロームを描き、艇首に現われるオルカをかわした。

右手に轟音が響き、アナワクは反射的に振り向いた。レディ・ウェクサム号が波しぶきの中に浮き上がり、船体が大きく傾いている。

運命を変えた一瞬だった。彼は振り返ってはならなかったのだ。振り返りさえしなければ助かっただろう。自分の進路さえ見ていれば、灰色の斑点のある背が目に入っただろう。尾びれを海面に突きだし、ボートの進路に向かって潜るクジラの姿を目にできたのだ。

海面に突きでた尾びれを見たときは、もはや手遅れだった。

尾びれがボートの横腹を打った。ボートはこの程度の衝撃で進路から投げ飛ばされることはない。しかし、彼は高速で急カーブを切りながら、波の上をジャンプするように走らせていたのだ。衝撃は一瞬の不意を襲った。ボートは高く跳ね上がると、大きく宙返りした。

アナワクは宙に放りだされた。

水しぶきの中をもんどり打って、青緑色の水面にたたきつけられた。そのまま暗い海中に沈み、上下もわからないまま水の冷たさを感じた。必死に足で蹴って海面に顔を出し、空気を求めて喘いだ。しかし、すぐまた海中に引き戻される。冷たい水が肺に流れこんだ。恐怖に襲われた。両脚を激しく動かし、死に物狂いで水をかき分けると、ふたたび顔が水面に出る。咳きこんで水を吐いた。彼のボートも乗客の姿もない。海岸線が波間に上下していた。振り返ると、ちょうど体が波に持ち上げられた。そのとき数人の頭が見えた。デラウェアがそこに、ストリンガーがあそこにいる。オルカの背びれが人々のあいだを行き来していた。オルカが潜ったそのとき、一人の頭が海中に消え、二度と浮かんでこなかった。

それを見ていた中年女性が悲鳴を上げた。恐怖に目を見開き、狂ったように両腕を海面にたたきつけて叫んだ。

「船はどこ？」

ボートはどこだ？　泳いで岸までは絶対にたどりつけない。ボートがあれば、たとえ転覆していようと、よじ登って身を守ることができるだろう。だが、ボートはどこにも見えない。女性の叫び声は激しさを増すばかりだ。

アナワクは女性のもとに泳いでいった。彼を見ると、彼女は腕を伸ばした。

「お願い、助けて！」

「大丈夫。落ち着いて」

「溺れるわ」

「溺れたりしない。オーバーオールを着ているから大丈夫だ」

彼はじっと見つめて言った。

だが、その言葉は女性の耳には入らない。

「助けて、お願い！　ああ神様、助けて！　死にたくない」

「心配ない、ぼくが……」

突然、彼女は目をむいた。わめき声が喉につかえ、海中に引きずりこまれた。

アナワクの脚に何かが触れた。

言い知れぬ恐怖が彼を襲う。体を波に持ち上げて周囲を見まわした。ゾディアックだ。キールを上にして、わずか数ストロークのところを漂っている。命綱となる難破船のまわりには、数名の頭があった。しかし、数メートル離れたところに三頭のオルカの姿が見えた。黒い流線型の体がまっすぐにこちらをめざしている。

アナワクは動けなかった。ただ、向かってくるオルカを凝視する。頭の中で何かが抵抗していた。かつてオルカが人を襲ったことはない。人間に対して友好的な興味を示すか、無関心かのどちらかだ。クジラは船を襲わない。今ここで起きている事態はありえないことなのだ。呆然とする彼の耳に轟音が聞こえたが、すぐには何の音なのかわからなかった。彼は次第に大きくなり、クジラとのあいだに波しぶきが立つと、赤い物体が現われた。彼はいきなり体をつかまれ、舷側に引き上げられた。

グレイウォルフは、すぐさまレジャーボートをほかの人々に向けた。デラウェアが差しだした手を身を乗りだしてつかむと、軽々と持ち上げた。アナワクももがく男をつかみ、ボートに引きずり上げた。海面をくまなく見わたす。ストリンガーはどこだ？

「あそこだ！」

波間に彼女の姿が現われた。ぐったりとした女性といっしょだ。オルカが転覆したゾディアックのまわりを囲み、両側から近づこうとしている。黒光りする頭が波を切り裂いた。わずかに開けた口の奥に、きれいに並んだ象牙色の歯が輝いていた。あと数秒で、ストリンガーまで達するというときに、グレイウォルフはハンドルを握り、ボートを寄せた。

アナワクは彼女をつかもうとした。

「この人を先に！」

彼女が叫んだ。

グレイウォルフも手を貸して女性を引き上げた。そのあいだに、ストリンガーは自力でボートに這い上がろうとしている。その後ろで、オルカが海中に姿を消した。

瞬間、彼女はたった一人になった。彼女のほかに、海には何ひとつなかった。

「レオン？」

彼女は怯えた目をして両手を伸ばした。アナワクが右腕をつかんだ。

深緑色の海から、巨大なものが信じられない速さで飛びだした。顎が開いて、ピンク色の口の中に白い歯が光った。その口が海面すれすれで閉じた。ストリンガーの悲鳴が上がる。彼女は、体に食らいついたオルカの口を拳《こぶし》でたたきはじめた。

「やめて！　あっちへ行け！」

彼は彼女の腋に手を差しこんだ。彼女は見上げた。瞳に死の恐怖が浮かんでいた。

「スーザン！　そっちの手もよこせ」

彼女の体をしっかりつかんだ。絶対に離すものか。オルカは彼女の体の真ん中に食らいつき、とてつもない力で引っ張っている。ストリンガーがうなり声を上げた。初めは痛みをこらえるような低い声も次第にうわずり、しまいには鋭い悲鳴に変わった。オルカをたたいていた拳が止まったが、なおも悲鳴は響いている。ものすごい衝撃とともに、彼女の体がアナワクの手から離れた。頭が海中に消え、両腕が消え、もがく指が消える。オルカは容赦なく彼女を海に引きずりこんでいった。一瞬、オレンジ色のオーバーオールが万華鏡のように光を振りまいた。しかし、すぐに色褪せ消えてしまった。

アナワクは呆然と海を覗きこんだ。空気の泡が一つ浮かび上がり、波の上で割れた。あたり一面の海が赤く染まっていた。

「そんなばかな」

彼はつぶやいた。

グレイウォルフが彼の肩をつかんで引き戻した。

「もう誰もいない。さあ逃げよう」

アナワクは動けなかった。レジャーボートが揺れながらスタートすると、ようやく我に返った。ストリンガーが救った女性が座席に横たわっていた。デラウェアが震える声で話しかけている。アナワクが助けた男は虚空を見つめていた。そのとき、少し離れたところから、騒然とした物音が聞こえてきた。レディ・ウェクサム号がオルカやザトウクジラに包囲されている。船は傾きを増し、もはや航行不能だ。

「引き返そう！　彼らだけじゃ無理だ！」

アナワクは大声で言った。

グレイウォルフは猛スピードで海岸をめざしている。振り向きもせず、口を開いた。

「忘れるんだ」

アナワクは彼の横に行くと、無線機をつかんでレディ・ウェクサム号を呼んだ。雑音が聞こえるだけで、応答はない。

「ジャック、助けに戻ろう！　くそ！　引き返せ……」

「忘れろと言っただろう！　このボートじゃ無理だ。おれたちが助かるかどうかも運まかせだ」

恐ろしいことに、彼の言うとおりだった。

シューメーカーが電話に向かって叫んだ。

「ヴィクトリア？　ヴィクトリアで何をやってるんだ？――なんでこっちのが徴発されたんだ？――ヴィクトリアにはそっちの沿岸警備隊がいるじゃないか。うちは乗客が遭難したんだ。船が一隻沈んで、スキッパーが死んだ。それでも待ってろと言うのか？」

彼は売店の中を大股で行ったり来たりしながら、相手の声に耳を傾けた。しかし急に立ち止まった。

「できるだけ早くだって？――どっちだって同じだ！――じゃあ、別の人間をよこしてくれ！――おい、聞いてるのか……」

相手の声は大きく、数メートル離れたアナワクにも聞きとれるほどだった。〈デイヴィーズ〉は大混乱だ。共同経営者のデイヴィーとトム・シューメーカーは、次々とかかってくる電話や無線に応対し、指示を出したり、呆然と聞き入ったりしている。今はシューメーカーのほうが茫然自失といった様子だ。彼は受話器をおいて首を振った。

「どうだった？」

アナワクが訊いて、シューメーカーに声を静めるように合図してから、彼に歩み寄った。

グレイウォルフの老朽船が港に戻って十五分が経過したところだ。〈デイヴィーズ〉には人がつめかけている。クジラに襲撃された知らせは、瞬《また》く間に小さな町を駆けめぐった。ここで働く別のスキッパーも次々とやって来た。そのうち無線も希望のないものばかりになった。近くで釣りに興じていたボートが現場に向かった――「若造がクジラを避けられないとは、なんとばかな！」――初め威勢のよかった無線は、次第に沈黙した。救助に向かえば、自身が攻撃の的になってしまうのだ。クジラの襲撃は、沿岸一帯で起きていた。誰も事態を把握できないまま、そこらじゅうが地獄に変わった。

「沿岸警備隊はこっちには来られない。ヴィクトリアやユークルーリトに向かっている。多くの船が遭難したそうだ」

「え、あっちでも？」

「かなりの死者が出たようだ」

「ユークルーリトからのニュースが入ったぞ！」

デイヴィーがシューメーカーとアナワクに呼びかけた。デイヴィーはカウンターの向こうで、短波受信機のダイヤルを合わせている。

「トロール漁船だ。ゾディアックの遭難信号を受信して、救助に向かったそうだ。だが、逆に襲われ、逃げた」

「何に襲われたんです？」

「それ以上は聞こえない」

「レディ・ウェクサムは？」

「わからない。トフィーノ航空が二機を飛ばした。たった今、その一機とつながった」

「それで、レディは見えたのか？」

「飛び立ったばかりなんだ」

「なぜ、うちの人間を乗せていかなかったんだ？」

「そんなこと言っても……」

「くそ！　うちの船なんだぞ！　うちの人間を乗せていけよ！　レディ・ウェクサムはどうなったんだ？」

「待つしかない」

「待ってなんかいられない！　おれが行ってくる」

「どうするつもりだ？」

「ゾディアックがもう一艇あるだろうが。デビルフィッシュ号に乗って、おれが助けにいく」

「気でも違ったんですか？　レオンの話を聞いたでしょ？　沿岸警備隊に任せるしかない」

スキッパーの一人が言った。

「ここには、くそったれの沿岸警備隊は一隻もいないんだ」

「レディ・ウェクサムは自力で脱出できるかもしれない。レオンの話だと……」

「かもしれない、かもしれない！　おれが行く！」

「そこまでだ！」

デイヴィーが両手をあげた。

「トム、たとえ事情がどうであれ、これ以上の人命を危険にさらすわけにはいかない」

デイヴィーはシューメーカーに厳しい視線を投げて言った。

「あんたの船を危険にさらしたくないいんだろう」

シューメーカーは迫った。

「まずパイロットの連絡を待ち、それから何ができるか考えよう」

「そんなことじゃ何もできないぞ！」

デイヴィーは答えなかった。受信機のダイヤルをまわして、水上飛行機のパイロットを捕まえようとした。アナワクは集まった人々に外に出るよう促した。いつまでも膝の震えは止まらず、軽い目眩《めまい》がした。今もショック状態にあるのだろう。しかし、横になって目を閉じるわけにはいかない。そんなことをすれば、オルカがスーザン・ストリンガーを海中深くに引きずりこんだ光景が蘇ってくる。

彼女に命を救われた女性が、入口脇のベンチにぐったりと横になっていた。アナワクは深い憎しみの目でその女性を見ることしかできなかった。あの女さえいなければ、ストリンガーは助かっただろう。その隣に、同じく救助された男性が座って涙ぐんでいた。いっしょにブルーシャーク号に乗っていた娘を失ったのだ。男をアリシア・デラウェアが介抱していた。九死に一生を得たばかりだというのに、驚くほど冷静に見える。彼らを病院に運ぶヘリコプターがこちらに向かっていた。しかし今のところ、何もあてにはならなかった。

「おい、レオン！　いっしょに行こう！　どんな危険があるか、お前がいちばんわかっている」

「トム、行ってはだめだ」

デイヴィーが鋭い口調で言った。

「あんたたち腰抜けどもは、誰も行かなくていい。おれが行く」

背後で、低い声がした。

アナワクは振り返った。グレイウォルフがいつの間にかそこに立っていた。人々を押し分けて入ってくると、額にかかった長い髪を払った。彼はアナワクたちを降ろしたあと、ボートに残って損傷を調べていたのだ。突然、あたりが静まり返った。全員の視線が、革の上下を着た長髪の巨人に集まった。

「何だって？　どこへ行くつもりだ？」

アナワクが尋ねた。

「あんたたちの船に戻って、あんたたちの客を連れて帰ってきてやる。クジラなんか怖くない。おれには何もしないから」

アナワクは腹立たしげに首を振った。

「ジャック、お前の心がけは評価してやろう。だが、今からは口を出さないでくれ」

グレイウォルフは歯をむきだした。

「レオン、おれが口を出さなかったら、今頃あんたは死んでいた。忘れるな。あんたたちのほうこそ、初めから口を出さなければよかったんだ」

「何にだ?」

シューメーカーが口をはさんだ。

グレイウォルフは上目遣いで彼を睨みつけた。

「自然にだ。この大惨事の責任はあんたたちにある。あんたたちのボートや、いまいましいカメラのせいだ。おれの仲間が死んだのも、あんたたちの人間や、あんたたちに金を巻き上げられた客が死んだのも、あんたたちの責任だ。いまにこうなるとわかっていた」

「このクソ野郎!」

シューメーカーが大声を上げた。

そのとき、デラウェアが隣ですすり泣く男から目を上げて立ち上がった。

「クソ野郎なんかじゃないわ。わたしたちを救ってくれたのよ。彼の言うとおり、彼がいなければ、わたしたちは死んでいた」

シューメーカーは今にもグレイウォルフにつかみかかろうとしている。確かに、彼に感謝して当然なのだ。特にアナワク自身が。だが、過去にさまざまな嫌がらせをされたことも事実だ。だから、アナワクは何も言わなかった。気まずい沈黙が流れた。やがてシューメーカーは踵《きびす》を返すと、デイヴィーのところに戻った。

「ジャック、お前が行けば、誰かがお前を海から釣り上げにいくことになる。お前の船は博物館ものだからな。考え直してくれ」

アナワクは静かな口調で言った。

「このまま見殺しにするのか？」

「誰も死なせはしない！　お前もだ」

「おいおい、こんなおれでも心配してくれるのか。感動で胸がむかつくぜ！　だが、おれの船で行こうと言ってるんじゃない。かなり損傷してるからな。あんたたちの船で行く」

「デビルフィッシュ号で？」

「そうだ」

「ぼくたちの船をそう簡単に渡せるものか。少なくともお前なんかに」

アナワクは目をむいて言った。

「それなら、いっしょに来いよ」

「ジャック、ぼくは……」

「シューメーカーもいっしょに来てもいいぜ。ついにオルカが真の敵を食いつくそうとしているなら、餌が必要だからな」

「お前どうかしてるぞ」

グレイウォルフはアナワクに身をかがめた。

「おい、レオン！　おれの仲間も死んだんだ。おれがそれで平気だと思うのか？」

「お前は仲間を連れていく必要はなかったんだ」

「今それを話し合ってもしかたない。今はあんたたちの人間のことを話しているんだ。おれが助けにいく必要はないんだぜ。少しは感謝してもらいたいな」

アナワクは悪態をついてあたりを見まわした。シューメーカーは電話をかけ、デイヴィーは携帯無線機を手にしている。スキッパーや事務の者が、いまだ立ち去らない人々に外に出るよう促していた。

デイヴィーがアナワクを手招きした。

「トムの提案をどう思う？　本当に助けられるか？　それとも自殺行為か？」

アナワクは下唇を噛んだ。

「パイロットは何と言っているんです？」

「レディは横倒しになって浸水している」

「なんてことだ」

「ヴィクトリアの沿岸警備隊は大型ヘリを派遣できるそうだ。だが、すぐに来られるかどうかは疑わしいな。彼らだって手いっぱいだ。次々と事件が起きているから」

逃れてきたばかりの地獄へまた戻るのかと思うと、アナワクは怖気《おじけ》づいた。だが、恐れていては、レディ・ウェクサム号の人々を助けにいかなかったと、一生非難される。

「グレイウォルフもいっしょに行く気だ」

「ジャックがトムといっしょに？　それじゃ解決どころか、事態をこじらせるだけだ」

「解決できるかもしれませんよ。あいつが何を考えているのか、ぼくたちにはわからないが、力にはなる。逞しくて恐れ知らずだから」

デイヴィーは曖昧《あいまい》にうなずいた。

「二人だけにするんじゃないぞ」

「もちろんです」

「行ってみて無駄だと判断したら、すぐに引き返すんだ。誰にもヒーローごっこはしてほしくない」

「わかりました」

アナワクはシューメーカーのところに行き、彼が電話を切るのを待ち、デイヴィーの決定を伝えた。

「あの偽インディアンを連れていくのか？　気は確かか？」

「あいつは、自分がぼくたちを連れていくと思ってますよ」

「うちの船でだぞ！」

「あなたとデイヴィーの船だ。とにかく、何に立ち向かうのか、ぼくにはわかっている。グレイウォルフがいっしょだと思うと、ありがたい気持ちでいっぱいだ」

デビルフィッシュ号は、ブルーシャーク号と大きさも馬力も同じで、高速での操作性に優れている。それで、クジラよりも優位に立てればいいのだが。しかし、いつ、どこに出没するかわからない点では、クジラのほうが有利だった。

ゾディアックが内海を疾走するあいだ、アナワクはクジラの異常行動の原因を考えた。今まで、自分はクジラのことなら熟知していると思っていた。なのに、半分も理にかなった説明ができないのだ。バリア・クイーン号の事件との共通点も見逃すわけにはいかない。あのときも、クジラには船を転覆させるという明白な意図があった。クジラは恐水病か何かのウイルスに感染しているのかもしれない。何かの病気にちがいない。

しかし、一度に同じウイルスがさまざまな種に感染するだろうか？　ザトウクジラ、オルカ——そうだ、あのときコククジラも攻撃に加わっていた。次第に記憶が鮮明に蘇ってきた。彼のボートを投げ飛ばしたのはザトウクジラではない。コククジラだった。

クジラは化学物質に汚染されて異常をきたしたのか？　海水中の高濃度ＰＣＢや汚染された餌が、クジラの本能を狂わせたのか？　オルカは、化学物質が蓄積したサケなどを食べて汚染される。一方、コククジラやザトウクジラの餌はプランクトンだから、まったく違う代謝機能を持つはずだ。

やはり、クジラの異常行動にはまるで説明がつかなかった。

彼はきらきらと輝く海を見つめた。巨大な哺乳動物との出会いに胸を躍らせて、何度ここを通ったことだろう。海に危険が潜んでいると知ってはいたが、恐怖を感じたことは一度もなかった。外海には霧がかかることがある。風が吹いて危険な波が立ち、船が岩礁のほうに流されることもある。一九九八年、その波に流されてボートが座礁し、スキッパーと乗客一名が死亡する事故が起きた。それに、クジラはおとなしくても、巨大な体と力を持つ予測のつかない動物だ。経験豊かな研究者であれば、クジラがどれほどの力を秘めているか、充分に承知している。

しかし、自然を恐れていても意味がない。

わが家に不審者が乱入してこないか、道で車に轢《ひ》かれないかと心配するが、それらは不可抗力だ。しかし、攻撃的なクジラには対抗できる。クジラの生活領域にむやみに入らなければいいのだ。それでも踏み入るのなら、危険はつきものだと覚悟するべきだ。自然環境を承知していれば、嵐や高波、野生動物は脅威ではない。自然に敬意を払えば、恐怖は克服できる。これまでアナワクは常に自然を尊重してきた。

ところが、初めて彼は海に出ることに恐怖を覚えた。

水上飛行機が頭上を飛び去っていく。彼は操縦するシューメーカーの横に立っていた。シューメーカーはグレイウォルフに何度も茶化されたが、それでもハンドルを放さなかった。グレイウォルフは今は艇首に座り、異常はないか、海上に注意を向けている。木の茂った小さな島々が左舷に現われた。アザラシが暢気《のんき》な顔で岩の上に寝そべっている。ボートは猛スピードでその脇を通りすぎた。岩礁や木々が後ろに飛び去っていく。やがて船は外海に出た。果てしなく広がるモノトーンの海。懐かしくもあり、見知らぬ海のようでもあった。

外海は波が高く、船は揺れた。この半時間で海は荒れ模様に変わっていた。水平線にひと塊の雲が見える。嵐ではないが、この地方独特の急激な天候変化だ。おそらく雨が降りだすだろう。アナワクはレディ・ウェクサム号を探した。沈んでしまったのか？　少し遠くに大型客船が見えた。この時期、カナダ西海岸をアラスカまでクルーズする船だ。

「あの船はここで何をしているんだ？」

シューメーカーが大声を出した。

「救難無線を受信したのだろう。MSアークティック。シアトルの船だ。この数年、この界隈《かいわい》でよく見かける」

アナワクが双眼鏡を覗きながら言った。

「レオン、あそこだ！」

上下に揺れる波の向こうに、レディ・ウェクサム号の傾いた船体がちらりと見えた。突然、船が波に持ち上げられた。ほとんどの部分がすでに水没しており、ブリッジの前方と船尾の展望デッキに群がる人々が見える。飛び散る泡に船が見え隠れした。たくさんのオルカが周囲を泳ぎ、船が沈んで、乗客に襲いかかるときを待っているかのようだ。

「何だあれは。信じられない」

シューメーカーが驚愕して言った。

グレイウォルフが減速の合図をした。シューメーカーがスロットルを絞ると、目の前に灰色のザトウクジラが浮かび上がった。二頭があとに続く。数秒間、海面にとどまって潮をV字の形に吹きだすと、尾びれを上げずに潜っていった。

アナワクは、クジラが水中を接近するのを予感した。危険な攻撃の匂いを嗅ぎとった。

「今だ、行け！」

グレイウォルフが叫んだ。

シューメーカーがスロットルを全開にした。デビルフィッシュ号の艇首が高く持ち上がり、全速で飛びだした。背後でクジラが海からそそり立ち、海面に落ちた。ボートは間一髪で攻撃を逃れ、レディ・ウェクサム号に高速で近づいた。ブリッジやデッキにいる何人かが、こちらに手を振っているのが確認できる。呼ぶ声も聞こえた。その中に船長の姿を認め、アナワクはほっとした。周囲を泳いでいたオルカの背びれが海中に消えた。

「すぐに、やつらと対決することになる」

アナワクは言った。

「オルカか？　やつら、何をするつもりだ？　ゾディアックを転覆させるのか？」

シューメーカーは目を見開いた。何が起きたのか、ようやく事態を呑みこんだらしい。

「もっと楽な仕事だ。船を壊すのは、でかいクジラが引き受ける。どうやら分業のようだ。コククジラとザトウクジラが船を沈め、オルカが乗客を片づける」

シューメーカーは蒼白な顔でアナワクを見つめた。

グレイウォルフが大型客船を指さした。

「援軍が来たぞ」

事実、ＭＳアークティック号から二艇の小型ボートがゆっくりと近づいてくる。

「レオン、あいつらに伝えろ。スピードを上げるか、でなきゃ逃げるかだと。あの速度では、あっさり餌食になるぞ」

グレイウォルフが叫んだ。

アナワクは無線機をつかんだ。

「ＭＳアークティック。こちらデビルフィッシュだ。攻撃に備えてくれ」

数秒間、静かな時間が過ぎた。デビルフィッシュ号はすでにレディ・ウェクサム号に接近している。波が舷側にあたって砕けた。

「デビルフィッシュ、こちらＭＳアークティック。いったい何ごとだ？」

「海から飛びだすクジラに注意しろ。やつら、そっちのボートを転覆させる気だ」

「クジラだって？　何のことだ？」

「すぐに引き返すんだ」

「船が転覆したという救難信号を受信した」

ゾディアックが激しく波にぶつかり、アナワクの体が揺れた。体勢を立て直すと、無線機に叫んだ。

「話している時間がない。まず、そっちのボートのスピードを上げろ」

「おい、からかってるのか？　これから遭難船の救助に向かう。以上」

グレイウォルフが艇首から身振りを交えて叫んだ。

「逃げるんだ！」

オルカはコースを変えていた。デビルフィッシュ号ではなくさらに外海をめざし、しかも、まっすぐMSアークティック号に向かっていく。

「くそ！」

アナワクは悪態をついた。

接近してくる二艇のボートの目前に、ザトウクジラが一頭ジャンプした。きらきらと輝く水のコロナが巨体を包んでいた。空中に一瞬止まってローリングする。アナワクは大きく息を吸った。降りそそぐ水しぶきの中を、無事二艇がこちらにやって来た。

「MSアークティック！　ボートを引き返させろ！　ここは、ぼくたちがなんとかする」

シューメーカーは減速した。目と鼻の先に、レディ・ウェクサム号の大きく傾いたブリッジがあった。全身ずぶ濡れの男女が十名ほどひしめいている。滑り落ちないように、誰もが必死で何かにつかまっていた。大波がブリッジに砕け散った。もう一つの集団は船尾の展望デッキにいた。波に揺られながら、サルのように舷側の手すりにぶら下がっている。

デビルフィッシュ号はエンジン音を響かせて、ブリッジと展望デッキの中間を漂っていた。すぐ下の海中に、水没したデッキが白っぽく見えた。シューメーカーはボートを、舷側のゴムがブリッジにあたるほど近くに寄せた。巨大な波が打ち寄せ、エレベータのようにデビルフィッシュ号を高く持ち上げた。一瞬、アナワクは人々の伸ばした手に触れそうになった。彼らの怯えた顔には、驚愕と希望が入り混じっている。そのとき、ゾディアックが急降下した。落胆の叫びがアナワクを追ってきた。

「無理だ」

シューメーカーの声が噛みしめた歯のあいだから漏れた。

アナワクはいらいらと周囲を見まわした。クジラはレディ・ウェクサム号への興味を明らかに失っていた。逃げるのを躊躇する、MSアークティック号のボートの前に集まっている。

急がなければならない。今を逃せば、クジラが離れることなど期待できないし、船の沈むスピードは増しているのだ。グレイウォルフは身構えた。緑色の切り立った波がデビルフィッシュ号にぶつかり、船体を押し上げた。ブリッジの剝《は》げた塗料の色が、目の前を上がっていく。そのときグレイウォルフがジャンプし、ブリッジの梯子《はしご》に片手で取りついた。彼の胸の高さまで波が押し寄せたが、今は波は引き、完全に空中にぶら下がっている。自らが二隻の架け橋になろうというのだ。もう片方の手を頭の上に伸ばした。

「おれの肩に乗れ。一人ずつだ。おれにしっかりつかまって、ボートが上がってきたら、飛び移れ！」

戸惑う人々に、彼は指示を繰り返した。ついに一人の女性が彼の腕をつかんだ。よろよろと前に進みでる。次の瞬間、彼の背中に乗って肩にしがみついた。ゾディアックが上がった。アナワクは女性をつかむと、ボートに引きずりこんだ。

「次だ！」

一人、また一人と、グレイウォルフの広い肩を伝ってゾディアックに乗り移った。彼はいつまで梯子につかまっていられるだろうか。自分の体重と肩に乗る人々の体重を、片手で支えている。しかも、体の半分は水に浸かっており、波は強烈な力で彼を海に引きずりこもうとするのだ。ブリッジが世にも哀れな悲鳴を上げた。壁や床が変形するような、甲《かん》高《だか》い音が内部から聞こえてくる。鉄の継ぎ目が裂ける。残りが船長一人となったとき、気味の悪い金属音が響きわたった。ブリッジが大きく傾き、グレイウォルフの上体が壁に激突した。船長がバランスを失って彼の脇を海に転落した。船の反対側に、コククジラの頭が現われた。グレイウォルフも手を離して海に飛びこんだ。船長は水面に顔を出して水を吐くと、ボートまで泳ぎ着いた。ボートからいくつも手が伸び、彼を引き上げた。グレイウォルフは舷側までたどりついたところで、大波にさらわれた。

そのわずか数メートル後ろ、オルカの背びれが海面に現われる。

「ジャック！」

アナワクは人々を押しのけて艇尾に急いだ。波間に目を凝らすと、グレイウォルフの体が波に押し上げられた。水を吐いて潜ると、海面すれすれをゾディアックに向かって泳ぎだした。オルカの背びれが瞬時に方向を変えて彼を追う。筋肉質の腕がゴムの舷側に達したとき、オルカが黒光りする丸い頭を持ち上げ、背後に迫った。アナワクはグレイウォルフの腕をつかんだ。もう一人も手伝って、二メートルの巨人をボートに引き上げた。背びれは半円を描くと、来た方向へ去っていった。グレイウォルフは悪態をつき続けていたが、手を振りほどくと、顔にかかった長い髪を払いのけた。

なぜ、オルカは彼を襲わなかったのか？

〈クジラなんか怖くない。おれには何もしないから〉

まさか！　くだらない話だ。真実であるはずがない。

やがて、オルカが攻撃できない理由がわかった。ゾディアックの下には水没したデッキがあり、近づくには水深が浅すぎたのだ。南アフリカに生息するオルカは浅い海や、浜に乗り上げてでも狩りをする。今いるオルカが同じ生態でないかぎり、ここなら安全だ。

レディ・ウェクサム号が沈没する前に、このありがたい状況を利用しよう。

そのとき、大勢の叫び声が上がった。

巨大なコククジラが、MSアークティック号のボートに激突したのだ。残骸が渦を巻いている。もう一艇はエンジンをうならせ、カーブを切って逃げだした。アナワクはボートが海中に引きずりこまれたあたりに目を凝らした。驚いたことに、そこから多数のザトウクジラがデビルフィッシュ号をめがけて泳ぎだした。

今度はこちらの番だ。

シューメーカーは目を見開き、立ちつくしていた。

「トム！　船尾の人たちを救助するんだ」

「シューメーカー！　どうした？　何をびびってるんだ！」

グレイウォルフが歯をむきだして言った。

シューメーカーは震える手でハンドルを握ると、展望デッキにボートを進めた。ゾディアックは大波に持ち上げられ、勢いよく投げつけられてデッキに激突した。その手すりには大勢がしがみついている。船体が極限まで達して軋む音が聞こえてきた。船体が引き裂かれて砕け散る光景が、アナワクの目に浮かんだ。シューメーカーは喘《あえ》いでいた。人々が飛び移れるほど近くに、彼はボートを寄せられない。

ザトウクジラの群れがレディ・ウェクサム号に押し寄せてくる。明らかに衝突コースだ。

そのとき、ものすごい衝撃が船体に走った。女性が一人、投げ飛ばされて海に落ちた。

「シューメーカー、このばか野郎！」

グレイウォルフが叫んだ。

何人かが飛びこんで女性を助け、ボートに引き上げた。この新たなクジラの攻撃に、レディ・ウェクサム号はいつまで耐えられるだろう。船の沈むスピードは急速に増している。

このままでは、全員を救助できない。

アナワクがそう思った瞬間、奇妙なことが起きた。

船の両側に、二頭の巨大な背が現われた。一頭は、アナワクがよく知るクジラだ。子どものころに怪我をして、その傷痕《スカー》が背骨の上に白っぽい十字の形に浮き上がっている。そのため、スカーバックと名づけられたコククジラだった。平均余命をとっくに超えた、かなり高齢のクジラだ。もう一頭の背には何の特徴も見あたらない。二頭は波のうねりに静かに身をまかせていた。一頭が潮を吹くと、もう一頭が続いた。霧のように細かい水しぶきが降り注いだ。

奇妙に感じたのは、この二頭が現われたことではなく、ほかのクジラの反応だった。ザトウクジラはすぐに潜水し、かなり離れたところに浮上した。そのため、ふたたびオルカが船を包囲することになったが、オルカは慎重に距離をとっている。

この二頭を恐れる必要はない。それどころか、二頭はほかのクジラを追い払ってくれた。この平穏がいつまで続くのかわからないが、ひと息つくことはできる。シューメーカーも落ち着きを取り戻し、今度はゾディアックを手すりの下につけることができた。アナワクは巨大な波が来るタイミングを見計らった。このチャンスを逃したら、あとがない。

「今だ！　飛べ！」

ゾディアックは波に持ち上げられると、また下がった。何人かがボートに飛び移った。折り重なるように倒れこみ、痛みに悲鳴を上げた。海に落ちた者はすぐに救助されて、すべてボートに引き上げられた。

あとは逃げるだけだ。

いや、全員が飛んだのではなかった。手すりを両手で握りしめ、舷側にうずくまる少年の姿があった。

「飛べ！　怖くないから」

アナワクは両腕を広げて叫んだ。

「次の波が来たら、おれがあの子をつかまえる」

グレイウォルフが脇に来て言った。

アナワクが振り返ると、巨大な波の山が近づくのが見えた。

「すぐ来るぞ」

船体が裂ける音が轟いた。二頭のクジラはゆっくりと潜水を始めた。船は急速に浸水し、海水が泡立っている。突然、ブリッジが渦に呑みこまれ、船尾が高く持ち上がった。船首を下にして船が沈んでいく。

「もっと近く！」

グレイウォルフが叫んだ。

シューメーカーは必死でボートを寄せた。ゾディアックの艇首が、沈んでいくデッキをこすった。少年はデッキの端にしがみついて泣きわめいている。グレイウォルフは艇尾に急いだ。その瞬間、波がゾディアックを持ち上げ、泡立った海水が手すりを包みこんだ。彼は身を乗りだして少年をつかんだ。ボートが揺れ、彼はバランスをくずして座席のあいだに倒れたが、少年は離さなかった。両腕が高々とあがった。逞しい両手が少年の腰をしっかりつかんでいた。

アナワクは息を呑んで目を凝らした。

一瞬前まで少年がしがみついていた場所に、海水が渦巻いている。レディ・ウェクサム号は海中に姿を消した。突然生まれた波の谷底に向かって、ゾディアックは滑り落ちる。ジェットコースターに乗っているように、アナワクの胃はひっくり返った。

シューメーカーがスロットルを全開にした。太平洋からは、大きな波のうねりが次々と寄せてくる。ボートは満載だが、操縦さえ誤らなければ、その波は危険ではない。シューメーカーは意気揚々とし、瞳から恐怖の色が消えていた。巨大な波をいくつも乗り越え、デビルフィッシュ号は海岸をめざした。

アナワクはMSアークティック号を見やった。二艇目のボートの姿はなかった。波間に尾びれが一つ消えていった。まるで別れを嘲笑《あざわら》うかのように、ザトウクジラの尾びれが揺れた。尾びれが沈んでいく光景に、このときほど不吉な予感を抱いたことはない。

無線はひっきりなしに惨事を伝えていた。

数分後、ゾディアックは外海とを隔てる島々を通過し、内海に入った。

デビルフィッシュ号は助けた人々を満載して桟橋に着いた。唯一その光景に、デイヴィーは勇気づけられた。行方不明者の氏名が告げられると、何人かがその場にくずおれた。やがて〈デイヴィーズ・ホエーリングセンター〉から人々が去っていった。救助された人々の大半は低体温症に陥っており、待機していた救急車に乗せられた。重傷者もいたが、ヴィクトリアの病院に運ぶヘリコプターがいつ来るのかはわからない。惨事を伝える無線連絡が途絶えることはなかった。

ディヴィーは不快な質問や、嫌疑をかけられ告発されることも甘んじて受け入れるしかない。乗客が無傷で戻らなければ、暴力的な脅しさえ受けるかもしれない。すでにストリンガーのボーイフレンド、ロディー・ウォーカーが姿を見せ、弁護士から連絡させるとわめきたてていた。本当は誰に責任があるかなど、関心を抱く者はいない。クジラが理由もなく攻撃したという明白な事実は、誰も受け入れようとしなかった。クジラがするはずがない。クジラは人間よりも平和な動物だ。そういう中途半端な認識が広まり、まるでツアーを企画したディヴィーたちが、ブルーシャーク号やレディ・ウェクサム号の乗客を殺したかのように糾弾された。不必要なリスクを冒してまで、老朽船で沖に出た愚かな人間だと言われた。レディ・ウェクサム号が何年にもわたり問題を抱えていたのは事実だが、スクラップにするほどではない。とはいえ、それに耳を傾ける者はいなかった。

少なくとも乗客の大半は生還した。多くの乗客がシューメーカーやアナワクに感謝した。しかし、真のヒーローと称《たた》えられたのはグレイウォルフだった。彼はどこにでも現われ、人々と話をし、相手の話にも耳を傾け、救急車の手配をしたり、病院まで同行したりした。善良な人間として振る舞う様子を見ていると、アナワクは気分が悪くなった。身長二メートルのマザー・テレサに突然変異したのだ。

アナワクは悪態をついた。自分の出る幕がなくなってしまったように感じた。

確かにグレイウォルフは命懸けで救助にあたった。感謝されて当然だ。ひざまずいて感謝されてもおかしくない。だが、アナワクはそんな気にはなれなかった。グレイウォルフが他人を思いやる人物に突然変わったとは信じ難い。しかし、彼がレディ・ウェクサム号の乗客を助けたのは気まぐれではないのは確かだった。今日という日は、彼にとって最高の一日となった。誰からも信頼された。彼は、ホエールウォッチングに最悪の結末が訪れると予言していた。今、その予言が的中したのだ。彼が正しいことを証明するために、大勢が喜んで証人になるだろう。

グレイウォルフにとって、これ以上の晴れ舞台はないにちがいない。

アナワクの怒りは果てしなく膨らんだ。不愉快な気持ちで、人気《ひとけ》のない売店に入った。クジラの異常行動の原因を見つけなければならない！　バリア・クイーン号のことを考えた。イングルウッド社のロバーツは報告書を送ると言ったが、すぐにも入手しなければならない。電話に歩み寄ると、オペレーターを呼びだし、イングルウッドにつなぐよう頼んだ。

ロバーツの秘書が応答した。ボスは重要な会議中で、連絡できないという。アナワクは、バリア・クイーン号の検査の件で急用があると告げた。

「ロバーツは緊急会議に出席中で。ええ、さっき起きた事故のことは聞きました。恐ろしいことですね。あなたは大丈夫でしたか？　気をつけてくださいね。けれども、ロバーツは電話に出られません。伝えることはありますか？」

アナワクは躊躇した。ロバーツは、報告書のことは内密だと言っていた。秘書に伝言すれば、彼は困るだろう。ふと別のことを思い出した。

「バリア・クイーン号の船尾に寄生していた貝のことです。その貝やほかの物体も、ナナイモの生物学研究所に送ったのですが、追加のサンプルが必要で」

「追加？」

「追加の検体です。この数日間に、船をすっかり調べたのでしょう？」

「ええ、もちろん」

彼女は訝《いぶか》しげな口調で言った。

「船は今どこにあるんですか？」

「ドックです……ロバーツに急ぎだと伝えます。どちらに送りましょうか？」

「研究所です。ドクター・スー・オリヴィエラ宛にお願いします」

「ロバーツから、すぐに折り返し電話をさせます」

電話が切れた。明らかに秘書は迷惑そうだった。

どういうことだ？

突然、膝が震えだした。心身ともに疲労困憊《こんぱい》していた。カウンターにもたれて一瞬目を閉じた。目を開けると、アリシア・デラウェアがすぐ前に立っていた。

「何しに来たんだ？」

彼は不機嫌そうな声で尋ねた。

「わたしは大丈夫。治療の必要はないの」

彼女は肩をすくめた。

「そんなはずはない。海に落ちたんだよ。水は死ぬほど冷たかった。すぐに救急車に乗ってくれ。きみが風邪を引いて、その責任を押しつけられるのはごめんだ」

「わたし、あなたに何も悪いことしてないわ！」

彼女は怒りに満ちた目で睨んだ。

アナワクはカウンターから体を起こすと、踵《きびす》を返して窓に近づいた。デビルフィッシュ号が何ごともなかったかのように係留されている。霧雨が降っていた。

「この前、『今日がバンクーバー島にいる最後の日です』と言ったのは、何だったんだ？きみを連れていってはいけなかったのに、泣きわめくから連れていったんだ」

「わたし……どうしても行きたかった。それで怒っているの？」

彼は振り向いた。

「嘘をつかれるのが嫌なんだ」

「ごめんなさい」

「どうでもいいさ。それより、さっさと消えて、ぼくのことは放っておいてくれ。グレイウォルフのところに行けよ。手厚く介抱してくれるから」

彼は口を曲げた。

「なんてこと言うの！」

彼女がアナワクに近づくと、彼はあとずさった。

「どうしてもいっしょに行きたかった。嘘をついたのは謝るわ。わたしはあと二週間ここにいる予定。それにシカゴから来たんじゃない。ブリティッシュ・コロンビア大学で生物学を専攻している。それがどうかした？　あなたなら、嘘も笑いとばしてくれると思った……」

「笑う？　きみの嘘はそれだけか？　ばかにされて、何が面白いんだ？」

はらわたが煮えくりかえる。彼女が正しいのに、怒鳴るしかなかった。彼女にまったく非はないのに。

デラウェアは驚いて飛びのいた。

「レオン……」

「リシア、ぼくのことは放っておいてくれないか。出ていってくれ」

アナワクは彼女が出ていくのを待った。しかし、出ていかなかった。彼は朦朧《もうろう》とした。目がまわり、立っていられないほどだ。だが突然、意識がはっきりし、彼女が何かを突きだしたのが見えた。

「それは何だ？」

「ムービーカメラ」

「それはわかる」

「さあどうぞ」

彼は手を差しだして受け取ると、しげしげと眺めた。ソニーのハンディカムだ。防水タイプの高価な代物だった。カメラが水に濡れる心配があるときは、専門家も同じような防水タイプを使う。

「それで？」

彼女は両手を広げた。

「惨事の原因を知りたいだろうと思って」

「きみは関係ないだろう」

「八つ当たりするのはやめて！　わたしは死ぬところだったのよ。それもついさっき。救急車に乗って泣きわめいてもいいのよ。でも、あなたの力になろうと思って。さあ、原因を知りたいの、知りたくないの？」

彼は深く息を吸った。

「わかったよ」

「レディ・ウェクサム号を襲ったのはどのクジラだった？」

「コククジラとザトウ……」

「違う！　種類じゃなくて、どの個体かということ！　識別できたんでしょう？」

彼女はいらいらと首を振った。

「何もかもあっという間だったから」

彼女は笑みを浮かべた。嬉しくて笑ったのではないが、笑みにはちがいない。

「わたしたちが引き上げた女性がいたでしょう。彼女はいっしょにブルーシャーク号に乗っていた。ひどいショック状態で混乱してるけど、わたしは知りたいときは決してあきらめない……」

「確かにそうだ」

「……このカメラが彼女の首にぶら下がっているのを見つけた。しっかりくくりつけてあって、海に落ちてもなくならなかったのね。あなたたちがレディ・ウェクサム号の救助に行っているあいだに、彼女と話ができた。彼女、ずっと撮っていたのよ！　もちろん、グレイウォルフが押しかけてきたときも。彼にどことなく惹《ひ》かれたらしい。それで撮影を続け、もちろん彼の姿を撮っていた」

彼女はひと息おいた。

「確か、わたしたちから見ると、レディ・ウェクサム号はグレイウォルフの後ろ、にいたのよね」

アナワクはうなずいた。突然、デラウェアの言いたいことがわかった。

「彼女は襲撃の様子を撮影していた」

「とりわけ襲ったクジラを撮っていた。あなたがどのくらいクジラを認識できるか知らないけれど——ここに住んでいるのだから、クジラのことは知ってるでしょう。それに、カメラというものには何でも映ってる」

「このカメラを預かってもいいか、確認したんだろうな？」

彼女は顎を上げて、挑戦的な目で彼を見た。

「それがどうかした？」

彼はカメラをひっくり返して眺めた。

「わかった。ぼくが見てみよう」

「ぼくたちで見てみよう、でしょ。わたしは全部にかかわりたいの。理由なんて訊かないで。わたしにはその権利がある。いいわね」

アナワクは彼女を見つめた。

「もう一つ。今からは、わたしに優しくすること」

彼はゆっくりと息を吐きだすと、口をとがらせてカメラを見つめた。デラウェアの提案は、今できる最善のことだ。

「努力するよ」

彼はつぶやいた。

四月十二日

ノルウェー　トロンヘイム

ヨハンソンが呼びだされたのは、湖の別荘に行く準備をしているときのことだった。キールから戻り、深海シミュレーション実験のことをティナ・ルンに説明した。しかし、じっくり話す時間はなかった。彼女は多くのプロジェクトに携わっており、残りの時間はコーレ・スヴェルドルップと過ごしていた。会ったときの彼女はうわのそらで、しかも仕事とは別のものに心を奪われているようだった。しかし、彼はそれを尋ねるような無粋な真似はしなかった。

そして数日たった今日、キールのボアマンから新しい実験結果を告げる電話がかかってきた。ヨハンソンは荷物をまとめ、家を出るところだったのだが、出発を遅らせた。このニュースをルンに電話で伝えようと考えたのだ。今日の彼女は上機嫌だった。

「すぐに来られない？」

「マリンテクにか？」

「いえ、スタットオイルの中央研究所。スタヴァンゲルの本社から、プロジェクトチームが来ているの」

「私が行って何をするんだ？　あのぞっとする話を説明するのか？」

「それはわたしが話した。彼らは詳細を知りたがっている。あなたから伝えてほしいの」

「私でなければならないのか？」

「あなたでもいいでしょう」

「報告書は提出したんだろう？　私にできるのは、ほかの人の調査結果を伝えるだけだ」

「もっとできることがある。あなたは……あなたの印象を伝えられる」

彼は一瞬、言葉を失った。

彼女が急いで続けた。

「あなたは石油生産に詳しくないし、ゴカイの専門家でもない。けれど、ノルウェー工科大学《NTNU》の教授としての名声があるし、中立で、わたしたちのようなハンディキャップがない。別の視点から見た判断が必要なのよ」

「きみたちは実現可能な視点で見ている」

「そういうわけじゃない！　スタットオイルにはさまざまな人がいて、それぞれが自分がいちばん詳しいと思っている……」

「専門ばかというやつだ」

「そうじゃない！　皆、深く入りこみすぎていて、水の中に……どう言えばわかってもらえるかしら。とにかく、外部の人間の意見が必要なの」

「きみたちの業界は理解できないね」

「理解してくれなくてもいい。来てくれなくてもかまわないわ」

彼女は次第に苛立ってきた。

「わかった。きみを追いこむつもりはない。キールから新しい結果が届いたのは事実だ」

「承諾してくれるということ？」

「そうだ。会議はいつ？」

「これから会議はたくさんあって、いつでも連絡がとれるようにしておいてほしいの」

「そうだな。今日は金曜で、週末は出かける。月曜なら……」

「それは……ちょっと……」

「何か？」

ヨハンソンは嫌な予感がした。彼女はしばらく沈黙した。

「週末の前は忙しいの？　湖の別荘に行くんでしょう？」

彼女は雑談するように尋ねた。

「よくわかったね。いっしょに行くかい？」

「いいわよ」

彼女は笑った。

「おやおや、コーレが何というかな？」

「関係ない。彼が何か言うはずない！……もういいわ！」

「仕事と同様、何もかもうまくいくといいね」

彼は小声で言ったので、彼女に聞こえたかどうかわからなかった。

「シグル、お願い！　延期できないの？　二時間のうちに会って……そう遠くないから、時間はかからない。すぐに終わるから、夕方には別荘に行けるわ」

「私は……」

「とにかくプロジェクトを先に進めなければならないの。スケジュールがあって。何でもコストがかかるのよ。今、遅れているの。なぜって……」

「わかった。行くよ」

「ありがとう！」

「きみを途中で拾おうか？」

「いいえ、一人で大丈夫。嬉しいわ、あなたって本当にいい人ね」

彼女は電話を切った。

ヨハンソンは荷造りした鞄を悲しい目で見つめた。


スタットオイル中央研究所の大会議室に入ると、緊張した空気が手にとるように伝わってきた。黒光りする巨大なテーブルに、ルンは男性三名とともに座っていた。遅い午後の陽光が差しこみ、ガラスとスチールを多用した暗い色調のインテリアに温もりを与えている。壁には図式のコピーや図面などが貼られていた。

「おみえになりました」

受付の女性がまるでクリスマスプレゼントが届いたかのように、ヨハンソンを案内した。一人の男性が立ち上がって近づいてくると、握手の手を差しだした。黒髪を短く刈りこみ、流行の眼鏡をかけている。

「スタットオイル中央研究所副所長のトゥール・ヴィステンダールです。急にお呼びたてして申しわけありません。特に予定がおありでないと、ルンから聞いたもので」

ヨハンソンはルンをじろりと見てから、握手に応じた。

「ええ、事実、何の予定もありませんから」

ルンは笑いを嚙み殺すと、あとの二人を紹介した。一人はスタヴァンゲルの本社から来たがっしりとした体型の若い男で、赤毛に人のよさそうな明るい目をしていた。役員の一人で、経営委員会のメンバーだ。

「フィン・スカウゲンです」

握手しながら、太い声で言った。

三人目は真剣な目をした禿頭の男で、口もとには深い皺が刻まれていた。唯一ネクタイをしているところからすると、彼がルンの直属の上司だ。クリフォード・ストーン。スコットランド出身で、石油資源開発推進プロジェクトの責任者だった。彼は冷ややかな目つきでうなずいた。ヨハンソンが同席することに、特に喜んでいるふうでもない。生まれつきそういう顔つきなのかもしれない。これまで一度も笑ったことがないのだろう。

ヨハンソンはお世辞の二つ三つを聞いたあと、コーヒーを断わって腰を下ろした。ヴィステンダールは書類の束を前に出した。

「すぐ本題に入りましょう。状況はご存じのとおりです。われわれがトラブルに巻きこまれているのか、過剰反応なのか、判断しかねている。石油生産をめぐる規制はご存じですか？」

「北海会議のことですね」

ヨハンソンは適当に言ってみた。

ヴィステンダールはうなずいた。

「そのほかにも、われわれには種々の制約がありましてね。環境保護に関する法律、技術的規制。それに、規則で縛れないところには、公《おおやけ》の意見というものもある。簡単に言うと、何に対しても、誰に対しても、われわれは考慮しているのです。グリーンピースやさまざまな組織がダニのようにわれわれに取りついているが、それほど問題にしてはいない。掘削の危険については承知しているし、新しいプロジェクトの場合、どんなリスクがあるのかもわかる。あとは時間を計算に入れる」

「つまり、われわれだけでうまくやっていけるということです」

ストーンが口をはさんだ。

ヴィステンダールが続けた。

「まあ、そういうことです。もっとも、すべての計画が実行に移せるわけではありません。その理由はいくらでもあります。海底の堆積物の不安定な状態。ガス溜まりを掘削する危険。深度や海流に適さないプラットフォームの構造など。しかし、計画実現の可能性は普通はすぐに判明する。ティナがマリンテクの施設でテストし、ほかの問題はわれわれが解決する。海中を調査し、専門家の判断を仰いで建設に至る」

「ところが、今回はゴカイが加わった」

ヨハンソンが椅子の背にもたれ、脚を組んで言った。

ヴィステンダールはぎこちない笑みを浮かべた。

「たとえて言えば、ですが」

「ゴカイが深刻な問題になる場合は、です。私は、ならないと思う」

ストーンが言った。

「どうしてそう思うのです？」

「ゴカイは珍しくない。どこにでもいるからだ」

「ああいう種類は珍しい」

ストーンは攻撃的な目でヨハンソンを睨んだ。

「どうして？　メタン氷を掘っているから？　でも、あなたのお友だちのゲオマール研究所は言ってますよ。心配することは何もないと。そうでしょう？」

「そうは言っていない。彼らは……」

「ゴカイはメタン氷を不安定な状態にすることはできない」

「氷をかじっているのです」

「だが、不安定にはできない！」

スカウゲンが咳払いをした。何かが破裂したかのように聞こえた。

「ドクター・ヨハンソンをお招きしたのは、先生の意見を伺《うかが》いたいからだ。われわれの考えを伝えるためではない」

彼はストーンを横目で見ながら言った。

ストーンは下唇を噛みしめ、テーブルを見つめた。

「シグルは新しい実験結果を持ってきてくれたのじゃないかしら」ルンが場の雰囲気を和らげるように、笑って言った。

ヨハンソンはうなずいた。

「概要をお話ししましょう」

「いまいましいゴカイだ」

ストーンが悪態をついた。

「そうかもしれませんね。さて、ゲオマール研究所は新たに六匹をメタン氷の上においた。すると、全部が氷を掘り進んだ。さらに二匹をメタン氷を含まない堆積物の上においた。結果、二匹はかじりも、掘り進みもしなかった。次は、さらに二匹をガス層を持つ堆積物の上においた。すると、掘りはしなかったものの、明らかに不穏な動きをした」

「メタン氷をかじったゴカイはどうなったのです？」

「死にました」

「どのくらい掘ったのですか？」

ヨハンソンは、眉根を寄せて彼を睨むストーンを見た。

「一匹を除いて、あとは全部ガス層にまで達していた。しかし、これが自然界での行動にそのままあてはまるわけではない。大陸斜面では、ガス層の上に数十メートルから数百メートルの氷がある。シミュレータの中の氷の厚さは二メートル。ボアマンの推測では、ゴカイが掘り進めるのはせいぜい三メートルから四メートルだが、証明はできない」

「なぜゴカイは死んでしまうのですか？」

副所長のヴィステンダールが訊いた。

「ゴカイには酸素が必要ですが、掘った穴には酸素がないのです」

「ですが、穴を掘るゴカイもいるのでしょう？」

スカウゲンが口をはさみ、にやりと笑って付け加えた。

「少し予習をしたんですよ。ばか面をして、あなたに会うわけにはいかないので」

ヨハンソンはほほ笑み返した。なかなか感じのいい男だ。

「堆積物を掘るゴカイもいます。ですが、堆積物は結合が緩く、充分な酸素がある。それに、そんなに深くまで掘り進まない。一方、メタンハイドレートを掘るのは、コンクリートの中を突き進むようなものだ。いつか窒息してしまう」

「同じような行動をする生き物がほかにいますか？」

「自殺志願者が？」

「これは自殺なのですか？」

ヨハンソンは肩をすくめた。

「自殺なら動機があるが、ゴカイには動機がない。そう行動するように条件づけられているのです」

「そもそも、自殺する動物がいるのですか？」

「もちろんいる。ネズミの仲間のレミングなら海に身を投げますよ」

ストーンが言った。

「そんなことしないわ」

ルンが言った。

「いや、自殺行為だ！」

彼女はストーンの腕に手をおいた。

「それはリンゴをミカンだと言うのと同じよ。レミングは集団自殺すると思われてきたけれど、そのほうが聞こえがいいからなの。よく観察したら、あれは頭が変になっただけだとわかった」

ストーンはヨハンソンを見た。

「頭が変になった？　ドクター・ヨハンソン、動物の頭が変になるという表現は、科学的な説明になりますか？」

「レミングは頭が変になるの。集団になると人間も頭が変になるでしょう。集団内の前方にいるレミングには、目の前の断崖が見えている。でも、ポップコンサートのように後ろから押される。結局、集団が均衡を取り戻すまで押し合って、何匹かが海に落ちる」

ルンが淡々と説明した。

ヴィステンダールが口を開いた。

「自己を犠牲にする動物はいる。確か、利他主義というのでは」

「そうです。でも、利他主義には必ず意味がある。ミツバチは自分が死ぬのであっても敵を刺す。それは仲間、あるいは女王バチを守るためです」

ヨハンソンが答えた。

「ゴカイの行動には、そのような性質の意図は認められないのですか？」

「ありません」

ストーンがため息をついた。

「まるで生物の授業だ。いいかげんにしてくれ！　あなたたちはゴカイを怪物に仕立て上げようとしている。ゴカイのせいで、どんな海底ユニットも建設できない。くだらない！」

「もう一つ。ゲオマールは今回の海域を調査するそうです。もちろんスタットオイル社の協力を得て」

ヨハンソンはストーンを無視して言った。

「誰かを派遣するのだろうか？」

役員のスカウゲンが身を乗りだして言った。

「海洋調査船ゾンネ号です」

「それは親切な話だ。トルヴァルソン号を使っても調査はできるのに」

「どのみち研究航海に出る予定だったそうです。それにゾンネ号のほうが技術的に優れている。彼らの主な目的は、シミュレーションでの計測データを検証することですから」

「何のデータ？」

「メタンガス濃度の上昇。ゴカイがメタン氷を掘ることで、ガスが海中に放出される。それに、ゴカイが生息するメタンハイドレートを採取する予定です。自然界での状況を確認するのでしょう」

　スカウゲンはうなずいて両手を組んだ。

「ゴカイの話ばかりしましたが、あの気味の悪い映像は見ましたか？」

「海中の物体のことですか？」

　スカウゲンは薄笑いを浮かべた。

「物体？　何だかホラー映画のようですね。どう思われますか？」

「ゴカイとあの……生物を関連づけて考えるべきかどうか、私にはわからない」

「では、あれは何だと？」

「まるでわかりません」

「あなたは生物学者だ。思いあたるものはないのですか？」

「ティナの加工した映像を見るかぎり、発光生物です。しかし、あれほど大きな発光生物は知られていない。もちろん哺乳動物も除外される」

「ルンの話だと、深海に生息するイカの一種ではないかと」

「ええ、それについては話し合いました。ですが可能性は低い。体表面や体構造が違う。それに、アルキテウティスはまったく別の海域の生き物です」

「そうなると、何でしょう？」

「わかりません」

沈黙が広がった。ストーンはボールペンをもてあそんでいる。

ヨハンソンが言葉を慎重に選んで口を開いた。

「ひとつ伺いたいが、どういう種類のユニットを計画されているのですか？」

スカウゲンはルンに視線を投げた。彼女は肩をすくめた。

「わたしがシグルに話したのは、海底ユニットの計画はあるが、決定ではないということ」

「その種のユニットはご存じですか？」

スカウゲンがヨハンソンに視線を戻して訊いた。

「サブシスのことなら、つい最近聞きました」

副所長のヴィステンダールが眉を上げた。

「よくご存じですね。専門家になれますよ、あと二、三度、われわれといっしょに……」

「サブシスはもう古い。こっちはもっと進んでいる。より深海に適応し、安全面も万全だ」

ストーンが噛みつくように言った。

スカウゲンが説明を加える。

「新システムはFMCコングスベルグ社のものです。このシステムは深海での問題を技術的に解決するものだ。サブシスの改良型で、導入する予定であるのは間違いない。パイプラインをプラットフォームまでにするか、直接、陸まで敷設するかは検討中です。どのみち、とてつもない距離と深度を克服しなければならないのだから」

「海上に浮遊型の構造物を浮かべることはできないのですか？」

ヨハンソンが尋ねた。

「可能ですが、いずれにせよ生産ユニットは海底に設置することになる」

ヴィステンダールが答えた。

役員のスカウゲンがあとを引き継いだ。

「われわれは、明白なリスクであれば見積もることができます。しかし、ゴカイの存在により、説明のつかない未知のファクターが増えた。ただ、新種の生物が現われたとか、正体不明の生物がビデオに映っていたという理由で、スケジュールを延期するのは、クリフォードの言うとおり過剰反応かもしれない。しかし、確実性がないかぎり、達成できるかどうかは賭けるしかない。あなたには、われわれに決定を取り下げさせる権限はないが、それでもドクター・ヨハンソン、われわれの立場ならどうされますか？」

ヨハンソンは居心地が悪かった。ストーンは敵対心をむきだしにしている。一方、ヴィステンダールとスカウゲンは彼の答えに興味があるようだ。ルンは無表情だった。

前もって、彼女と意見を一致させておけばよかった。

しかし、彼女は意見の一致を強要しなかった。むしろ、そうしたくなかったのだろう。もしかすると、この私にプロジェクト阻止を期待しているのかもしれない。

それとも、その逆なのか。

ヨハンソンは両手をテーブルにおいた。

「私なら、そのユニットを建設するでしょう」

スカウゲンとルンは驚いて彼を見つめた。ヴィステンダールは額に皺を寄せ、ストーンは勝ち誇ったように椅子の背にもたれた。

ヨハンソンはひと息おいてから、先を続けた。

「建設は、まずゲオマールがさらなる調査を行ない、結果、ゴーサインを出してからです。ビデオに映った生物については解明できないでしょう。ネッシーが挨拶に来たのかもしれない。その生物が懸念材料かどうかもわかりません。重要なのは、ハイドレートをかじる未知の生物が大量に出現したことで、大陸斜面の安定性や、そこでの掘削にどう影響するかだ。それが判明するまでは、プロジェクトの凍結をお勧めします」

ストーンは唇を噛みしめた。ルンは笑みを浮かべた。スカウゲンはヴィステンダールと視線を交わすと、ヨハンソンの目を見て言った。

「ドクター・ヨハンソン、貴重なお時間をいただき、ありがとうございました」


その日の夕方、ヨハンソンが荷物をジープに積み、家の戸締まりを点検していると、玄関チャイムが鳴った。

扉を開けると、ルンが立っていた。雨が降り、髪がしっとり濡れていた。

「よくやってくれたわ」

「何を？」

ヨハンソンは脇にどいて彼女を中に通した。彼女は濡れた髪を額から払ってうなずいた。

「スカウゲンはもともと決めていたのよ。あとは、あなたのお墨つきが欲しかった」

「私は、スタットオイルのプロジェクトを決定できるような立場にない」

「言ったでしょう、あなたには名声がある。でも、スカウゲンにとっては、それ以上だった。彼は責任をとらなければならない。だから、スタットオイル内部の者や、関係者では不公平なの。このプロジェクトに利害関係を持たない人間の意見が聞きたかった。あなたはゴカイのことは知っているけれど、海底ユニット建設には興味がない」

「スカウゲンはプロジェクトを凍結したんだね？」

「ゲオマールが状況をはっきりさせるまで」

「すごい！」

「それに、彼はあなたのことが気に入ったのよ」

「私もだ」

「彼のような人間がトップにいて、スタットオイルは本当によかったわ」

彼女は玄関ホールに立ち、両腕をだらりと脇に垂らしていた。常に目的に向かって走り続ける彼女にしては、珍しくぐずぐずした様子だ。彼女の目が部屋の中をさまよった。

「荷物は？」

「どうして？」

「湖の別荘に行くんじゃないの？」

「荷物は車の中だ。ちょうどよかった。出かけるところだったんだ。私が孤独に身をまかせる前に、きみにしてやれることはあるか？　でも、私は出かけるよ！　延期はしない」

「引き止めるつもりではなかったの。スカウゲンの決定を伝えたかっただけ。それに……」

「それはありがとう」

「それに尋ねたかったの、あなたのオファーがまだ有効かどうか」

「何のオファー？」

彼女の言おうとすることはわかっていたが、それでも尋ねた。

「いっしょに行かないかと誘ってくれたでしょ」

彼は洋服掛けの脇の壁にもたれた。突然、難題が降りかかってしまった。

「コーレが何というか、尋ねたはずだが」

彼女は無愛想に首を振った。

「誰にも許しを請う必要なんかないわ」

「いや、そうじゃない。誤解されたくないだけだ」

「あなたは関係ない。わたしが湖へ行くなら、それはわたしが決めたこと」

「きみは答えをはぐらかしている」

髪から落ちた水滴が、彼女の顔を伝った。

「じゃあ、なぜ誘ったの？」

そうだ、なぜ誘ったのだろうか。

いっしょに行きたかったのかもしれない。それで何かが壊れないとしたら。コーレ・スヴェルドルップに対しては何の義理も感じない。しかし、急に彼女がいっしょに湖に行きたいと言ったことには戸惑いを覚えた。何週間か前だったら、それほど深くは考えなかっただろう。ときどきデートしたり、食事をしたりするのは二人の長年の付き合い方で、それ以上の関係にはならないからだ。

そのとき、戸惑いを感じた原因がわかった。ルンがこの数日うわのそらだった理由を悟ったのだ。

「きみたちが喧嘩しているなら、私を巻きこまないでくれ。いっしょに連れていってもいいが、コーレにプレッシャーを与えるのが目的なら、お断わりだ」

「深読みしすぎよ。でも、いいわ。あなたの言うとおりかも。今のは忘れて」

彼女は肩をすくめた。

「わかった」

「よく考えてみるのがよさそうね」

「そうしてごらん」

二人は決心がつかないまま玄関ホールにしばらく佇んだ。

「それでは」

ヨハンソンは言って、彼女の頰に軽くキスをすると、優しく背中を押して外に出た。玄関扉に鍵をかけた。あたりは夕闇に包まれていた。霧雨が降り続いている。暗い道を運転することになるが、それでもかまわない。シベリウスの『フィンランディア』を聴きながら行こう。シベリウスと闇——悪くない取り合わせだ。

「月曜は戻ってる?」

車に向かいながら、ルンが尋ねた。

「日曜の午後には戻ると思う」

「電話するわ」

「きみはどうするの?」

「たぶん、ずっと仕事」

コーレ・スヴェルドルップのことを訊くのはよそうと思った瞬間、彼女が言った。

「コーレはこの週末、ご両親のところへ行くの」

彼は運転席のドアを開けた。

「ずっと働くことはないよ」

彼女はほほ笑んだ。

「もちろん」

「それから……いっしょには来られないな。きみは湖の週末を過ごす荷物を持ってないし」

「何を持っていけばいいの?」

「丈夫な靴と、暖かい服」

彼女は足もとを見た。厚底のブーツをはいていた。

「それから？」

「そうだな、セーターなら……別荘にある」

彼は髭を撫でて言った。

「なるほど。不測の事態に備えて」

「そうだ。いつ何が起きるかわからないからね」

ヨハンソンは彼女を見つめた。そして、笑うしかなかった。

「わかったよ、複雑なお嬢さん！　これが最後のチャンスだ」

「わたしが複雑？」

ルンは助手席のドアを開け、にこりと笑った。

「それは道々徹底的に話し合いましょう」


未舗装のアプローチを通って別荘に着く頃には、すっかり日が暮れていた。影絵のような梢《こずえ》の下を、ジープが岸辺に向かってがたがたと下っていくと、目の前に湖が現われた。まるで森に囲まれた二つ目の空のように、水面に星が輝いている。トロンヘイムは今も雨が降っているのだろう。

ヨハンソンは荷物を運ぶと、ベランダに立つルンのそばに行った。床板が軋むかすかな音がした。ここに来るたびに、静寂というものをはっきり感じるようになる。静けさの中には音が満ちているからだ。木の葉の揺れる音、虫の声、遠くから聞こえる鳥のさえずり、下草が揺れる気配、はっきりしない物音。ベランダの階段を下りると、芝生が湖までなだらかに続いている。岸には傾いた桟橋《さんばし》があり、釣りに使うボートがつながれていた。

ルンは遠くを眺めて言った。

「この光景をすべて独り占めしているの？」

「たいていは」

彼女はひと息おいた。

「あなたは自分だけでうまくやっていける人なのね」

「どうしてそう思うんだい？」

彼は笑って言った。

「ここに誰もいなければ……あなたにとって、それが快適なのでしょう」

「そうだね。ここでは気の向くままに過ごせる。自分を好きになったり、嫌いになったり」

彼女は彼を振り返った。

「嫌いになることがあるの？」

「めったにないけど。さあ、中に入ろう。リゾットを作るよ」

二人は家の中に入った。

小さな台所でヨハンソンが玉葱《たまねぎ》を切った。オリーブオイルで炒《いた》め、リゾット用のベネチア産カルナローリ米を加える。オイルが絡まるように木べらでよく混ぜてから、チキンブイヨンを注ぎ、焦げつかないようにときどき混ぜる。そのあいだにマッシュルームを刻んだら、バターを溶かして弱火でじっくり炒める。

ルンは料理をする彼に見惚れていた。彼女が料理をできないことをヨハンソンは知っている。忍耐がないからだ。彼は赤ワインの栓を抜き、デカンタに移してからグラスに注いだ。お決まりのコースだ。食事をして、ワインを飲み、会話を楽しみ、親密になる。熟年のボヘミアンと若い女性が二人だけのロマンチックな場所に行けば、結果は明らかだ。

ばかの一つ覚えじゃないか！

彼女がいっしょに来さえしなければよかったのだ。

今夜は成り行きにまかせよう。彼女は台所のアイランド型キッチンの端に座っていた。彼のセーターを着た彼女はいつになくリラックスし、顔には柔和な表情が浮かんでいる。

ヨハンソンは困惑した。彼女は好みのタイプではないと、今まで自分を信じこませようとしてきた。気ぜわしい女性だし、プラチナブロンドのストレートの髪も眉も北欧的すぎる。しかし、それは間違いだったと認めるしかなかった。

静かな週末を過ごせたはずが、愚かにも、複雑な状況を招いてしまった。

二人は台所で食事をした。ルンは一杯ワインを飲むごとに陽気になっていった。二本目のワインが開いた。

真夜中になった。

「外はそれほど寒くない。ボートツアーはどうだい？」

彼女は頬杖をつき、彼にほほ笑みかけた。

「泳ぐ？」

「私ならやめておく。二カ月もすれば水もぬるむがね。湖の真ん中まで行こう。ワインを持って。それから……」

「それから？」

「星を眺めよう」

二人の視線が絡み合った。ヨハンソンの心の抵抗が崩れていく。言うつもりのない言葉を、自分が話しているのが聞こえた。機械を動かそうとして、全力でレバーやスイッチを操作する自分が見えた。期待を呼び覚まし、誰もいない湖にいっしょに漕ぎだして二人を強く結びつける。彼女をトロンヘイムに帰したいと願う一方で、腕に抱きしめて彼女の息を自分の顔に感じたかった。運命を呪いつつも、何が起きるのか想像もできなかった。

「いいわ、行きましょう」

風はなかった。桟橋を歩き、ボートに飛び乗った。ボートが揺れて、ヨハンソンは彼女の腕を支えた。おかしくて笑いだしそうだ！　まるでメグ・ライアンのキッチュな映画だ。つまずくたびに、二人の仲は近くなる。

小型の木製ボートは、別荘のオーナーから別荘といっしょに譲り受けたものだ。舳先《へさき》には収納スペースを作るために、厚板が張ってある。ルンがその上にあぐらをかくと、ヨハンソンが船外エンジンをかけた。エンジンの立てる低い音は巨大なハチの羽音のように、不思議な夜の森に調和した。

ボートが走る短いあいだ二人は沈黙した。別荘から少し離れると、彼はエンジンを切った。ベランダの灯りが岸辺の水面に映り、フリルのような模様を描いている。あちらこちらで、魚が水面に跳ねる音がした。虫でも捕っているのだろう。彼は半分残ったワインの瓶を右手に持って、バランスをとりながらルンのそばに行った。ボートがゆっくり揺れた。

「仰向けになれば、宇宙はきみのものだ。そこには何もかも入っているよ。試してごらん」

彼女は彼を見つめた。瞳が闇の中で輝いていた。

「流れ星を見たことがある？」

「何度も見たよ」

「それで、願いごとをしたの？」

「私はロマンチストじゃないから。ただ見て楽しんだだけだ」

彼は言って、ルンの隣に腰を下ろした。

彼女は声を上げて笑った。

「全然信じないの？」

「きみは？」

「もちろん信じない」

「そうだね。きみは花や流れ星を喜ぶタイプじゃない。コーレも困るだろうな。きみにとっていちばんロマンチックなものは、海底ユニットの安定性の分析だから」

彼女はヨハンソンをしばらく見つめた。やがて空を仰ぐと、そのままゆっくりと仰向けに身を横たえた。セーターがめくれて臍《へそ》が見えた。

「本当にそう思ってるの？」

彼は頬杖をついて、彼女を見つめた。

「いや、思ってないよ」

「あなたは、わたしがロマンチックじゃないと思ってる」

「ロマンチックがどういうものなのか、一度も考えたことのないタイプだと思うよ」

ふたたび二人の視線が絡み合った。

いつまでも。

いつしか、彼の指が彼女の長い髪をゆっくりと梳《す》いていた。彼女は彼を見上げている。

「どういうものか、教えてくれる？」

彼女がささやいた。

彼が顔を近づけると、唇に彼女の熱い息を感じた。彼女は首に腕をまわして目を閉じた。

二人は唇を合わせた。

ヨハンソンの頭の中でさまざまな思いが騒々しい音を立ててはためくと、やがて渦を巻いて彼の意識の邪魔をした。二人はきつく抱き合った。ようやく今、許しをもらったかのように。これが許可証です。一通はあなたに、もう一通はそちらのあなたに。さあ、花嫁にキスを。さあ、情熱的に。なかなか悪くないぞ。さあ、これからだ。

もっと情熱的に！

どうしたのだ？　何か違う。

ルンの温もりを感じ、彼女の香りに包まれている。芳《かぐわ》しい誘われるような香り。

だが、まるで違う家に来たようだった。誘われたのは自分ではなかった。

「何も起きないわね」

その瞬間、彼女が言った。

つかの間、降伏と不屈というシーソーの上で、ヨハンソンは氷のような冷たさを味わった。一瞬の痛みが和らぐと、何かが消えていた。体の火照《ほて》りは湖上の透明な空気に拡散し、恐ろしいほど心が軽くなった。

「そのようだね」

二人はゆっくり体を離した。しかし、頭では了解しても体は納得しないのか、なかなか離れない。彼は、彼女の瞳に次々と疑問が浮かぶのを見た。自分の目にも同じ疑問が浮かんでいるだろう。何度チャンスを棒に振ったの？　台無しにしたの？　永遠にだめなの？

「大丈夫？」

ルンは答えなかった。彼は体を起こすと、舷側にもたれた。そのとき、ワインの瓶をずっと握りしめていたことに気がついた。それを彼女に差しだした。

「われわれの友情は愛よりも強いというわけだ」

月並みで大げさなセリフだということはわかっていた。けれど効果はあって、彼女は笑いだした。初めはぎこちない笑いも、やがて明るい笑い声に変わった。瓶を手に取ると、ひと口飲んで大声で笑った。その場違いな笑いを拭い去るかのように口を手で覆ったが、指のあいだからくぐもった笑い声が漏れた。ヨハンソンもつられて笑った。

彼女は笑いがおさまると、長いこと沈黙した。

「怒ってる？」

ようやく口を開いた。

「いや。きみは？」

「……怒ってない。ただ……何もかも混乱していて。あの夜、トルヴァルソン号のあなたのキャビンに、あと一分長くいたら……きっと何かが起きていた。でも今は……」

彼はワインの瓶を取り、ひと口飲んだ。

「違うな。あの夜も今とまったく同じだっただろう」

「なぜかしら？」

「きみが彼を愛しているからだよ」

ルンは膝を抱えた。

「コーレ？」

「ほかに誰がいるんだ」

彼女は長いこと虚空を見つめていた。ヨハンソンはふたたび瓶に口をつけた。彼女の気持ちを、彼女に説明してやることもない。

「シグル、わたし、彼から逃げられると思っていた」

彼は答えない。彼女が答えを望むなら、自分の力で見つけなければならない。

しばらくして彼女が口を開いた。

「あなたとわたしは、いつも何かが起きるというところまでいった。でも、二人とも束縛し合うつもりはなく、理想的な関係だった。だからといって、あなたを先物買いのオプションにしていたわけではないわ。わたしはあなたを愛したことはないし、愛するつもりもなかった。それでも、何か起きるんじゃないかと想像すると刺激的ではあった。人は義務や束縛に捉われず自分の人生を生きる。そうすることがいちばんいいと信じきっていた。そこに、突然コーレが現われた。わたしは……」

「彼を愛してしまった」

「愛って、もっと違うものだと思っていた。ところが、インフルエンザにかかったように、仕事に集中できなくなり、いつもほかのことを考え、足が宙に浮いてるようだった。こんなのはわたしの人生らしくない。これはわたしじゃない」

「で、きみは考えた。自制できなくなる前に、ついに私というオプションに手を出そうと」

「やっぱり怒っているのね！」

「怒ってはいない。きみの気持ちは理解できる。私もきみを愛したことはない」

彼は少し考えこんだ。

「きみが欲しかった。きみがコーレといるのを見てからは特に。けれど、私は老いぼれだ。誰かと獲物を取り合うのは嫌だし、自分のつまらないプライドに傷がつく……」

彼は笑った。

「シェールとニコラス・ケイジの『月の輝く夜に』を観たかい？　なぜ男は女と寝たいのかという問いに、答えは、死ぬのが怖いから。おっと、なぜこんな話になったんだろう」

「何でも恐れに関係あるからだわ。一人でいることへの恐れ。必要とされないことへの恐れ。最悪なのが、間違った選択をするのではないかという恐れ。あなたとわたしは理想的な関係になれた。でもコーレとは……もっと真剣な関係にちがいない。すぐに、そうだとわかったわ。あなたはよく知らない人を好きになる。どうしても手に入れたい。でも、その人の人生まで責任を負わなければ手に入らない。すると、あなたは疑問に思いはじめる」

「それは間違いなんだろうな」

彼女はうなずいた。

「きみは誰かと真面目に付き合ったことがあるんだろう？」

「ええ、ずっと昔に」

「最初の恋愛？」

「まあね」

「で、どうなったの？」

「よくあること。びっくりするような話ができたらいいけれど、事実は、彼が別れを切りだし、わたしは惨《みじ》めになった」

「それから？」

彼女は両手で頬杖をついた。眉根に小さな皺を寄せ、月の光を浴びた彼女は恐ろしいまでに美しかった。それでも彼に後悔はなかった。二人がしようとしたことも、その結果も。

「それからは、わたしから別れを切りだすことにした」

「復讐のエンジェルか」

「茶化さないで。単に嫌になっただけよ。男ってぐずぐずしてるか、甘すぎるか、頭が悪いだけだから。たまに、自分を守ろうとして逃げだすこともあった。わたし、足が速いし」

「きみはきれいな家を建てるのが怖い。嵐が来て壊れるかもしれないから」

「悲しすぎる」

彼女は口を曲げて言った。

「かもしれない。だが、そのとおりだ」

彼女は額に皺を寄せた。

「でも、ほかの選択肢もあるわ。家を建てる。でも誰かに壊される前に、自らの手で壊す」

「コーレが家か」

「そうね。コーレは家ね」

どこかでコオロギが鳴きはじめた。遠くで、二匹目が答えるように鳴いた。

「きみはもう少しで成功した。今日、私と寝ていれば、コーレと別れる理由ができた」

彼女は答えなかった。

「きみは、そんなふうに自分を欺けると思うのか？」

「言ったように、永遠に縛られる関係を結ぶよりも、あなたと自由な関係でいるほうがずっとわたしのライフスタイルに合っている。あなたと寝ていたら……証明された」

「体を張って証明を獲得したわけだ」

「違うわ。信じないでしょうが、わたしはあなたが欲しかった」

彼女は彼を睨んで言った。

「わかったよ」

「逃げるためにあなたを利用するつもりはないわ。ただ……」

「もうわかったよ。きみは彼を愛しているんだよ」

「そうね」

「しぶしぶ言うものじゃない。もう一度！」

「そうです！」

彼はにやりとした。

「初めよりはいい。さて、きみは裏返せば、臆病者だったということだ。コーレのためにこのワインを飲み干そうじゃないか」

彼女は口もとを歪めて笑った。

「よくわからないの」

「きみはいまだに自信がないんだね」

「揺れてる……混乱しているのよ」

彼はワインの瓶を右手に左手にと何度も持ち替えた。

「私も一度、家を壊した。ずっと昔のことだ。住人がまだ中にいるときに。二人は傷を負ったが、なんとか切り抜けた。少なくとも一人は。それが正しかったのか、今でもわからない」

「もう一人の住人とは？」

「妻だ」

彼女は眉を吊り上げた。

「結婚してたの？」

「そうだ」

「一度も話してくれなかったじゃない」

「話してないこともある。話さないほうがいいこともある」

「で、どうなったの？」

「離婚した」

「どうして？」

「特別な理由はない。ドラマのような修羅場《しゅらば》もなかった。窮屈に感じただけだ。本当は怖かった……責任を負うのが。家族の姿が目に浮かんだ。子どもたちや、犬がよだれを垂らしながら庭を走りまわる。私に責任がのしかかる。子どもやら、犬やら、責任やらが少しずつ愛を否定していったんだ。当時は、別れるのが理性的だと考えていた」

「で、今は？」

「人生で犯した唯一の間違いだと思うこともある」

彼は思いに沈むように水面を見た。やがて、背筋を伸ばすとワインの瓶を掲げた。

「乾杯！　きみのしたいことが何であれ、それをすればいい」

「わたしは何をすべきかわからない」

「恐れに追いつかれるな。きみが言うように、きみは足が速い。恐れより速く走れ」

彼は彼女を見つめた。

「あのときの私にはできなかった。きみが恐れず決めたことは、正しい決断だ」

ルンはほほ笑んだ。そして、ワインの瓶に手を伸ばした。


ヨハンソンが意外だったのは、二人が週末をいっしょに湖で過ごしたことだ。ロマンスが台無しになったあと、彼女はトロンヘイムに戻ると言いだすだろうと彼は思った。だが、そうはならなかったのだ。今までの関係は永遠に終わりを告げた。二人は散歩をし、おしゃべりをして笑った。二人は大学もプラットフォームもゴカイも頭から追い払い、彼は生涯で最高においしいスパゲッティ・ボロネーゼを作った。

彼の記憶する中で、湖で過ごした最高の週末となった。

二人は日曜日の夕方に戻った。彼はルンを家まで送ると、友情のこもった短いキスをして別れた。彼がヒルケ通りの自宅に帰ると、つかの間、何年ぶりかで孤独と寂しさの違いを実感した。憂慮や憂鬱は玄関までだ。それより中へは入れさせない。

荷物を寝室に運び、テレビをつけた。チャンネルをいくつも変えて、ようやくロイヤル・アルバート・ホールのコンサートを見つけた。キリ・テ・カナワが『椿姫』のアリアを歌っている。彼は荷解きを始めた。アリアをいっしょに口ずさみながら、今夜の寝酒は何にするか考えた。

いつの間にか音楽は消えていた。

ワイシャツをたたむのに悪戦苦闘し、番組が終わったことに気づかなかった。袖と格闘している最中に、ようやくニュースが聞こえてきた。

「……チリ……ノルウェー人一家の行方不明と、同時期にペルーやアルゼンチン沿岸で起きた事件との関連性は判明していません。この数週間に、多数の漁船が消息不明となっています。何隻かは漂流しているところを発見されましたが、乗組員の行方を知る手がかりは何ひとつありません。ノルウェー人の家族五人がトロール漁船に乗って外洋に釣りに出たのは、天気もよく、波も穏やかな日でした」

袖をきちんとたたみ、内側に折り返す。今のニュースは何だ？

「一方、コスタリカではクラゲが異常発生しています。ブルーボトルとも呼ばれるカツオノエボシというクラゲが、何千匹という数で海岸付近に現われたのです。この猛毒を持つクラゲに、十四名が命を奪われました。負傷者は多数で、イギリス人二名とドイツ人一名が含まれます。行方不明者の数は把握できません。コスタリカ観光当局は危機対策本部会議の招集を予告しましたが、観光客の海岸への立入禁止措置は却下しました。今のところ、海水浴客に差し迫った危険はないそうです」

ヨハンソンはワイシャツの袖を持ったまま、立ちつくしていた。

「そんなばかな。十四人も死んだのだ。すぐに立入禁止にすべきだ」

「オーストラリア沿岸でも、クラゲの大量発生が懸念されています。特に心配されるのが、ハブクラゲという猛毒を持つクラゲです。当局は遊泳者に対し緊急の警報を出しました。過去百年間に七十名がこのクラゲにより死亡し、サメによる死者数を上まわっています。海上での死亡事故はカナダ西海岸でも多発しています。多数のレジャーボートが沈没しましたが、その原因はいまだ不明です。航行システムの故障によるものかもしれません」

ヨハンソンはテレビ画面を振り返った。女性キャスターに用紙が手渡されたところで、彼女は呆然として目を上げた。

「たった今、新たな悲劇のニュースが入りました」

カツオノエボシのことだろうと、彼は思った。

彼はバリ島で見た女性のことを思い出した。女性は砂浜に倒れて激しい痙攣《けいれん》を起こしていた。彼自身はクラゲに触れなかったし、彼女も触れなかった。浜辺を散歩しているときに、彼女は波打ち際に浮かぶものを棒で釣り上げた。それは、天空を舞う帆のように、この上なく美しかった。彼女は慎重に距離をとって何度もひっくり返した。すると、その物体は砂にまみれ、美しさが隠れてしまった。そのとき、彼女が間違いを犯した。

カツオノエボシは管《くだ》クラゲ目に属する、いまだ謎の多いクラゲだ。普通のクラゲのように一個体ではなく、何千というポリプが集まり、さまざまな機能を分担している。青色や深紅色に輝くゼリー状の帆があり、中にガスがつまって水に浮き、ヨットのように風を受けて移動することができる。だが、その帆の下にある部分は見えない。

しかし触れれば、すぐに何であるのか感じる。

五十メートルにも達する触手があり、そこには感覚器官を備えた刺胞《しほう》が隠れているのだ。触手はまさに高性能の兵器庫で、進化の傑作と言える。刺胞の内部には先が銛《もり》の形をした管が、手袋の指を裏返したように巻きこまれている。刺胞はほんのわずかな刺激で、瞬時に精密な機能を作動させる。感覚器官が接触を感じると管は緩み、七十本ものタイヤがパンクしたような勢いで飛びだす。何千本もの銛が皮下注射のように犠牲者に突き刺さり、血球と神経細胞を攻撃する、蛋白質《たんぱくしつ》を主体とした複合成分の毒を注入する。結果、筋肉の収縮、白熱した金属片が皮膚に突き刺さるような激痛、ショック状態から心肺停止に陥る。岸辺で襲われて、すぐに手当てを受ければ、回復の見込みもあるが、沖合にいるダイバーなどには、この触手に対抗する術《すべ》はない。

バリ島の女性の場合、刺胞の毒が付着した棒の先が足の指に触れただけだ。それほどわずかな量でも、体を麻痺《まひ》させるのに充分なのだ。

さらに、カツオノエボシとは比べようもない猛毒を持つクラゲもいる。オーストラリア・ハブクラゲと呼ばれる、ハコクラゲ科のキロネックス・フレケリだ。

自然は進化の歴史において猛毒を作りだした。ハブクラゲが持つ一滴の毒は、二百五十人分の致死量に相当する。神経阻害作用が働き、一瞬にして意識を失う。たいていの犠牲者は心臓発作を起こし、数分以内に溺死する。数秒で死亡する場合もある。

ヨハンソンは画面を見つめながら、これらのことを思い浮かべた。

しかし、人をばかにしたような話だ。短いあいだに同じ海岸で十四人も死ぬだろうか？それも同種のクラゲが原因で。何隻もの船が消息を絶つというのはどういうことだ？

南米ではカツオノエボシ。オーストラリアではハブクラゲ。

ノルウェーではゴカイ。

たいしたことではないのかもしれない。クラゲはどこでも大量発生する。クラゲに悩まされない真夏はない。だが、ゴカイはそれとはまったく違う。

彼は荷物を片づけると、テレビを消して居間に行った。CDを聞くか、本を読もう。しかし、CDにも本にも手を伸ばさなかった。部屋の中を何度も往復し、窓辺に行って街灯に照らされた通りを見わたした。

湖はとても静かだった。

ヒルケ通りも静かだ。

しかし、静かすぎるときには何かある。

ばかな。ヒルケ通りには何の関係もない。

グラッパを一杯注いで、ちびちびと飲んだ。先ほどのニュースのことは忘れよう。

しかし、電話できる相手を思い出した。

クヌート・オルセンだ。同じノルウェー工科大学《NTNU》に勤める生物学者で、クラゲやサンゴ、イソギンチャクに詳しい。ついでに、船舶の行方不明事件のことも尋ねてみよう。

三度ベルを鳴らしたところで、オルセンが電話に出た。

「もう寝てた？」

「いや、子どもたちが寝かしてくれないよ。今日はマリーの五歳の誕生日だったんだ。湖はどうだった？」

オルセンは家族思いの人間だ。ヨハンソンがぞっとするほど折り目正しい人生を送っている。昼食をいっしょにする程度で、プライベートでの付き合いはなかった。しかし、彼はユーモアのセンスを持つ、感じのいい男だ。もっともユーモアがなければ、四人の子どもと大勢の親戚を抱えて、生きてはいけないだろう。

「今度、別荘に来てくれよ」

ヨハンソンは言った。もちろん社交辞令だ。「きみの車を木《こ》っ端微塵《ぱみじん》に吹き飛ばしてみろ」とか、「子どもを二人ぐらい養子にやったらどうだ」とか、でたらめを言っても同じだった。

「そうだな、行ってみたいな」

「ニュースを見たか？」

オルセンは一瞬沈黙した。

「クラゲのことか？」

「ビンゴ！　いったいどうなっているんだ？」

「当たり前のことだ。大量発生はいつでも起こる。カエル、バッタ、クラゲ……」

「だが、カツオノエボシやハブクラゲだぞ」

「それは稀《まれ》だ」

「本当か？」

「その猛毒を持つ二種類については、異常なことだ。ニュースで言っていたことも、尋常じゃない」

「百年間で死者七十名」

「くだらない！」

オルセンはばかにしたように鼻を鳴らした。

「多すぎるのか？」

「少なすぎるんだ！　ベンガル湾やフィリピンの犠牲者を加えれば、九十名にはなるだろう。それに、潜在的な犠牲者数はわからない。もちろん、オーストラリアではハブクラゲにずっと悩まされてきた。ロックハンプトンの北の河口で産卵するんだ。ほとんどの事故は浅い海で起きている。刺されたら三分以内に死亡する」

「季節は関係するのか？」

「オーストラリアでは十月から五月にかけて。ヨーロッパでは死ぬほど暑いときに、厄介なことになる。去年、スペインのメノルカ島に行ったんだが、そこらじゅうヴェレッラだらけで、子どもたちは大騒ぎだった」

「何？」

「ヴェレッラ・ヴェレッラ……カツオノカンムリだ。太陽にあぶられて腐敗しなければ、かわいい紫色の生き物だ。砂浜がすべて紫色に染まるほどで。スコップや熊手を使って、何百枚という袋につめたんだ。きみには想像できないだろうけど、海には次々と新しいのがやって来る。クラゲのファンのぼくでさえ、もうたくさんだ。朝から晩まで、ぴちゃぴちゃという音が耳から離れなかった。とにかく、ヨーロッパでは最盛期は八月から九月。南半球ではもちろん季節が逆だ。けれど、オーストラリアで起きていることは奇妙だ」

「どういう意味で？」

「ハブクラゲは浅瀬に現われる。沖合にはいないんだ。グレートバリアリーフの外側にある島々には現われない。なのに、外洋にも現われたとニュースで聞いた。逆に、カツオノカンムリは外洋に生息する。今日、初めて知ったのだが、十年に一度、海岸に漂ってくるのだそうだ。いずれにしても、クラゲについては解明されていないことがたくさんある」

「網を張ったりして、海岸への侵入を防げないのか？」

オルセンは大声で笑った。

「網は役に立たない。クラゲは網に引っかかるが、触手はちぎれて網目から入りこんでくるんだ。そうなったら、触手はもう見えない。ところで、なぜそんなに聞きたがるんだ？　きみもクラゲのことは知っているのに」

「きみのほうがずっと詳しいからね。私が知りたいのは、これが異常現象かどうかだ」

「その可能性はかなりある。クラゲの発生は、高い海水温とプランクトンの量に連動している。水温が高ければプランクトンが増え、クラゲはプランクトンを食べるから、その答えは簡単だ。クラゲが夏の終わりに大量発生すると、姿を消すのが例年より二、三週間遅れる。これが自然のサイクルだ――ちょっと待ってくれ」

電話の向こうでわめき声が聞こえた。オルセンの子どもは何時にベッドに入るのだろう。そもそも寝るのだろうか。いつ彼に電話しても、子どもが騒いでいないときはなかった。

オルセンは何やら叫んだ。一瞬、騒ぎが大きくなったが、やがて電話口に戻ってきた。

「すまない。プレゼントで喧嘩してるんだ。さて、クラゲの大量発生は海の富栄養化によるところが大きい。それは人間の責任だ。富栄養化はプランクトンの増殖に貢献するから。西風や北西風が吹けば、このあたりでも玄関先にクラゲがやって来るわけだ」

「だが、それは普通の大量発生だろう。聞きたいのは……」

「異常現象かどうかだろう？　答えはイエス。いわば、そうだと認識されない異常現象だ。

家に観葉植物はあるか？」

「あるよ」

「ユッカか？」

「そうだ、二鉢ある」

「それが異常現象だ。わかるか？　ユッカは外来種だ。さて、誰が持ちこんだのか？」

ヨハンソンは目を見開いた。

「ユッカの侵略、なんて話はしないでくれ。うちのユッカは平和なものだ」

「そんな話じゃない。われわれは、何が自然で何が自然じゃないか、わからなくなってしまったと言いたいんだ。二〇〇〇年にぼくは、メキシコ湾でクラゲの異常発生の調査をした。大量のクラゲの群れが固有種の魚を脅かしていた。ルイジアナやミシシッピ、アラバマといった産卵場所に侵入して、魚の卵や稚魚を食べてしまう。加えて、プランクトンまで食べつくしてしまった。被害は、その近辺には生息しない、オーストラリアのクラゲによるものだった。太平洋側から持ちこまれたのだ」

「侵入生物か」

「そのとおり。侵入生物は食物連鎖を破壊し、漁業にダメージを与える。大惨事だ。その数年前、黒海の環境が危機に瀕したことがある。一九八〇年代に、貨物船のバラスト水に紛れこんで、クシクラゲが黒海に侵入した。元来そこには生息しない種だ。黒海はかなりのダメージを受け、すでに手遅れとなった。今では一平方メートルに八千匹を超えるクシクラゲがいるのだ。この意味がわかるかい？」

オルセンは怒りをあらわにしながら話を続けた。

「そこで、今度はカツオノエボシだ。アルゼンチン沿岸に現われたが、そこは生息域ではない。中央アメリカ、ペルーやチリならまだしも、もっと南だ！　いちどきに十四人もの死者！　それじゃ攻撃だ。まるで不意打ちじゃないか。それから、ハブクラゲ。そんな沖合で、いったい何をしているんだ？　まるで誰かに誘いだされたようじゃないか」

「私が奇妙に思うのは、よりにもよって猛毒を持つクラゲ二種が、一度に現われたことだ」

「まったくそうだ。だが、ちょっと待ってくれ。ここはアメリカじゃない。だから陰謀論を振りかざすのはやめよう。クラゲの大量発生には、ほかにも理由がたくさんある。エルニーニョ現象だと言う者もいれば、地球温暖化だと言う者もいる。マリブではクラゲの大量発生はこの十年で最悪だ。テルアビブには大群が押し寄せた。地球温暖化も侵入生物も、すべて意味がある」

ヨハンソンはもう聞いていなかった。オルセンは、自分が考えつきもしなかったことを言った。

〈まるで誰かに誘いだされたようじゃないか〉

では、あのゴカイは？

〈まるで誰かに誘いだされたようじゃないか〉

ふたたびオルセンの声が聞こえてきた。

「……交尾のために浅瀬にやって来る。そして、考えられないほどの異常発生だとしたら、数千匹どころか、数百万匹ということだ。そうなったら、どうすることもできない。死者は十四人ではすまない。ぼくが保証する」

「うーん」

「聞いているのか？」

「もちろんだ。死者は十四人ではすまない。きみは陰謀論について何か言っていたが」

オルセンは笑った。

「ばかばかしい。だが、これは異常現象だ。うわべは周期的な大量発生に見えるが、ぼくは別物だと思う」

「で、きみの胃袋は何と言ってるんだ？」

「ぼくの胃袋は、今晩は薄切り牛肉のロール巻き煮込みを食べたかったそうだ。ほかのものは考えられない。いや、これはぼくの頭が言っているんだが」

「ありがとう。きみの意見が聞けてよかった」

ヨハンソンは考えた。オルセンにゴカイの話をしようか？　いや、彼は関係ない。スタットオイルもこの時期に話が公《おおやけ》になるのは嫌だろう。それに、彼は少々しゃべりすぎる。

「明日、昼飯をいっしょにどうだ？」

オルセンが尋ねた。

「いいよ」

「もっと情報を探してみよう。クラゲについての情報を持ってるやつがいるだろう」

オルセンは笑った。

「では明日」

ヨハンソンは電話を切った。受話器をおいてから、消息不明の船舶について尋ねるつもりだったのを思い出した。だが、電話をかけ直す気にはなれなかった。明日で充分だ。ゴカイのことがなければ、クラゲの異常発生にこれほど敏感に反応しただろうか？いや、おそらく反応しなかった。クラゲが問題ではないのだ。問題はこの二つの関連だ。もしもあるとすればだが。

翌朝、ヨハンソンがオフィスに着くと、すぐにオルセンが顔を出した。ヨハンソンは大学に向かう車の中でラジオを聞いたが、目新しいニュースはなかった。世界中で人や船が行方不明になっている。憶測は乱れ飛んだが、真相は誰にもわからない。

十時からの講義までには、たっぷり時間がある。Eメールに返事を書き、郵便物を整理した。外は土砂降《どしゃぶ》りで、鉛色の空がトロンヘイムを覆っている。部屋の灯りをつけ、目覚ましにコーヒーを飲んでいると、オルセンが戸口に顔をのぞかせたのだった。

「すごいことになったたな。しかも次々と」

彼は言った。

「何が次々と？」

「悪い知らせが次々と入ってくる。ニュースを聞いていないのか？」

ヨハンソンはちょっと頭の中を整理した。

「消息不明の船のことか？　訊きたかったのだが、昨日はクラゲの話で忘れてしまった」

オルセンは首を振りながら部屋に入ってきた。

「コーヒーを一杯ごちそうしてくれるかな？」

彼は言って、あたりをじろじろと見まわした。彼の詮索好きなところは役に立つこともあるが、人をうんざりさせる性格の一つだ。

「隣の部屋だ」

オルセンは隣室の開いた扉に身を乗りだし、大声で秘書にコーヒーを注文した。戻って椅子に座ると、ふたたび視線があたりをさまよった。秘書がコーヒーを持ってきて、乱暴にカップをテーブルにおいた。隣室に消える前に、彼に拒否するような視線を送った。

「彼女、どうしたの？」

「コーヒーはいつも自分で持ってくるんだ。ポットの横に、ミルクや砂糖やカップが用意してあるから」

「彼女、怒りっぽいんだね。来週、うちで焼いたクッキーを持ってくるよ。家内の焼くクッキーはおいしいんだ」

オルセンは音を立ててコーヒーをすすった。

「本当にニュースを聞いていないのかい？」

「車の中で聞いたよ」

「十分前にCNNでニュース速報が流れた。ぼくのオフィスにはテレビがあって、一日中つけているんだ」

彼は言って、身を乗りだした。薄くなりはじめた頭に天井の灯りが反射した。

「日本でガスタンカーが爆発して沈んだ。同じ頃マラッカ海峡では、コンテナ船二隻とフリゲート艦が衝突した。コンテナ船一隻が沈没し、一隻は航行不能になった。フリゲート艦が炎上した。軍艦だ。爆発したんだよ」

「なんということだ」

「早朝のことだよ」

ヨハンソンはコーヒーカップで手を温めた。

「マラッカ海峡の事故はたいして驚かない。もっと事故が起きても不思議ではない海峡だ」

「そうだな。けれど、偶然の一致だろうか？」

世界の海峡で、通航量の多さを競い合うのはイギリス海峡、ジブラルタル海峡、ヨーロッパから東南アジアや日本への航路となるマラッカ海峡だ。海運業界が抱える問題は、とりわけこの海峡の重要性にあった。マラッカ海峡だけで、一日に約六百隻の大型タンカーや貨物船が通航する。特にシンガポール寄りの、幅の狭い浅瀬が続く長さ四百キロメートルの水域に、二千隻の船が通航する日もあるのだ。インドやマレーシアは、大型タンカーはもっと南のロンボク海峡を通れと主張するが、誰も聞く耳を持たない。迂回すれば減益となる。そのため世界の商船の十五パーセントが、マラッカ海峡とそれに続く狭い水域に押し寄せている。

「何があったのだろう?」

「さあ、少し前に入ってきたニュースだから」

「恐ろしいことだ。ところで、行方不明の船舶はどうなった?」

ヨハンソンはコーヒーをひと口飲んで尋ねた。

「それも知らないのか?」

「でなきゃ、訊かないよ」

彼はいらいらとして言った。

オルセンは身を乗りだして声をひそめた。

「南米の太平洋岸では、ずっと前から海水浴客や小型漁船が行方不明になっている。それについては、ほとんど報道されていない。ヨーロッパの話ではないからな。発端はペルーだった。漁師が一人、行方不明になったんだ。何日か経ってボートが見つかった。外洋まで流されていた。小さな葦舟だぜ。漁師は波にさらわれたと思われている。だが、その海域は何週間も天気はよかったんだ。その後、同じような事故が連続した。ついに、小型のトロール漁船が行方不明になった」

「どうしてニュースにならないんだろう?」

オルセンは両手を広げた。

「誰も言いふらしたくないんだろう。観光は特に重要だから。それに、ずっと遠くで起きた事件だ。褐色の肌に黒髪の人々が住むところだ」

「クラゲの報道はしているじゃないか。同じようにずっと遠くの話だ」

「勘弁してくれよ！　違いがあるだろう。クラゲの事件では、アメリカだかの観光客も死に、ドイツ人も巻きこまれた。今度は、チリでノルウェー人一家がいなくなった。地元の業者のガイドがついて、トロール漁船で外洋に出た。深海釣りツアーというやつだ。で、一瞬にして消えてしまった。ノルウェー人だ。ブロンドの人間の話は報道するんだよ」

　ヨハンソンは椅子の背にもたれた。

「よくわかった。それで、無線連絡はなかったのだろうか？」

「ホームズ君、数回ＳＯＳがあっただけだ。消息を絶った船の大半は、ハイテク機器を積んでない」

「嵐は？」

「船を転覆させるような嵐はない」

「それで、カナダ西海岸は？」

「いわゆる衝突したという船のことなら、全然わからない。機嫌の悪いクジラに沈められたと言う者もいるようだ。いったいどうなっているんだ？　世界はミステリアスで残酷だ。

きみも謎めいたことを訊く。もう一杯コーヒーをもらえ……いや、自分で取りにいくよ」

オルセンは家を腐らせる菌のように、ヨハンソンのオフィスに居ついてしまった。存分にコーヒーを飲んで帰っていった。時計を見ると、講義の時間まであと数分だ。

彼はルンに電話をかけた。

「スカウゲンは世界中の資源探査関係の企業にコンタクトをとったわ。同じような現象が起きていないか調べようとして」

「ゴカイのことか?」

「そうよ。アジアでは同じくらいゴカイのことが話題になっていると、推測しているのよ」

「どうして?」

「あなたは言っていたわ。アジアではメタンハイドレートの掘削を試していると。キールのお友だちから聞いたのではなかった? スカウゲンはそういう企業を探っている」

悪くないアイデアだ。スカウゲンは情報を一つずつ積み重ねていく。ゴカイがメタン氷に群がるのなら、人間が注目するメタン氷にいるはずだ。だが……

「だが、相手はスカウゲンに話すつもりはないだろう。彼と同じで黙っている」

ルンは一瞬、口をつぐんだ。

「スカウゲンが彼らに教えないと思うのね？」

「肝心なことは教えないだろう。特に今は」

「じゃあ代わりに何を言うのかしら？」

彼は適切な言葉を探した。

「そうだな。きみたちのことではないが、海底に未知の生物がいるのに、海底ユニット建設を推進しようとする誰かがいると仮定しよう」

「そんなこと、わたしたちはしないわ」

「だから仮定だよ」

「スカウゲンはあなたのアドバイスに従った」

「立派なことだ。けれど、金の問題が絡んでくると、ゴカイのことは知らない、見てないという話になるだろう」

「そうやって建設すると？」

「何も起きないかもしれない。だが、起きたとしても技術力不足を原因にして、メタンを掘るゴカイのせいにはしない。以前にゴカイを見たと、あとから言いだす者はいないだろう」

「スタットオイルは事実をもみ消したりしないわ」

「その話はおいておこう。たとえば日本だ。彼らにとって、メタンの輸出は石油ブームに匹敵する。いや、それ以上だ！　彼らは途方もなく金持ちになるかもしれない。そんなときに、彼らが手の内を見せると思うか？」

「いいえ」

ルンは戸惑いながら言った。

「で、きみたちはどうする？」

「それでは情報は得られないわ。こっちの話が知られる前に、彼らから情報を訊きだすしかない。スタットオイルとは関係ない、独立したオブザーバーが必要ね。たとえば……」

彼女は考えこんだ。

「あなたから、ちょっと訊いてもらえない？」

「私が石油会社に？」

「違う。研究機関や大学や、キールの研究所のようなところの人たちに。メタンハイドレートは世界中で研究されているんでしょう？」

「確かにそうだが……」

「それから、生物学者。海洋生物学者！　アマチュアのダイバー！　ほかにもいるでしょ

う。お願い、この役を引き受けてくれない？　あなたのために担当部署も作る。それがい
い。スカウゲンに電話して、予算を頼んでみる！　わたしたち……」

「おいおい、そんなに先走るなよ」

「仕事のわりには、ペイはいいはず」

「つまり、くだらない仕事だという意味だ。きみたちだって同じことができるだろう」

「あなたのほうがいい。あなたは中立だから」

「ティナ……」

「こうして話しているあいだに、スミソニアン協会に三回も電話できるわね。お願い、シグル。わかってよ。わたしたち石油会社がおおっぴらに興味を示したら、何千という環境保護団体に捕まってしまう。彼らはそれを待ってるのよ」

「なるほど！　きみたちは秘密にしておきたいんだな」

「いやな人ね！」

「ときどきは」

ルンはため息をついた。

「では、わたしたちはどうすべきなの？　わたしたちが最悪のことをすると、あなたは思ってるかもしれないけれど、誓ってもいいわ。スタットオイルは、あのゴカイの果たす役

割がはっきりするまで、プロジェクトは進めない。けれど、わたしたちが公然と訊いてまわったら、すぐに噂が広がる。そうなったら最後、指一本動かせなくなるのよ」

ヨハンソンは目をこすって、腕時計を見た。

十時を過ぎている。講義の時間だ。

「ティナ、もう切るよ。あとで電話する」

「あなたが引き受けてくれると、スカウゲンに伝えてもいい？」

「だめだ」

彼女は沈黙した。

「わかったわ」

やがて小さな声で答えた。処刑台に引きだされたような声だ。彼は深く息を吸った。

「ちょっと考えさせてもらえるかな？」

「もちろん。あなたって、いい人ね」

「わかってるよ。これは私の問題だ。あとで電話する」

彼は資料をまとめると講義室に急いだ。

フランス　ロアンヌ

ヨハンソンがトロンヘイムで講義を始めた頃、二千キロメートル離れたフランスでは、ジャン・ジェロームが十二匹のブルターニュ産ロブスターを厳しい目で眺めていた。

ジェロームの目はいつでも厳しい。まずは疑うという姿勢は、彼が働くレストランのためだった。〈トロワグロ〉は三十年以上にわたり、ミシュランの三ツ星に輝くフランス唯一のレストランだ。ジェロームは伝統に傷をつけた人間として、その歴史に名を残すつもりはなかった。彼が責任を持つのは海の食材だ。魚のシェフと呼ばれ、早起きが日課だった。

ジェロームが取引する卸売業者の一日はもっと早く、午前三時に始まる。パリから十四キロメートルの郊外にあるルンジス卸売市場は、数年前、一夜にして美食の一大中心地に躍進した。隅々まで明るく照らされた、四平方キロメートルの市場は、あちこちの大都市、小売業者、シェフ、そして人生を食に捧げる人々に食材を提供している。ここでは、フランス全土の食材が手に入った。ノルマンディーの乳製品。ブルターニュの新鮮な野菜。南部の芳醇なフルーツ。ブロンやマレンヌ、アルカションの牡蠣《かき》の養殖業者や、サン・ジャン・ドゥ・ルスのマグロ漁師は水産物をトラックに積んで、高速道路を飛ばしてやって来る。エビやカニを満載した冷蔵車は、乗用車やワゴン車を巧みにすり抜けて駆けつけた。フランス中でいちばん早く、おいしい食材が手に入る市場なのだ。

もっとも、品質がすべてだ。ロブスターはブルターニュ産だが、最高のものもあれば、少々見劣りするものもある。ジャン・ジェロームの目にかなうものばかりではない。

彼はロブスターを一匹ずつ手に取り、ひっくり返しては全体をよく眺めた。ロブスターは六匹ずつ大きなスチロールの箱に入り、シダの葉がかぶせてある。動かないが、もちろん生きている。ハサミは結わえてあった。

「いいだろう」

彼が言った。

最高のロブスターだった。事実、彼も大いに気に入った。小ぶりだが、大きさのわりには重く、濃い青色の殻も輝いていた。

二匹を除いて。

「軽すぎるな」

彼は言った。

仲買人は顔をしかめた。ジェロームが賞賛したうちの一匹を片手に取り、もう片方で彼が苦情を言った一匹を取ると、左右の手の重さを比べてみた。

「そのようですね。申しわけない。けれど、そう変わりませんよ。ちょっと軽いかな」

仲買人はうろたえて言った。肘を曲げ、ロブスターをのせた両手を上下させる姿は、まるで魚市場の女神だ。

「そうは変わらない。そこらのシーフードレストランならそれでいいが、うちは困る」

「すみませんね。返品して……」

「その必要はない。胃袋の小さい客を見分ければいいことだ」

もう一度、仲買人は詫《わ》びた。さらに市場を出て家に戻るときも、心の中で詫びを言った。

その頃、ジェロームは〈トロワグロ〉の調理場で、ディナーの献立作りに没頭していた。

ロブスターは、体が麻痺するほどの冷たい水を張った水槽に保管されている。

一時間後、ようやく彼はロブスターをブランシールしようと決めた。大鍋に湯は沸いている。生きたロブスターを処理するにはスピードが決め手となる。捕獲されたそのときから、鮮度は失われていくからだ。ブランシールとは茹《ゆ》でることではなく、沸騰《ふっとう》した湯でロブスターを殺すこと。そして、サービスする直前に調理する。ジェロームは湯が沸騰しているのを確認すると、水槽から一匹取りあげ、すばやく頭から湯に入れた。殻の中の体腔《たいこう》から気泡が音を立てて昇った。同じように一匹ずつ鍋に入れては、すぐに取りだす。九匹目、十四目が命を絶った。彼の手が十一匹目をつかんだ——やはり、こいつは軽いぞ！

そのロブスターを鍋に入れた。十秒で足りる。彼はよく見もせずに網杓子《あみじやくし》ですくい、取りだそうと……

押し殺した罵り声が彼の口から漏れた。

いったい、こいつはどうしたんだ？　殻が真二つに裂け、片方のハサミがひび割れていた。ジェロームは頭にきた。ロブスター、厳密に言えば、ロブスターだったものを目の前の調理台においで裏返した。腹側も裂け、逞しい筋肉があるべきところには、ねばねばした白っぽい皮膜が見えた。彼は呆然として鍋を覗きこんだ。泡立つ湯の中に、およそロブスターの肉とは思えない断片や糸くずが浮いていた。

まあいいだろう。十四で間に合う。食材は余裕を持って仕入れている。予算と相談しつつ、充分な余裕を考えて、実際に必要な量を見極めるのが肝心だ。今回も、その戦略が功を奏した。

それでも腹の虫はおさまらなかった。

このロブスターは病気だったのだろうか。彼の目が水槽に止まった。もう一匹残っている。あれも軽かったやつだ。かまうものか、鍋に入れてしまえ。

待てよ、鍋には白い断片が浮かんでいる。

そうだ！　病気のロブスターは軽すぎた。最後の一匹も同様に軽い。こいつも病気なのか。鮮度が落ちただけなのか、ウイルスや寄生虫を持っているのだろうか。彼は迷ったが、最後の一匹を水槽から出すと、レンジの脇の調理台において観察した。

後ろ向きに反った、長い触角が震えた。縛られたハサミがかすかに動いている。野生の環境から取りだされると、ロブスターは愚鈍になる。彼はロブスターを軽くつついて、顔を近づけた。逃げだそうとするように足が動いたが、すぐに台の上で動かなくなった。節状の尾が背中の殻につながるあたりから、透明の物質が染みだしている。

いったい何だ？

彼はかがみこんでロブスターに顔をさらに近づけた。

ロブスターが上体をわずかに持ち上げた。一瞬、その黒い瞳がジェロームを見つめた。

そして破裂した。

わずか三メートル離れたところで、見習いコックがジェロームに命じられて魚の鱗《うろこ》を落としていた。とはいえ、調理器具やスパイスをしまう、天井まで届く棚があり、彼からはレンジを見ることができない。その代わりに、身の毛のよだつ悲鳴を聞いた。あまりに驚いて包丁をとり落としてしまった。そのとき、ジェロームがレンジからよろよろと離れた。両手で顔を押さえている。見習いコックがあわてて飛んでいくと、二人はぶつかって背後の調理台に倒れこんだ。鍋がけたたましい音を立て、何かが床に落ちて割れた。

「どうしたんですか？」

見習いが調子はずれな声を上げた。

ほかのコックも駆けつけてきた。調理場は管理の行き届いた工場のようなもので、それぞれが自分の仕事をこなす。肉を担当する者、ソースを担当する者。三人目はパテ、四人目はサラダ、五人目はデザート。ところが、今やレンジのまわりは大混乱だった。ジェロームが顔を押さえていた手をはずし、震えながらレンジを指した。髪から、透明のどろりとした液体が滴《したた》っている。それはさらに顔を流れ、襟の中に消えていった。

「そ……そいつが爆発した」

彼は喘《あえ》ぎながら言った。

見習いは調理台に近づくと、吐き気をこらえてロブスターの残骸を覗きこんだ。それは見たこともない代物だった。原形をとどめているのは足だけだ。ハサミは床に転がり、尾はまるで高圧に吹き飛ばされたかのようだ。背中の殻は鋭い切り口で裂けていた。

「何をしたんですか？」

見習いはつぶやいた。

「何をしたかだって？」

ジェロームは叫んだ。顔は醜く歪み、指を広げて両手を宙に突き上げている。

「何もするものか！　そいつが勝手に爆発したんだ！」

コックたちが体を拭くタオルを持ってくるあいだに、見習いはそこらじゅうに飛び散った物体を指先でさわってみた。恐ろしく硬いゴムのようだ。だが、それはすぐに溶解し、調理台の上を流れていった。彼は衝動にかられて棚からガラス瓶を取った。ゼラチン状の塊をスプーンですくって瓶に入れた。さらに流れる液体も加え、瓶の蓋を力いっぱいに閉めた。

ジェロームの興奮はなかなか収まらない。結局、誰かがグラスに注いで持ってきたシャンパンを飲み干して、半ば落ち着きを取り戻した。

「それを片づけろ！　頼むから、その汚いものを片づけてくれ！　おれは体を洗ってくる」

彼は息をつまらせて言うと、調理場を出ていった。

直ちに、調理場スタッフがジェロームの調理台を片づけはじめた。レンジやそのほか一切合切の汚れを落とし、残骸を捨てた。大鍋を洗い、ロブスターを入れておいた水槽の水を流しに捨てた。水は地下水路を通ってほかの排水と合流し、リサイクルにまわされる。

見習いはゼラチン状の物質を入れたガラス瓶を取り上げた。これをどうしたものか。そこで、シェフが髪を洗い、新しいユニフォームに着替えて戻ってくると、彼は尋ねてみた。

「あれを保存しておこうとは、よく思いついたな。いったい何なんだ?」

「見てみますか?」

「冗談じゃない! だが、調べてもらうのがいいだろう。調査してくれるところに届けるんだ。だが、よけいなことは言うな! こんなことは〈トロワグロ〉始まって以来だ」


事実、この話はレストランの調理場から外には漏れなかった。それでよかったのだ。漏れたら、〈トロワグロ〉の評判に傷がついたのだから。たとえ微塵も責任がなくても、〈トロワグロ〉でロブスターが爆発し、気味の悪いゼラチンが飛び散ったと、人は喜んで噂するだろう。最高の名声を誇るレストランにとり、衛生状態を疑われるのは致命的だ。

見習いは瓶の中の物質を観察した。溶解しはじめたので、少し水を加えた。そうすればダメージを少なくできると考えたのだ。それはクラゲを彷彿させた。クラゲは体のほとんどが水だから、水の中にいれば長生きできるだろう。彼のアイデアは功を奏して、物質はまずは安定した。〈トロワグロ〉から秘密裏に電話がかけられた。結局、ガラス瓶はリヨン近郊の大学に運ばれ、調査されることになった。

ガラス瓶は、分子生物学者のベルナール・ローシュ教授に届けられた。瓶の中の物質は水を加えられたにもかかわらず溶解が進み、ほとんど塊は残っていない。ローシュはわずかな塊をすぐさまテストしたが、さらに詳しい検査をする前に、すべて解けてしまった。唯一、分子化合物を検出することができ、その結果に彼は当惑した。ほかでもない、強力な神経毒素だったのだ。しかし、それがゼラチン状物質に含まれていたのか、瓶の水にあったのかは、知る由もなかった。

その水は有機物など、さまざまな物質を含有していた。しかし、さしあたりローシュには時間がなかったので、瓶に残った液体はそのまま保存し、近日中に詳しい検査をしようと考えた。ガラス瓶は冷蔵庫に保管された。

その夜、ジェロームは具合が悪くなった。まず、軽い吐き気を覚えた。レストランは満席で、自分の体調を気にする暇はなく、いつものように立ちまわった。残り十四のロブスターに問題はなく、その数で事足りた。午前中の不愉快な事件にもかかわらず、ディナータイムは滞りなく進み、いつもの〈トロワグロ〉と何ら変わりはなかった。

十時頃、彼は吐き気がひどくなり、軽い頭痛も始まった。直後、集中力がなくなっていることに気がついた。料理に最後の仕上げを加えるのを忘れ、指示を出すのも忘れていた。エレガントで完璧な所作がいつの間にか滞っていた。

ジャン・ジェロームはプロ中のプロだから、自分の限界はわかる。今や、本当に気分が悪かった。そこで、あとの仕事を副料理長に任せることにした。彼女はパリの有名レストラン〈デュカス〉で修行を積んだ、才能豊かな成長株の料理人だ。彼は庭を歩いてくると告げて外に出た。調理場に隣接する庭はとても美しかった。天気のいい日、客はまず庭に迎え入れられて、アペリティフとオードブルを饗される。それから調理場を通り、そこで繰り広げられるデモンストレーションに視線を投げながら、ダイニングルームに向かうのだ。この時間、庭に人影はなく、薄ぼんやりと照明が灯っていた。

ジェロームは庭を数分間行き来した。そこからは大きなガラス窓越しに、活気のある調理場を見通すことができるが、数秒以上、視線を一点に止めておくことができなかった。息苦しく、外の新鮮な空気を吸っても、胸に圧迫感を感じた。両脚はまるでゴムでできているようだ。木製テーブルの一つに腰を下ろして、午前中の出来事を思い起こしてみた。ロブスターの内容物を髪や顔に浴びたのだ。きっと何かを吸いこんだにちがいない。液体も口に流れこんだのだろう。唇を舐《な》めたときに、舌先に何かついたのかもしれない。

破裂したロブスターを思い出したからか、単に急に具合が悪くなっただけなのか、彼は観葉植物の鉢に吐いた。喘《あえ》ぎながら、これで原因となるものを吐きだせたと考えた。水を一杯飲めば、すぐに回復するだろう。

彼は体を起こした。しかし世界がまわっていた。頭の中が焼けるように熱く、視野が狭まって渦を巻いていた。立ち上がらなければ。立ち上がって、右手の調理場を見るのだ。失敗は許されない。ここ〈トロワグロ〉では。

懸命に立ち上がると、足を引きずって歩きだした。しかし方向が逆だ。二歩進んだところで、自分が調理場に向かっていたのかどうかもわからなくなった。そもそも、何もわからない。そして、何も見えなくなった。

庭を囲む木立の下に、彼はくずおれた。

四月十八日

カナダ　バンクーバー島

永遠に終わりがなかった。

アナワクは目がどんどん小さくなるように感じた。充血し、瞼《まぶた》は腫《は》れ、目のまわりには老人のような皺が刻まれている。画面に最後の一瞥《いちべつ》をくれると、顎がテーブルにがくんと落ちた。カナダ西海岸が異常事態に巻きこまれてから、彼は画面を見続けている。しかし、これまでに映像の一部を精査できただけだ。この映像システムは、動物の行動を研究する上で画期的な発明だった。

テレメトリー――非拘束動物の遠隔監視システムだ。

一九七〇年代の終わりに、動物をまったく新しい方法で観察する技術が開発された。それ以前は、生息域や群れの移動行動について正確な調査ができなかった。動物の生態、狩りや繁殖の方法、個々の動物の欲求などは推論の域を出なかったのだ。もちろん、多くの動物が常に観察されたが、野生の行動を予測しえない条件下で行なわれた。捕獲された動物は、野生と同じように行動するわけではない。独房にいる人間の行動が、自由世界で生きる人々の行動に比べて制限されるのと同じことだ。

たとえ自然の中で野生動物に出会えたとしても、それだけで充分な知識が得られるのではない。一瞬のうちに逃げ去り、二度と姿を見せないことがある。実際には、研究者が観察している以上に、対象となる動物は研究者の様子を窺《うかが》っているのだ。一方、チンパンジーやイルカのように臆病ではない動物は、観察者に合わせて過激な行動に出たり、逆に興味を示し、ポーズを取って気を引こうとしたりする。客観的な考察が不能となるような動きを見せたあとは、ジャングルの高い木立に姿を消すか、水中に潜ってしまう。そして、人間が追っていけない自然環境の中で、本来の行動をするのだ。

生物学者はダーウィンの時代から夢を抱き続けてきた。アザラシや魚のように、南極の冷たく暗い海中を体験したい。厚い氷の下にある自然のままの海の世界を覗いてみたい。地中海を越えてアフリカに渡る野生のガンの背に乗り、眼下に広がる世界を見てみたい。ミツバチの一日を体験したい。羽ばたきの回数、心拍数、血圧、採食法、潜水能力、肺活量などのデータを得るにはどうすればいいのか。船舶の立てる音や海中での爆発が、海棲哺乳動物に与える影響を知るにはどうするのか。

人間が入りこめない世界で、どのようにして動物を追跡するのか？

その答えは、運送会社が自社のトラックの現在地を特定する技術にあった。事務所にいながらトラックの現在地を知り、運転手はまったく初めての土地でも道に迷わない。この新技術を使いながらも、これが動物学に革命をもたらすとは誰も予想しなかった。

それがテレメトリだ。

一九五〇年代末期、すでにアメリカの科学者が動物にタグを取りつける試みを始めていた。それに続いてアメリカ海軍が調教したイルカで試したが、初めは失敗に終わった。送信機が重すぎたのだ。イルカにタグを取りつけたために行動に影響が出るのであれば、イルカの真の生態を解明できないのではないか？　しばらく議論は空転したが、マイクロ技術の登場で問題は解決する。板チョコ大のタグと超軽量カメラを使えば、あらゆるデータを自然界から直接入手できた。動物は、わずか十五グラムのハイテク装置をつけられたことに気づかずに熱帯雨林を歩き、南極マクマードサウンドの叢氷《そうひょう》の下に潜る。ついにグリズリーベアやオオカミ、キツネやカリブーの生態、ペアリングや狩り、移動ルートが解明された。オジロワシ、アホウドリ、ハクチョウ、ガン、ツルといっしょに世界の空を飛ぶことができた。今では、レーダー波で作動する、千分の一グラムという超小型送信機を昆虫に取りつけ、発信された信号を七百メートル離れた場所で受信できる。

追跡の大部分は人工衛星が担っており、システムは非常に巧妙だ。動物側から宇宙に向けて発信される電波を、フランスの宇宙開発機関CNESの運営する衛星システム、ARGOSがキャッチする。直ちに電波は、トゥールーズの本部やフェアバンクスの地上基地を経由して返送され、九十分以内にデータが各研究所に届けられるのだ。ほぼリアルタイムと呼べる速さだ。

クジラやアザラシ、ペンギンやウミガメの研究は、テレメトリにより独自の領域を開拓した。これまで未研究だった地球の生活空間に窓を開いたのだ。超軽量タグは装着した動物の個体データと同時に、水温、潜水の深度や時間、現在位置、進行方向や速度を記録する。ただし電波は水中を通過できず、ARGOS衛星が深海には効力がないと言われるゆえんだった。ザトウクジラは生涯の大半をカリフォルニア沿岸で送るが、一日のうちで海面に姿を現わすのは、わずか一時間だ。鳥類学者が飛行中のコウノトリを観察すると同時にデータを受信できる一方で、海洋生物学者は、クジラが潜水を始めれば研究を中断することになる。クジラの一部始終を観察するには、海底までカメラで追跡しなければならないが、そこまで潜れるダイバーはいないし、潜水艦は遅すぎてついていけない。

この問題を解決したのが、カリフォルニア大学サンタクルーズ校の科学者が開発した、水中カメラだった。従来型よりわずかに重いが、耐圧性のカメラをシロナガスクジラ、ゾウアザラシやウェッデルアザラシ、イルカにも装着した。すると、すぐに驚くべき現象が明らかになり、数週間後には、海棲哺乳動物に関する知識を膨大に広げる結果となった。しかし、クジラやイルカにカメラを装着するのは非常に難しい。ほかの動物のように簡単に装着できれば、成果は完璧だった。したがって、クジラの生息域を解明できる映像は多くない。アナワクもこの数時間、もっとデータが欲しいと考えていた。その一方で、データは多すぎるとも言えた。何を監視すべきか的を絞れない以上、とにかく全データ——何時間分もの映像や音声資料、計測データ、分析・統計データが必要となるのだ。

バンクーバー水族館のジョン・フォードは、この作業には永遠に終わりが来ないと嘆いた。

アナワクは、暇がないと言いわけすることはできなかった。〈デイヴィーズ・ホエーリングセンター〉の責任を問う声はなくなったものの、営業を中止しているからだ。今では、カナダやアメリカの西海岸を航行するのは大型船舶のみになった。バンクーバー島で起きた悲劇は、同時にサンフランシスコからアラスカにまで拡大していた。一連の襲撃事件の初期段階だけで、百隻以上の小型船やボートが沈没するか、航行不能になる損害を被った。週末には襲撃件数は減ったが、それは大型フェリーや貨物船以外は海に出なくなったからだ。いまだ情報は錯綜し、犠牲者数も確定できなかった。国が組織する事故調査委員会や危機管理機関が救援や調査活動に乗りだした。ヘリコプターがそこらじゅうを飛び交い、定員いっぱいの兵士や科学者、政治家が海上に目を凝らしては、ことごとく途方に暮れていた。

当然ながら、危機管理機関は外部の専門家にも意見を求めた。フォードが所属するバンクーバー水族館は科学調査の中心基地として抜擢《ばってき》され、重要なデータが入ってくるようになった。海洋生物に関係する全研究機関を傘下に入れ統括することになり、フォードは重責に苦しんだ。彼が引き受けた仕事は、何が核心なのか、つかみようがないのだ。百年に一度の大地震から核によるテロまでシナリオはさまざまあるが、どれも今回の事件には適合しない。彼は迷うことなくアナワクを呼び寄せた。クジラの頭の中を理解できる科学者は、彼をおいて北米大陸にはいない。答えはクジラの頭の中にある。クジラの知能が高いとすれば、正気の沙汰とは思えない。正気を失ったとすれば、クジラに何が起きたのか。

アナワクは皆から大きな期待を寄せられたが、やはり答えはわからなかった。今年初めから太平洋沿岸で収集されたテレメトリ・データを取り寄せた。昨日から、アリシア・デラウェアや水族館のスタッフとともに、位置データや水中マイクが拾った音などを分析しているが、成果は二十四時間経った今も上がっていない。そもそもテレメトリ・データは多くない。クジラがハワイやバハ・カリフォルニアから南極に向かって回遊を始めたとき、二頭のザトウクジラがタグをつけていた。しかしカリフォルニアを発《た》った直後、そのタグが脱落してしまったからだ。結局、唯一頼りになるのは、ブルーシャーク号の乗客が撮ったビデオだった。アナワクは〈デイヴィーズ〉でクジラの識別に熟練したスキッパーとともに、繰り返し映像を見て分析した。結果、ザトウクジラ二頭、コククジラ一頭、オルカ数頭を識別できた。

デラウェアの言うとおりだ。ビデオは大きな手がかりだった。

彼女に対する怒りは急速に消えていった。彼女は、歯に衣着せぬ物言いで思いついたことをすぐ口にするが、研究においては理性的で、優れた分析能力を持っている。それに、彼女には時間がたっぷりある。実家は、バンクーバーのブリティッシュ・プロパティと呼ばれる、富裕層が暮らす高級住宅地にあった。両親は彼女に贅沢《ぜいたく》な暮らしをさせるだけで、関心は薄かった。娘への関心の欠如と、いっしょに過ごす時間が少ないことを、両親は金で埋め合わせたのだ。親に気にかけてもらえない代わりに、彼女は贅沢をし、自分の好きな道を選ぶことができた。そして、状況はうまく運んだのだろう。彼女は、アナワクとの思いがけない共同作業を、生物学の実地研修のチャンスだと考えた。彼もスーザン・ストリンガーを亡くした今は、助手が必要だった。

スーザン・ストリンガー……

彼女を思い出すたびに、アナワクは助けてやれなかった自分を恥じ、責任を痛感した。オルカに捕えられた彼女を救う術《すべ》はなかったと自分に言い聞かせても、本当にそうなのかと自分を責めさいなんだ。バンドウイルカの自己認識について論文を発表したが、クジラのことを本当に理解していたのだろうか？　生贄《いけにえ》を解放するよう、オルカを説得できるはずがない。人間とは違う理性を持つオルカを納得させる術など、あるはずがない。

あったとしたら？

いや、オルカは動物だ。知能が高くても動物には変わりない。オルカにとって、獲物は獲物なのだ。

一方で、人間はオルカの獲物の範疇《はんちゅう》には入らない。あのとき、オルカは水に落ちた乗客を食べたのだろうか。それとも、単に殺しただけか。

殺人。

オルカに殺人の罪を着せられるのか？

アナワクはため息をついた。何の進展もない。目の痛みはひどくなるばかりだ。デジタルデータの入ったCD‐Rを一枚手に取ったが、裏表を返して見ただけで机に戻した。集中力は限界だった。丸一日を水族館で過ごし、討論をしたり、あちこちに電話をかけたりしたが、まったく進展しなかった。疲労困憊《こんぱい》していた。コンピュータの電源を切って、腕時計を見た。七時過ぎだ。立ち上がってフォードに会いにいくが、会議中だった。そこでデラウェアを探すと、人気《ひとけ》のない会議室で衛星データを調べていた。

「ジューシーなマッコウクジラのステーキはどうだい？」

彼はむっつりとした声で話しかけた。

彼女はアナワクを見ると、目をしばたたいた。青い眼鏡はコンタクトレンズに変わったが、疑り深い青い瞳をしていた。ウサギのような歯並びを見なければ、結構かわいい。

「いいわね。どこに行く？」

「近くになかなかの食堂があるんだ」

「食堂！　わたしがおごってあげる」

彼女は楽しそうな声を出した。

「そんな必要はない」

「〈カルデロズ〉に行きましょう」

「やめてくれよ！」

「あそこ、おいしいのよ」

「それはわかってる。だが、おごってもらおうとは思わない。それから、〈カルデロズ〉

は何というか……」

「最高！」

〈カルデロズ〉はコールハーバーというヨットハーバーの中心に位置する、天井が高く、大きな窓のある開放的なレストラン・バーだ。美しい風景を眺めながら、おいしい西海岸料理が味わえることで人気があり、隣接するバーはシックな装いの若者で賑《にぎ》わっている。アナワクのほつれたジーパンと色褪せたセーターという姿はふさわしくないし、何より、流行の場所は居心地が悪かった。一方、デラウェアにはお誂《あつら》えのレストランだと、彼も認めるしかない。

それなら〈カルデロズ〉だ。

二人はアナワクの古いフォードに乗り、ヨットハーバーに向かった。〈カルデロズ〉は早くから予約しなければ席が取れないのだが、運よく隅のテーブルが一つ空いていた。目立たない席だったことも、彼には幸いした。二人は店の看板メニュー〝ヒマラヤスギの炭でグリルしたサーモン、大豆とブラウンシュガー、レモン添え〟を注文した。

「さて、何かわかったか？」

ウエイターがさがると、アナワクが尋ねた。

「わかったのは、お腹が空いていることだけ。ちっとも賢くならないわ」

彼は顎をさすった。

「ぼくにはちょっと発見したことがある。あの女性のビデオだ」

「わたしのビデオよ」

「そうだったね。きみには何もかも感謝しているよ」

彼はばかにするように言った。

「感謝するのは一つで結構。それで、何がわかったの？」

「個体識別できたクジラでわかったんだが、あの攻撃に参加していたのは回遊型オルカだけだった。定住型は一頭もいない」

「そうよ、そもそも定住型の悪い噂なんか聞いたことがないもの」

「そのとおりだ。ジョンストン海峡ではクジラの襲撃はなかった。カヤックがたくさん出ていたのに」

「そうすると、危険なのは回遊するクジラね」

「回遊型か、沖合型も考えられる。認識できたザトウクジラもコククジラも回遊型だった。この三頭はバハ・カリフォルニアで越冬し、記録も残っている。尾びれの写真をシアトルの海洋生物学研究所にメールで送ったところ、三頭はこの数年、何度も目撃されていた」

デラウェアはいらいらと彼を見た。

「コククジラやザトウクジラが回遊することは、発見でも何でもないわ」

「これで全部ではない」

「なんだ、わたし……」

「あの日、ぼくがシューメーカーとグレイウォルフともう一度出かけたとき、奇妙なことがあった。けれど、すっかり忘れていたんだ。ぼくたちは乗客を助けなければならなかった。レディ・ウェクサム号は沈みつつあり、ぼくたちはコククジラの群れに襲われた。もうこれで、全員を助けて無事に帰るチャンスはないと確信した。そこへ、突然コククジラが二頭現われたんだ。ところが、ぼくたちに襲いかかるでもなく、少し離れた海面に浮かんでいるだけだ。そのうちに、ほかのクジラは後退していった」

「二頭は定住型だったの？」

「ちょうど十二頭のコククジラが一年中この近辺にいる。高齢で、過酷な回遊に耐えられないからだ。群れが南から戻ってくると、十二頭は群れに迎え入れられる。お決まりの儀式をやって、みんないっしょになるんだ。その一頭だとぼくにはわかった。明らかに、そのクジラは敵意を抱いてはいなかった。それどころか、ぼくたちは二頭に命を救われた」

「驚いたわ、あなたたちを守ってくれた！」

「こら、リシア。きみが擬人化するような言葉を使っていいのか？」

「三日前から、もう何でも信じるようになったのよ」

「守ってくれたというのは大げさだが、ほかのクジラを遠ざけてくれたのだと思う。二頭は攻撃をするクジラを好きじゃなかった。慎重に言うと、混乱していたのは回遊型だけということだ。定住型は同じ種類のクジラでも、穏やかに行動していた。回遊型の頭が混乱しているのが、定住型にはわかっているようだった」

彼女は考えこむような顔をして鼻を掻《か》いた。

「それなら辻褄《つじつま》が合うかもしれないわ。カリフォルニアからここに来る途中で、かなりの数のクジラが外洋で姿を消した。凶暴なオルカは太平洋の沖にいる」

「そうだな。クジラを変えたものがたとえ何であれ、必ず外洋にいる。深く青い海の広がる、ずっと沖に」

「でも、何が?」

「その答えは、われわれがさっさと見つけるのさ」

ジョン・フォードだった。いつの間にか現われ、椅子を持ってきて座ると言った。

「政府のお偉いさんからのひっきりなしの電話で、私の頭がおかしくなる前に」

「もう一つ閃いたことがあるわ。オルカはああいう行動が楽しいかもしれない。でも、コククジラは絶対に違う」

デラウェアがデザートを食べながら言った。

「どうしてそう思うんだい？」

アナワクが訊いた。

彼女はチョコレートムースを口いっぱいに頬張り、答えた。

「想像してみて。あなたたちが何かに向かって走り、その物体を投げ倒そうとする。あるいは、角ばったものの上に倒れこむとする。怪我をするリスクは大きいでしょう？」

フォードが応じた。

「そのとおりだ。そんなことをすれば怪我をする。動物は種を守る場合か、子どもを守るとき以外は、自らが怪我をするような行動はしない。もう少し想像をふくらませてみよう。あの行動が抵抗を意味するものだとしたら？」

彼は眼鏡をはずすと、仰々しく拭いた。

「何に対して？」

「捕鯨」

「捕鯨に抗議するクジラ？」

デラウェアが大声で訊いた。

「昔はあちこちで捕鯨船が襲われた。特に子どものクジラを狙うと」

フォードが言った。

アナワクは首を振った。

「そんなこと信じていないのでしょう？」

「一つの発想だ」

「いい発想ではありませんね。そもそもクジラが捕鯨というものを理解しているとは、まだ証明されてない」

「自分たちが狩られていることをクジラが認識していないと思うの？　くだらない！」

デラウェアが言った。

アナワクは目をぎょろりとむいた。

「クジラは必ずしも捕鯨を体系的に理解しているのではない。クロゴンドウクジラはいつも同じ入江で座礁する。フェロー諸島では、漁師がクジラの群れを追いこんで、手あたり次第に鉄竿を打ちこむ。まさに大殺戮だ。日本の富戸《ふと》では、バンドウイルカやネズミイルカを獲っている。クジラは自分たちを待ち受ける運命を、何世代にもわたって知っているはずだ。なのに、どうして同じところに戻っていくんだ？」

「確かにそれは特別な知能がある証拠じゃないな。だが、人間はいけないと知りつつ、温暖化ガスを出し続けるし、熱帯雨林を伐採する。これも、知能が高い証拠じゃないだろう？」

フォードが言った。

デラウェアは顔をしかめて、皿についたチョコレートムースの残りをかき集めている。

「そのとおりだ」

アナワクはしばらくして言った。

「何が？」

「リシアの言うとおり、ボートにジャンプしたり、ぶつかったときに、クジラは怪我をする可能性があった。たとえば、急に人を撃ち殺したくなったとする。きみたちならどうする？　眺めのいい場所に座り、銃を構えて発射する。だがそのとき、自分の足に弾を撃ちこまないように注意するはずだ」

「何かに判断力を奪われていなければ」

「催眠術か」

「あるいは病気か。そうだ、クジラは頭が混乱していたんだ」

「洗脳されたとか？」

「これ以上、想像をふくらませるのはやめよう」

三人はしばらく沈黙した。店内の喧騒が大きくなる中で、それぞれの考えに浸っていた。隣のテーブルの会話の断片が聞こえてきた。一連の事件は、メディアや市民生活にも影を落としていた。誰かが大きな声で、ここで起きた事件とアジアの海難事故を関連づけている。日本とマラッカ海峡では、この十年で最悪の海難事故が立て続けに起きていた。周囲から専門用語を交えた話し声も聞こえてきたが、客の食欲は衰えを知らないようだ。

「有害物質が関係するとしたら？　ＰＣＢなどが動物の脳に影響したとしたら？」

アナワクがようやく口を開いた。

「ひょっとしたら怒り狂ったのか。そうだ、クジラは抗議しているんだ。なぜなら、アイスランドは捕獲量の増量を要求し、日本はクジラを獲り続けている。ノルウェーは国際捕鯨委員会《IWC》を屁とも思っていないし、マカ族でさえまたクジラを獲ろうとしているからだ。これが現実だ！　きみたちも新聞で読んで知っているだろう？」

フォードがふざけた口調で応じ、にやりと笑った。

「科学調査チームのリーダーとしては、どこかずれてませんか？　真面目な科学者という名声は別として」

「マカ族？」

デラウェアがおうむ返しに言った。

「ヌゥ・チャ・ヌルス族の系統で、バンクーバー島の西側に住む先住民だ。捕鯨再開を、何年も前から法廷に訴えようとしている」

フォードが答えた。

「ありえない！　どうかしているんじゃない？」

「きみの文明人としての怒りを買うかもしれないな。けれど、マカ族は一九二八年を最後にクジラを獲っていない」

アナワクは言って、あくびをした。目はほとんど開けていられない。

「シロナガスクジラやコククジラ、ザトウクジラなんかを絶滅危惧種に追いやったのは彼らじゃない。マカ族にとって重要なのは伝統であり、文化の継承だ。部族の伝統的な捕鯨が忘れ去られてしまうと主張しているんだ」

「それがどうしたの？　食べたいのなら、スーパーマーケットで買えばいいでしょう」

「せっかくのレオンの仲裁を台無しにするものじゃない」

フォードは言って、ワインを自分のグラスに注いだ。

彼女はアナワクを見つめた。彼女の瞳の中の何かが変わっていた。

勘弁してくれよ！

彼が先住民に見えるのは明らかだ。しかし、彼女は間違った結論を引きだそうとしている。彼女の口から質問が飛びだすだろう。そうしたら、彼は説明するしかない。そう思うだけでもぞっとした。フォードが二度とマカ族の話を持ちださないように願った。

フォードとすばやく視線を交わした。

彼は理解してくれた。

「この話はいつかまた」

彼は言った。そして彼女が何か言おうとするのをさえぎった。

「有害物質のことは、オリヴィエラやフェンウィック、ロッド・パームに相談するのがいいな。だが、私は関係ないと思う。汚染は石油や塩化炭化水素の流出によるものだ。その結果は、きみもよく知っているだろう。免疫機能が低下して感染症にかかり、寿命をまっとうできない。だが、頭がおかしくなることはない」

「西海岸のオルカは三十年のうちに絶滅すると、予想した人がいなかった？」

ふたたび彼女が話に加わった。

アナワクは曖昧《あいまい》にうなずいた。

「このままだと、三十年から百二十年のうちだろう。有害物質だけが原因ではない。オルカの餌となるサケがいなくなるからだ。そうなったときに、まだオルカが有害物質が原因で絶滅していなければ、オルカはどこかへ移動する。知らない場所で餌を探すしかなく、漁師の網に引っかかる……あとは同じことの繰り返しだ」

「有害物質の線は忘れよう。オルカに限ったことなら、その線も考えられる。けれど、オルカとザトウクジラがいっしょになって攻撃していた……私にはわからないな」

フォードが言った。アナワクは考えこんだが、やがて静かに口を開いた。

「ぼくのクジラに対する考え方は知っているだろう？　ぼくは、クジラが意図を持つとも思わないし、クジラの知能を過大評価もしない。けれど……きみたちは、クジラが人間を厄介払いしようとしているふうに感じないか？」

二人は彼を見つめた。彼は反論を予想した。しかし、デラウェアがうなずいて言った。

「そうよ、定住型のほかは」

「定住型以外か。なぜなら、ほかのクジラがいた場所に、定住型のクジラはいなかったからだ。その場所で、ほかのクジラに何かが起きた。タグボートを沈没させた例のクジラ……わかったぞ！　答えは外洋にある」

「レオン、なんてことだ！　まるで海からモンスターが襲ってくるホラー映画じゃないか！」

フォードは椅子の背にもたれると、ワインを一杯あおった。

アナワクは答えなかった。

乗客のビデオには、もう見るべきものは残されていない。

アナワクがバンクーバーのアパートに戻り、眠れないままベッドに横になっていると、異常行動をしたクジラの一頭で実験するというアイデアが固まった。クジラを襲ったのが何であれ、今もクジラをコントロールしているからだ。送信機のタグとカメラとをクジラに取りつければ、必要な答えが返ってくるかもしれない。

問題は、ふだんおとなしいザトウクジラにタグをつけるのも困難なのに、凶暴になったクジラに、どのように取りつけるかだ。

それに、皮膚の問題もある。

クジラにタグを取りつけるのは、アザラシにつけるのとは全然違う。アザラシやアシカは、陸で休んでいるところを簡単に捕獲できる。タグは自然分解する接着剤を使って皮膚に貼りつける。接着剤はすぐに乾燥し、いつの間にか分解して消えてしまう。皮膚に残ったとしても、年に一度、毛が生え変わる際に全部とれてしまう。

一方、クジラやイルカに毛はない。皮膚はとてもなめらかで、まるで殻をむいたゆで卵のような手触りだ。水の抵抗を排除したり、バクテリアから身を守ったりするために、皮膚は薄いジェルのような物質で覆われ、常に新しい皮膚に生まれかわる。特殊な酵素のおかげで、ジャンプした際に古い皮膚がはげ落ちるのだ。だから、皮膚についているタグもいっしょにはずれてしまう。コククジラやザトウクジラの皮膚に、タグはつけられない。

彼は起き上がると、灯りもつけずに窓辺に寄った。アパートは、バンクーバーの観光スポットの一つ、グランヴィル・アイランドを一望する、古い高層ビルの一室だ。夜の街が輝いていた。彼の頭に次々と可能性がよぎった。なるほど、いくつか方法はある。アメリカの科学者は、タグを吸盤で貼りつける方法を考案した。船の舳や前方の波に乗って泳ぐクジラに、長い棒の先にタグをつけて貼りつけるのだ。取りつけるのは難しいし、成功しても、吸盤型タグは水圧に耐えられず、すぐにはずれてしまう。背びれに取りつける方法もある。しかし今この時期に、クジラに接近するのは困難だ。すぐに沈没させられてしまうのだから。

麻酔の使用も可能だが……

それには非常に複雑な手順が必要となる。それに、衛星テレメトリ用のタグだけではなく、映像を撮るビデオカメラも装着しなければならないのだ。

ふと、いいアイデアを思いついた。

もう一つ方法があった。

それには腕の立つスナイパーが必要となる。クジラは大きな的だが、確実に命中させることが肝心だ。

アナワクは何かにとりつかれたようにデスクに突進し、インターネットに接続した。次々とサイトを検索する。以前に読んだことがあるアイデアだ。あちこちを探しまわり、ようやく東京にある海中工学研究センターのアドレスに行き着いた。

この実験を実現に移すにはどうすればいいか。

実験には二つの方法を組み合わせる必要がある。大きな出費となるだろうが、国の対策本部はこの実験が事態の解決に貢献するのなら、嫌とは言わないだろう。

さまざまな考えが頭の中をぐるぐるまわっていた。

夜明け頃、ようやく彼は眠った。最後に考えたのはバリア・クイーン号と船会社のロバーツのことだった。これも厄介な問題だ。結局、ロバーツは電話をかけてこなかった。追加のサンプルをナナイモの研究所に送っていればいいのだが。

そもそも、報告書のコピーはどうなった？

いつも厄介払いされて、黙っているわけにはいかない。

明日はすることがたくさんある。

目が覚めたら、メモに書きだそう。まずは……

その瞬間、疲労困憊した彼は眠りに落ちたのだった。

四月二十日

フランス　リヨン

分子生物学者のベルナール・ローシュは自分を責めた。あの液体の調査を長いこと先送りしたからだ。だが、今さらどうしようもない。ロブスターが人間一人を、ましてや大勢を殺せるなどと予想できたはずがない。

あのロブスターが破裂して二十四時間後、ロアンヌのレストラン〈トロワグロ〉のシェフ、ジャン・ジェロームは意識が戻らないまま死亡した。直接の死因は今もって不明だ。明らかなのは、中毒性ショックで免疫機能が破壊されたということだが、ロブスター、つまりロブスターの体内にあった物質が原因だという証明はされていない。とはいえ、それは充分に考えられた。ほかのコックたちも病気にかかった。最も重症なのは、あの奇妙な物質に触れ、瓶に保存した見習いコックだ。彼らは皆、目眩《めまい》や吐き気、頭痛に襲われ、集中力の欠如を訴えた。この状況だけで、〈トロワグロ〉の営業は窮地に追いやられた。しかしローシュの懸念は、ジェロームが死亡してから、大勢のロアンヌ市民が同じ症状を訴え病院につめかけたことだった。そして、生きたロブスターが入っていた水槽の中で起きたことを突き止めると、ローシュは最悪の事態を覚悟した。

レストランに配慮してか、マスコミは事件を大きく扱わなかった。当然、報道はされたが、ほかの地域からも同様の事件の噂が聞こえてきた。被害は〈トロワグロ〉だけではなかったのだ。パリでは腐ったロブスターを食べて大勢が死亡したという。しかし、それは事実ではないとローシュは予感した。同じニュースが、ル・アーヴル、シェルブール、カーン、レンヌやブレストからも届いた。彼は助手に液体の分析をさせていたが、ブルターニュ産ロブスターが背景にあるとわかると、ほかの仕事を放りだして、自らが液体の分析に乗りだした。

彼はふたたび謎の化合物を発見した。すぐに、さらなるサンプルが必要だ。被害に遭った都市と連絡をとるが、原因となった食品を保管しておこうと考えた人間は、残念ながら一人もいなかった。ロアンヌ以外に、ロブスターが破裂したケースはない。しかし、食べてはならないと話題になり、人々はロブスターを捨ててしまった。また、捨てなかった人々も、調理寸前のロブスターの中から気味の悪い物質が染みだし、食べる気になれなかったようだ。ローシュは、あの見習いコックのように機転のきく者がいることを願った。だが、漁師も仲買人もコックも研究者とは違う。そこで、彼はまず推論を頼りとした。ロブスターの体内に潜んでいたものは一つではなく、二つの有機体だろう。一つは分解し、完全に消滅したゼラチン質。

一方、もう一つは生きている。密集する生命体は、彼がよく知るものに思われた。

顕微鏡を凝視した。

無数の透明な球体がテニスボールのように無秩序に動きまわっている。彼の推測が正しければ、その内部に、吻管《ふんかん》にあたる丸まったペドゥンクルスという器官があるはずだ。

この生物がジャン・ジェロームを殺したのか？

ローシュは滅菌のガラス針を手に取ると、急いで親指の先に突き刺した。血が一滴にじむ。それを慎重にスライドのサンプルに加え、ふたたび顕微鏡を覗いた。彼の血球は七百倍に拡大されて、ルビー色の花びらのようだ。ヘモグロビン入りの花びらは、液体の中をひらひらと舞っていた。一瞬で透明な球体の動きが活発になった。ペドゥンクルスが伸びて吸引管のように血球に突き刺さった。血球の中身を吸いだすにつれて、気味の悪い球体がピンク色に変わっていく。ますます多くの球体がローシュの血球に襲いかかった。一つの血球を飲み干すと、すぐに次の血球に移った。そのたびに球体は膨らんでいく。まさに彼の恐れていたとおりだった。球体一つが十個の血球を飲み干すことができそうだ。すると、最長でも四十五分で全部を飲み干す計算になる。彼はその光景に魅せられながら、予想よりもっと早く完了するだろうと思った。

事実、十五分で騒ぎは終わった。

彼は顕微鏡を前に凍りついた。やがてメモをとった。

おそらく、フィエステリア・ピシシーダ。

〝おそらく〟と書いたのは、まだ疑問が残るからだ。けれども、病気を引き起こし、人を死亡させた原因となる病原体を特定できたと確信した。彼が気に入らないのは、それがフィエステリア・ピシシーダという生物の、怪物とも言える仲間だという印象を受けたことだった。それは最強中の最強だ。なぜなら、フィエステリア属自体が怪物とみなされているからだ。直径百分の一ミリメートルの怪物。世界最小の肉食獣。最も危険な生物だ。

フィエステリア・ピシシーダは吸血鬼なのだ。

論文をいくつも読んだことがある。それが科学の世界に登場したのは、それほど昔ではない。一九八〇年代、ノースカロライナ州立大学で、実験用の魚が五十匹死んだことに始まる。魚が泳いでいた水槽の水質には見たところ問題はなく、水中にうようよしていた微小な単細胞生物のことも度外視していた。水を替えて魚を放したが、その日のうちに死んでしまった。何かが確実に死に至らしめたのだ。金魚、シマスズキ、ナイルテラピアは数時間以内に死に、わずか数分で死んだ魚もいた。魚はまず痙攣《けいれん》を起こし、苦しみながら死んでいった。毎回、どこからともなく微生物が水槽に現われ、瞬《また》く間に消えてしまう。

次第に状況が明らかになった。植物学者がその気味の悪い微生物を、新種の鞭毛藻《べんもうそう》であると識別したのだ。渦鞭毛藻《うずべんもうそう》類にはさまざまな種がある。その大半は無毒だが、有毒種も多く知られている。貝の養殖場をすべて汚染したり、海を血のような深紅に染める赤潮を引き起こしたりする種もある。しかしそれらは、この新種の足もとへも寄りつけない。

フィエステリア・ピシシーダは同属の他種とは比べようもないほど、強力な攻撃力を持つ。体型ではなく忍耐強さという点で、ダニを彷彿させた。この微生物は水底に死んだように沈んでいる。個々は体を保護する胞嚢《ほうのう》に包まれている。カプセルに閉じこめられたような形で、フィエステリアは何年も餌をとらずに生存できる。魚の群れが現われて水底に近づくと、この単細胞生物の食欲が目覚めるのだ。

そこで起きることは、奇襲攻撃としか表現のしようがない。胞嚢を破って、何十億個という渦鞭毛藻類がいっせいに浮き上がる。体の両端に鞭毛を持ち、一方をプロペラのように回転させ、もう一方で方向を定める。魚の体に貼りつくと神経毒素を放出し、同時にコイン大の穴を魚の体に開ける。ペドゥンクルスを傷口に差しこみ、獲物の血を吸うのだ。

満腹になると魚の体を離れ、ふたたび水底に沈んで新たな胞嚢に包まれる。

藻類が毒を持つことは、キノコと同じで珍しい現象ではない。大昔から知られており、聖書にもおそらく赤潮だと思われる現象が「出エジプト記」の中に描かれている。〝そして、水は血に変わった。魚が死に、悪臭が満ち、それでナイルの水は飲めなくなった〟。単細胞生物が原因で魚が死ぬのは特別なことではない。その残忍なメカニズムが最近ようやく判明しただけのことだ。まるで世界中の海や河川が病気にとりつかれたようで、その病気のセンセーショナルな徴候から、魚殺しを意味する、フィエステリア・ピシシーダという名がつけられた。海洋生物は毒物に汚染され、サンゴは新種の病に見舞われ、海草は感染する。すべては世界の海の現状を反映していた。有害物質の投棄、魚の乱獲、沿岸地域の無意味な開発、さらに地球温暖化によって海は疲弊している。この恐ろしい殺人藻類が新しく生まれたものなのか、周期的に出現するのかという議論はあるが、地球を前代未聞の方法で占領したことは確かだ。自然は新しい生物を生みだすことで、無限の創造性を証明したのだ。ヨーロッパにはフィエステリアが現われないと喜んでいたのに、ノルウェーで大量の魚が死に、サケの養殖は絶望の淵に立たされた。原因はクリソクロムリナ・ポリレピスという、フィエステリアの兄弟分だった。次にどのような事態が起きるか、あえて予想する者はいない。

さて、フィエステリア・ピシシーダがロブスターを襲った。

だが、本当にフィエステリア・ピシシーダだったのか？

いくつもの疑いにローシュは苛《さいな》まれた。今、顕微鏡で覗いた単細胞生物の行動はその藻類と一致するが、これまでに読んだ論文の記載よりも、ずっと攻撃的なのだ。次々と疑問が浮かんでくる。なぜ、ロブスター自身は長いこと生きのびられたのか。渦鞭毛藻類はロブスターの体内にいたのか。ゼラチン質に結合していたのか。消滅したゼラチン質は、いずれにせよ藻類とはまったく別の物質に見えるが、未知の生物なのか。二つがいっしょにロブスターの体内から発生したのか。しかし、それならロブスターの体内で何が起きたのか。

そもそも、それはロブスターだったのだろうか。

ローシュは途方に暮れた。だが、一つだけ確信を持って言えることがある。正体が何であろうと、一部はすでにロアンヌの水道水に入りこんでいる。

四月二十二日

ノルウェー沖　大陸縁辺部

海上では、世界は海と空しかない。だが、その境が鮮明に見えるときもあれば、見えないときもある。天気のいい日、空は無限大の宇宙に吸いこまれていくようだ。雨の降る日は、自分が波の上にいるのか下にいるのかわからない。ハードボイルドな海の男ですら、世界をモノトーンに変える雨の日には気が滅入る。水平線はかすみ、黒い波が輪郭《りんかく》のない灰色の雲の中に消えていき、光も影も希望もない重苦しい世界だけが残される。

北海やノルウェー海では、遠くからでも海洋プラットフォームの姿が望めた。しかし、海洋調査船ゾンネ号が二日前から航行する大陸斜面の水域は、海洋油田地帯からは遠く、ほとんどのプラットフォームは肉眼では確認できない。かすかに見えていた坑井タワーも、今日は霧雨の向こうに消えてしまった。湿った冷気が、防水ジャケットやオーバーオールの下に忍びこんでくる。大きな雨粒の雨のほうが、霧雨よりはずっとましだろう。雨は空から降るだけでなく、海からも立ち昇ってくるようだ。ヨハンソンが思い出す、いちばん不快な日だった。彼はフードを額まで引き下ろすと、船尾に向かった。そこでは技術スタッフが観測装置の引き上げ作業をしている。途中で、ボアマンといっしょになった。

「ゴカイの夢を見ないかい？」

ヨハンソンが尋ねた。

「まだ大丈夫だ。あなたは？」

「これはきっと映画なんだと思って逃避したいよ」

「それはいい。監督は誰にする？」

「ヒッチコックなんかどうかな？」

ボアマンがにやりと笑った。

「『鳥』の深海バージョンだね。面白そうだ――さあ、着いた！」

彼はヨハンソンを残して、さらに後部に急いだ。クレーンの先に吊り下げられた巨大な円形の採水装置が海上に姿を現わした。上半分にはプラスチック製の筒状ケースをいくつも備え、さまざまな水深で採取した海水が入っている。ヨハンソンは、装置が引き上げられサンプルが回収される様子を見守った。しばらくすると、ティナ・ルンと彼女の上司クリフォード・ストーン、スタットオイル中央研究所の副所長ヴィステンダールの三人がデッキに現われた。ストーンが急ぎ足で彼に近寄ってきた。

「ボアマンは何か言ってましたか？」

「ヒューストン、問題発生！――べつに何も」

ヨハンソンは肩をすくめて言った。

ストーンはうなずいた。人に食ってかかるような態度は、すっかり影を潜めていた。ゾンネ号は南西方向に下る大陸斜面に沿って計測をしながら、スコットランド北部まで来ていた。深海の映像はカメラシステムから送られてくる。カメラはスチール棚のような不恰好な曳航体の中に、計測機器や強力なライトとともに装備されていた。曳航体を船尾から吊り下ろしたまま航行し、映像が光ケーブルを通じてモニター室に送られる仕組みだ。

一方、ノルウェーの海洋調査船トルヴァルソン号では、無人潜水機ヴィクターが撮影して映像を送ってくる。船は大陸斜面に沿って北東に進み、トロムソまでのノルウェー海を調査していた。二隻は海底石油生産ユニットの建設予定地点から調査航行を始め、同じ場所に戻ることになっている。二日後に再会したときには、ノルウェー海と北海の大陸斜面が完璧に調査されたことになるだろう。ボアマンとスカウゲンの提案で、その水域を初めて調査するように念入りに調べることになっていた。しかし、ボアマンが最初の計測データを発表してから、新たに明らかになったことは何もなかった。

それは昨日の早朝のことだった。海中のカメラからはまだ映像が送られてきていない。寒さが身にしみる夜明け頃、採水装置を海中に沈めた。ゾンネ号が大波を滑り落ちるたびに、ヨハンソンはエレベータが降下するような感覚を必死で無視した。最初に採取された水のサンプルは、すぐに地震波調査室に運ばれて分析された。しばらくして、ボアマンからメインデッキの会議室に集合するよう連絡があった。磨き上げられた木のテーブルを囲んで座り、誰もが興味を抱いて押し黙っていた。目をこすったり、あくびをしたりする者はいない。コーヒーカップを包む両手の指に、ゆっくりと温かさが伝わっていった。

ボアマンは全員が揃うまで辛抱強く待った。視線は、手もとにおいた一枚の用紙に向けられていた。

ようやく彼が口を開いた。

「最初の計測データを発表するが、これは速報データだ」

彼は目を上げ、一瞬ヨハンソンを見てからヴィステンダールに視線を向けた。

「皆さんの中に、メタンプルームに詳しい人はいないだろうか?」

ヴィステンダールの研究チームの若い男が、自信なさそうに首を振った。

そこでボアマンが説明を始めた。

「メタンプルームは、海底からメタンガスが噴出する際に発生するガスの柱だ。水と混ざり、海流に乗って上昇する。一般に、プルームは海洋プレートが沈みこむところに発生する。海底の堆積層《たいせきそう》が圧迫された結果、液体やガスが海底から出てくる、よく知られた現象だ。しかし太平洋と違い、大西洋には高い圧力がかかる場所はない。もちろんノルウェー沖にも。海洋プレートがまだ沈みこんでいないからだ。ところが今朝《けさ》、ここで高いメタンプルーム濃度を検出した。それは過去の計測データには現われていない」

「濃度はどのくらいですか？」

ストーンが訊いた。

「気がかりな数値だ。われわれがオレゴンで計測したのと同じくらいなのだ。オレゴンには巨大な断層がある」

「私の知るかぎりでは、ノルウェー沖には常にメタンが漏れています。ずっと以前のプロジェクトのときからわかっていた。ガスは常に海底のどこかから漏れており、必ず説明のつくものだ。何のために、そうやって煽《あお》るんです？」

ストーンは額に皺を寄せないように苦労して言った。

「あなたの意見は核心からずれている」

ストーンはため息をついた。

「私が知りたいのは、この計測結果が心配するに値するかどうかです。ここまで話を聞いたかぎりでは判断できない。これは時間の無駄だ」

ボアマンは愛想笑いを浮かべた。

「ドクター・ストーン、このあたり、特にここより北には、大陸斜面にメタンハイドレートが固く貼りついている。厚さは六十から百メートルにも達し、まるで巨大な氷の蓋だ。だが、氷の層が垂直に分断されている場所があることも判明している。そこでは何年も前からガスが漏れているが、理論的には漏れだすはずのない場所だ。水圧や水温を考えると、海底は凍っているはずだから。だが、ガスが漏れている。あなたが言うのは、そのガスのことだろう。漏れでたガスとともに生きることはできる。それどころか無視することも可能だ。だが、安全だと思うべきではない。なぜなら、計測数値が大きくなっているからだ。繰り返すが、メタンガス濃度は非常に高い」

「本当にガスが漏れだしているのですか？　つまり、地層内部のガス、あるいは……」

ルンが尋ねた。

「メタン氷が解けていると？　それは重大な問題だ。メタン氷が解けはじめたとしたら、その場所のパラメータが変わったことになる」

ボアマンはためらいながら答えた。

「それが今回のケースだと思われるのですか？」

ルンが訊いた。

「パラメータは二つある。水圧と水温。だが、海水温の上昇を示す数値も、海面の低下を示す数値も計測していない」

「私が言うとおりじゃないですか。われわれは、誰も疑問に思わない質問の答えを探そうとしているんだ。たった一つのサンプルの話ですよ。たった一つだ！」

ストーンは大声で言って、賛成を求めるように周囲を見た。

ボアマンはうなずいた。

「ドクター・ストーン、あなたの言うことはもっともだ。これはすべて推論だ。だが、真実を明らかにするために、われわれはここに来た」

その会議のあと、ヨハンソンとルンは食堂へ向かった。

「ストーンには腹が立つ。あいつ、いったいどうしたんだ？　今回の調査を妨害しているように見えないか？　プロジェクトの責任者だからだろうか」

「デッキに張り倒してやれたらいいのにね」

「海に放り投げられて当然だ」

二人は入れたてのコーヒーを持ってデッキに戻った。

「計測結果をどう思う？」

ルンがひと口飲んで尋ねた。

「結果じゃない。経過報告だ」

「そうね。それで、どう思うの？」

「わからないね」

「何か言ってよ」

「ボアマンは専門家だ」

「ゴカイが関係していると思う？」

彼は先日オルセンと話したことを思い出した。

「今のところは、そうは思わない。関連づけるのは時期尚早だろう」

彼は言葉を選んで答えた。コーヒーに息を吹きかけ、頭を襟の中にすくめた。頭上には
どんよりとした空が垂れ下がっている。

「言えるのは一つだけ。この船より、家にいたいということさ」

これが昨日のことだった。

回収されたばかりの海水サンプルが分析されているあいだ、ヨハンソンはブリッジの奥の通信室に行った。船は衛星回線によって世界中と結ばれている。彼はこの二、三日、コンタクトをとるためのデータバンクを整理し、すべて個人的な興味からだと偽って、さまざまな研究機関や科学者にEメールを送った。すぐに来た返事はがっかりするものだった。新種のゴカイを見た者はいない。そこで、研究航海中のほかの船にも問い合わせてみたのだ。彼は椅子を引きだし、ノートパソコンを通信機器のあいだにおくと、メールボックスを開いた。今回も収穫は少ない。唯一興味を引かれたのは、オルセンからのメールだ。南米やオーストラリアでのクラゲの異常発生は手がつけられないと知らせてきた。

〈海上でもニュースを聞くかどうか知らないが、昨夜、ニュース特番があった。クラゲは大群をなして海岸に出没している。キャスターは、クラゲは人間が暮らす地域をめがけているようだと言うが、それはばかげている。また衝突事故があった。日本でコンテナ船二隻だ。小型船も何隻か行方不明になったが、今回は救難無線があった。ブリティッシュ・コロンビアの奇妙な事件は詳細がはっきりしないまま、相変わらずマスコミが騒ぎ立てている。噂を信じるなら、カナダではクジラが繰り返し人間を襲っている。やれやれ、信じられないよな。以上、トロンヘイムから楽しいお知らせでした。溺《おぼ》れるなよ〉

「ありがとう」

ヨハンソンはつぶやいた。いい気分にはなれなかった。

事実、ニュースはほとんど聞かない。調査船に乗っていると、時空の落とし穴にいるようだ。仕事が多すぎてニュースを聞く暇がないというのが表向きの理由だが、本音は、船底を波がたたいた瞬間から、町のことや政治、戦争のことから解放されたいのだ。しかし、航海に出て一、二カ月もすれば世俗の記憶が急に薄れ、文明の香りを運んでくれるヒエラルキーやハイテク、映画やマクドナルドや、決して揺れない大地が無性に恋しくなるものだ。

彼は集中力がなくなったのを感じた。二日前から絶え間なくモニターに映しだされる光景が目に浮かぶ。

ゴカイ。

大陸斜面に蠢《うごめ》くゴカイ。メタン氷に覆われた海底は、何百万匹というピンク色をした生き物の下に消えてしまった。恐ろしいまでの数に膨れ上がったゴカイは、氷に穴を開けようとしている。もうここだけの現象ではない。われわれは海底が侵略されるのを見た。ゴカイはノルウェーの海のすべてで蠢いているのだ。

まるで、ゴカイは誰かに魔法で呼び寄せられたように……

どこかで、同じ現象を見た者がいるはずだ。

ゴカイとクラゲは関連があるという考えを、なぜ捨てきれないのか？　まともな説明などつかないというのに。

ばかげた考えだ！

だが、ばかげた考えは何かの始まりなのではないか。これまで見逃していた何かの。

これは始まりにすぎない。

途方もなくばかげた何かの始まり。

オルセンのニュースを確かめるためCNNに接続していると、ルンがやって来て紅茶の入ったカップを彼の前においた。見上げると、彼女は共犯者のような笑みを浮かべた。湖にいっしょに出かけて以来、二人の関係には無言の連帯感が加わっていた。

アールグレイの香りが漂った。

「船にこんなものがあったのか？」

ヨハンソンが驚いて尋ねた。

「船にこんなものはないわ。あなたに持ってきてあげたのよ」

彼は眉を上げた。

「それはご親切に。で、今度は何のお願いだ？」

「それならお礼を言ってもらいたいわ」

「ありがとう」

彼女の視線がパソコンに止まった。

「進展があった？」

「何も。海水の分析はどうなった？」

「知らない。もっと大切な仕事をしていたから」

「そんな仕事があるのか？」

「ヴィステンダールの助手を手伝っていたの」

「どうして？」

「彼、魚に餌をやってたの。まさに保存肉だわ」

彼女は肩をすくめて言った。

ヨハンソンは思わず笑ってしまった。ルンは船員言葉を覚えたいようだ。調査船は、乗組員と科学者という二つの世界が出会うところだ。両者は、相手の言葉や習慣やおかしな癖に合わせようと努力する。しばらく相手の様子を探り合い、いつしか信頼できる仲になっている。それまでは、軽い冗談を言い合うくらいの適度な距離を保つのだ。保存肉とは、船員言葉で新入りの意味だった。陸を離れたばかりで、船上生活に慣れていない者。当然、胃も海の上の生活に慣れていない。

「きみも吐いたのは初めて？」

「あなたは大丈夫なの？」

「もちろん」

「へえ！」

「本当だ！　見てのとおり、絶対に船酔いなんかしない」

彼は誓うように片手をあげた。

「わかったわ、あなたは立派な船乗りね」

彼女は言ってメモ用紙を出すと、彼の前のテーブルにおいた。Eメールのアドレスがメモしてある。

「次はグリーンランド海かも。ボアマンの知り合いがそこにいるの。名前はバウアー」

「ルーカス・バウアー？」

「知ってるの？」

彼はゆっくりうなずいた。

「何年か前にオスロの会議で会ったことがある。彼が講演をしたんだ。確か、彼は海流の調査をしていたのではないか」

「彼は設計エンジニア。深海で使う装置や高圧タンクなど何でも設計する。ボアマンが言うには、深海シミュレータでも作れるそうよ」

「そのバウアーがグリーンランド沖に？」

「数週間前から。あなたが言うように、彼の仕事は海流に関連している。計測を続けているから、ゴカイ探しの有力候補者といったところね」

彼はメモを受け取った。バウアーの研究航海のことはまったく知らなかった。

グリーンランド沖にもメタンが埋まっているのだろうか。

「スカウゲンのほうはどんな具合だ？」

彼女は首を振った。

「大変そうよ。思うようにはいかないらしい。彼、誰かに口かせをはめられたようで。意味はわかるでしょう？」

「誰に？　役員会にか？」

「スタットオイルは国営企業よ」

「それでは、彼は何もできないな」

彼女はため息をついた。

「それに、みんなばかじゃないわ。見返りもなしに情報を汲み上げられようとしたら、誰でも口をつぐんでしまう」

「私が予想したとおりだ」

「あなたはいつでも賢いわ」

外から足音が聞こえてきた。ヴィステンダールの部下が扉に頭をのぞかせた。

「会議室へお願いします」

「いつ？」

「今すぐです。分析結果が出たので」

ヨハンソンとルンは視線を交わした。すでに二人には真実が見えていた。彼はパソコンを閉じた。二人は男のあとをメインデッキに向かった。窓ガラスを雨が伝っていた。

ボアマンは両手をテーブルについて身を乗りだした。

「ここまでの調査で、大陸縁辺部のすべてが同じ状況であることが判明した。海はメタンでいっぱいだ。われわれの計測結果とトルヴァルソン号の結果は一致した。多少の数値の揺れはあるが、結論は同じだ」

彼はひと息おいた。

「かなりの場所で、メタンハイドレートが不安定になりはじめている」

誰もが沈黙して、身じろぎひとつしなかった。彼を見つめ、次の言葉を待った。

やがて、スタットオイルの人間がいっせいに口を開いた。

「どういう意味ですか？」

「メタン氷が解けている？　ゴカイはメタン氷を不安定にはしないと、あなたは言ったじゃないですか」

「海水温の上昇を検知しましたか？　上昇していないとなると……」

「その因果関係は？」

ボアマンが片手をあげた。

「皆さん！　これが現状だ。私は今でも、ゴカイがメタン氷にそれほどのダメージは与えないと考えている。その一方で、メタンの分解が始まったのは、まさにゴカイが現われてからだと考えるしかない」

「なんとありがたいことだ」

ストーンがつぶやいた。

「どのくらい前からその現象は起きているのでしょうか？」

ルンが尋ねた。

「数週間前に出航したトルヴァルソン号の計測データを調べてみた。つまり、初めてゴカイに遭遇したときのことで、データは正常値だった。数値が上昇したのは、そのあとだ」

ボアマンが答えた。落ち着いた声を出そうと苦労している。

「いったいどういう意味です？　水温が上がったんですか？」

ストーンが訊いた。

ボアマンは首を振った。

「いや。安定要因に変化はない。メタンが漏れているとすれば、堆積層の奥深くに原因があるはずだ。ゴカイが到達できないような、ずっと深いところに」

「どうして、そうだと断定できるのです？」

「われわれが証明……ドクター・ヨハンソンの協力を得て、われわれが証明したのは、ゴカイが酸素なしには生きられないということだ。数メートルほどしか掘り進めない」

「それはシミュレーションタンクの実験でしょうが」

ストーンは見くだしたように言った。どうやら、新たなライバルを見いだしたようだ。

「水温が上がっていないとすれば、海底面の温度が上がった可能性は？」

ヨハンソンが尋ねた。

「海底火山かね？」

「ちょっと思いついただけだよ」

「理にかなった思いつきだが、この近辺では考えられない」

「ゴカイがかじったメタン氷のガスが海中に漏れたのでは？」

「それだけで充分な量のガスは出ない。高い数値を考えると、ゴカイがガス層まで達したか、相当の氷を解かすことができたかだ」

「ガス層まで掘れるはずがない」

ストーンが頑《かたく》なに主張した。

「前にも言ったように、それは不可能だが……」

「ドクター・ボアマン、あなたの話はよくわかった。今度は私の考えを言おう。ゴカイには体温がある。個々の熱が発散すれば、氷の表面が解ける。二、三センチメートルだろう。だが、それでも……」

「海底に生息する生物の体温は、同時に水温も上昇させる」

ボアマンが冷静に言った。

「それはそうでも、もし……」

「クリフォード、詳細が判明するまで待とうじゃないか」

ヴィステンダールが言って、ストーンの腕を押さえた。優しいしぐさだったが、ストーンは明らかな警告と受け取ったようだ。

「くそ」

「無駄だよ。理屈をこねるのはやめるんだ」

ストーンは下を向いた。ふたたび沈黙が訪れた。

「メタンが漏れ続けたらどうなりますか？」

しばらくしてルンが尋ねると、ボアマンが答えた。

「いくつかのシナリオがある。ハイドレート層が簡単に消失する現象は知られている。メタン氷は一年以内に解けてしまう。まさに、今ここで起きていることかもしれない。おそらく、ゴカイがその現象を加速しているのだろう。すると数ヵ月後には、ノルウェー沖の大気中のメタン濃度がかなり上昇することになる」

「五千五百万年前のメタンショックのように？」

「いや、それにはメタンガスの量が少なすぎる。私は憶測でものを言うつもりはない。けれども、水圧が下がらず、水温上昇もないのに、こういう現象が続くはずがない。どちらにも異常な数値は検知されていないのだ。これから採泥器を海底に下ろす。もっと何かわかるだろう」

彼は話し終えると会議室を出ていった。

ヨハンソンはグリーンランド沖にいるルーカス・バウアーにEメールを送ることにした。こういう問い合わせをするうちに、自分が生物学の探偵にでもなった気になった――このゴカイを見たことがありますか？　どんな姿かたちですか？　ほかの五種類のゴカイといっしょにしたら、あなたは見分けられますか？　このゴカイが、あのご婦人からハンドバッグをひったくったのですか？

少し迷ったあげく、まずオスロでの会議の謝辞を書いた。有益な情報が次のステップにつながる。それから、最近グリーンランド沖で、高いメタン濃度を検知しなかったかどうか尋ねた。この質問をしたのは、バウアーが初めてだった。

しばらくしてデッキに出ると、船尾のクレーンにぶら下がったグラブ採泥器を、ボアマンの地質学研究チームがチェックしているところだった。少し離れたところでは、船員たちがデッキブラシの入った大きな箱に腰を下ろし、話をしていた。箱は長年のあいだに、見張り台と居間を兼ねた休憩所としての地位を確立している。目のつまった布がかけてあり、カウチと呼ぶ者もいた。そこに座って、科学者や助手たちのおぼつかない様子を眺め、ジョークを飛ばすのだ。しかし今日は冗談を言う者はいない。船員たちのあいだにも緊張した雰囲気が張りつめていた。科学者たちが何をしているか、たいていの者はわかっていた。大陸斜面でおかしなことが起きている。誰もが思いをめぐらせた。

ここからは手早く作業しなければならない。ボアマンは船を超低速で走らせるよう指示した。これまでに映像や音波を使った海底探査で見つけた、最適の地点のサンプルを採取するためだ。ゾンネ号の下には、メタンハイドレートの海底が広がっている。サンプルを採取するには、海洋科学にジュラ紀があるなら、その頃に生まれたような巨大な怪物を海底に下ろす。数トンはある鋼鉄製のグラブ採泥器だ。特に新しい技術ではなく、荒っぽいが確実な方法で海底の地層を採取することができる。グラブが左右の顎を広げたまま海底に突き刺さり、そのまま深く侵入する。顎を閉じて、数百キログラムの泥、氷、岩石や生物をひとまとめにすくい取り、人間の世界にウィンチで巻き上げるのだ。船員の中には、Tレックスと呼ぶ者もいた。船尾のクレーンにぶら下がったグラブが大きく顎を開き、今にも海に飛びこもうとする姿を見れば、だれでも恐竜を連想するだろう。まさに科学に貢献する怪物だ。

この採泥器は怪物並みの驚くべき能力を備えるが、弱点もある。驚くべき能力は、装置の内部にカメラと強力なライトを装備し、操作する人間はグラブの目線で状況を見て、正しいタイミングで作動させられる点だ。一方、弱点はこっそり忍び寄れないことだった。慎重にグラブを下ろすが、慎重になりすぎてもいけない。堆積物にグラブを突き刺すには、ある程度の勢いが必要だからだ。巨大なグラブが動く際にできる水流だけで、たいていの生き物は逃げてしまう。魚もゴカイもカニも、すばやく動ける生物は、グラブが近づいただけで身の危険を察知し、襲われる前に姿を消す。改良型の機種でさえ、同じように自らの存在を知らせてしまう。かつて、この弱点に業を煮やしたアメリカ人科学者が言った。「海底には多くの生物がいる。だが困ったことに、われわれが近づくとすぐ逃げてしまう」

グラブが船尾から海中に下ろされた。ヨハンソンは目に降りかかる雨を拭うと、モニター室に行った。船員がジョイスティックを動かして、ウインチを操作している。何時間もこの作業を続けているというのに、集中し調子も上々だ。それは必要なことだった。深海のぼんやりした光景を見続けていると、しまいには催眠術にかけられた気分になる。一瞬の不注意で、フェラーリ何台分にも相当する高価な装置が海に沈んでしまうのだ。

室内は薄暗かった。モニター画面の灯りが人々の顔を青白く照らしていた。世界はすっかり消えてしまい、科学者が暗号を解読しようと目を凝らす海底だけが残される。

グラブを下ろすウインチの音が外から聞こえてきた。

海水は、画面からほとばしり出るような勢いだ。やがて、鋼鉄製のグラブはプランクトンの世界を沈んでいった。海の色は青緑色から灰色に、そして漆黒に変わった。ときどき明るい光の点が彗星のように飛び去っていく。エビやオキアミ、名もない小さな生き物だ。

深海の旅は音楽がないだけで、昔のテレビドラマ『スタートレック』シリーズのオープニングクレジットにそっくりだった。モニター室は死んだように静まり返っている。深度計の数字が猛烈な勢いで変わっていった。いきなり、月面のような海底が画面に飛びこんできた。ウインチが止まる。

「マイナス七百十四」

ジョイスティックを握る船員が言った。

「まだだ」

ボアマンは身を乗りだして言った。

たくさんの貝が画面に現われた。貝はメタン氷の上に住みたいようだが、ピンク色の体をくねらせるゴカイに覆われている。ゴカイはメタン氷を掘るだけでなく、貝の殻の中にも食いこんでいる。鉗子《かんし》のような口吻《こうふん》が突きでて貝の肉を食いちぎると、チューブ状のゴカイの体が殻の中に消えていった。白いメタン氷はどこにも見えないが、蠢《うごめ》くゴカイの下にあることは明らかだ。あたり一面から気泡が立ち昇り、白く輝く小片が上に向かって漂っていった。メタンハイドレートの破片だ。

「今だ」

ボアマンが言った。

海底が一気に迫る。瞬間、ゴカイが棒立ちになり、まるでグラブを出迎えているかのように見えた。すぐに画面が黒一色になる。鋼鉄のグラブがメタン氷に突き刺さり、ゆっくりと口を閉じていった。

「どうなってるんだ……？」

ジョイスティックを操作する船員が喘《あえ》いだ。

コントロールパネルの表示がめまぐるしく変わった。一瞬止まったが、すぐに数字が動きだす。

「グラブが氷を突き抜けました。どんどん沈んでいます」

ヴィステンダールが身を乗りだした。

「どうしたのだ？」

「巻き上げろ。早く！」

ボアマンが叫んだ。

船員はジョイスティックを手前に引いた。表示が止まり、数字が逆回転しはじめた。グラブは閉じたまま上がってきた。カメラができたばかりの巨大な穴を映しだした。たくさんの大きな気泡がゆらゆらと立ち昇っている。そのとき、大きなガスの丸い塊が噴きだしてグラブを直撃した。グラブはガスに包みこまれ、画面は沸き立つ泡の渦に呑みこまれた。

グリーンランド海

ゾンネ号から数百キロメートル北上した海上で、カレン・ウィーヴァーは数えるのをやめた。

五十周まで数えると、あとは科学者たちの仕事の邪魔にならないようにデッキを走った。ルーカス・バウアーが忙しいのが幸いだった。彼女には運動が必要なのだ。できることなら氷山を登るとか、アドレナリンが噴出するようなエキサイティングなことをしたかった。海洋調査船の上でできる運動は少ない。ジムはあるが、三台しかない退屈なマシンに辟易《へきえき》し、結局、走ることにしたのだ。第五フロートの準備をするバウアーの助手たちの脇を走りすぎる。船員たちの脇を走りすぎる。仕事をしている者もいれば、何人かで立ち話をし、彼女の後ろ姿を追う者もいる。きわどい言葉を口にしているのだろう。

彼女の半ば開いた口の前に、規則正しい間隔で白い雲が次々湧き上がった。

持久力を鍛えなければならない。持久力が弱点なのだ。その代わり、彼女は並はずれて逞しかった。裸の彼女はブロンズ像のようだ。輝く肌の下に、目を見張るような筋肉が張りつめている。肩甲骨《けんこうこつ》のあいだには、ハヤブサの美しい刺青《いれずみ》があった。翼を広げ、くちばしを大きく開き、爪をむきだしている。だが、ボディビルダーの不恰好さとは無縁だ。モデルとしても成功したかもしれない。けれど身長が足りず、肩幅が広すぎた。彼女は小さな美しい鎧《よろい》を身にまとい、アドレナリンのためなら奈落の底に喜んで立つ女性だった。

奈落とは、深度三千五百メートルの深海だ。海洋調査船ジュノー号の下にはグリーンランド深海平原が広がる。ちょうどフラム海峡を通って北極海の冷たい海流が南下するあたりだ。アイスランド、グリーンランド、ノルウェー北部、スヴァールバル諸島に囲まれた海に、世界の海のポンプの一つがあった。そこで起きる現象にルーカス・バウアーは興味を持っている。もちろん、カレン・ウィーヴァーや彼女の読者もそうだった。

バウアーが彼女に手招きした。

つるつるの禿頭、大きな眼鏡、先の尖《とが》った白い顎鬚。バウアーは、彼女が知る科学者の誰よりも、世間離れした学究肌の人間だ。六十歳。猫背だが、細い体には力強いエネルギーが満ち溢れていた。彼女はルーカス・バウアーのような人間に惹《ひ》かれる。そういう人々が秘める超人的な意志の力に魅了されるのだ。

バウアーの明るい声が聞こえてきた。

「カレン、こちらにおいで！　信じられるか？　このあたりでは、一秒間に千七百万立方メートルの海水が深海に沈んでいるんだ。千七百万だよ！」

「先生、その話はもう二十回も聞きましたよ」

ウィーヴァーはバウアーの腕に手をおいて言った。

彼は額に皺を寄せた。

「そうだったかな？」

「フロートの機能を教えてください。わたしに広報活動をさせたいのなら、ちゃんと説明してくれないと」

「そうだ、フロートだった。自動漂流モニタリングフロート……だったね？　そのために、きみがここにいるんだ」

「わたしがここにいるのは、フロートの流れがわかる、海流のコンピュータ・シミュレーションを作るためです。忘れたんですか？」

「覚えているよ。それではきみは何も……さて、私にはちょっと時間がないし。仕事が山ほどあって。見ているだけではだめかね？」

「先生！　いいかげんにしてください。フロートの機能を説明すると約束したでしょう」

「確かにそうだ。私の論文の中に……」

「それは読みました。でも、半分しか理解できません。これでも科学の予備知識はあるんです。一般読者向けの科学雑誌は、誰でもわかる言葉で書かなければならないんですよ」

彼は傷ついたような目で彼女を見つめた。

「私の論文はわかりやすいと思うが」

「ええ、先生と、世界中に二ダースほどいる、先生のご同僚にとっては」

「そんなばかな。ちゃんと読めば……」

「いいえ。先生の口から説明してほしいんです」

彼は顔をしかめた。やがて、優しい笑みを浮かべた。

「私の学生が私の仕事の邪魔をすることは許されない。自分自身でさえ、仕事を中断してはならないのだ。では、私はどうすればいいのだ。きみの頼みを拒絶することはできない。きみのことは好きだよ。きみは何というか……きみを見ていると……まあいい、いっしょにフロートを見にいこう」

彼は痩せた肩をすくめた。

「そのあとで、これまでの成果について聞かせてください。問い合わせが来ているので」

「誰から?」

「雑誌に、テレビに、研究機関から」

「すごいね」

「すごくはありません。普通です。これがわたしの仕事なんです。先生は広報活動が何か、本当にわかってますか？」

彼はいたずらっぽい目をして笑った。

「きみの口から説明してほしいな」

「たとえ十回でも説明しますよ。でも、先生の説明が先です」

「悪いが、フロートを海に流さなければならないんだ。それが終わったらすぐに……」

「わたしに約束したことをするのです」

彼女は脅迫するように言った。

「でもね、私にも問い合わせが来ている。世界中の科学者と文通しているんだ！　私から何を聞きたがってるか、わかるかね？　さっきもEメールを受け取った。ゴカイについて尋ねてきた。ゴカイだよ！　それから、高濃度のメタンを検知しなかったか、だ。もちろん検知した。だが、なぜそんなことを知っているのだろうか？　だから私は……」

「それは、わたしが代わりに引き受けます。わたしを先生の共犯者にしてください」

「私が……」

「本当にわたしのことが好きなら」

バウアーは目を丸くした。

「あ、そうか！　わかったよ」

彼は言って、くすくす笑いだした。猫背の背中が震えている。

「だから私は結婚しなかったんだ。ずっと脅迫されてる気がするからね。よろしい、あらためるよ。さあ、行こう」

ウィーヴァーは彼のあとを追った。フロートはクレーンに吊るされて、灰色の海の上にぶら下がっていた。本体は細いシリンダーと、その上にガラス製の球体が二つついた構造で、パイプを組んだ、高さ数メートルの枠の中に納まっている。

バウアーは両手をこすり合わせた。ダウンジャケットは明らかに大きすぎて、まるで北極の珍しい鳥のようだ。

「さて、このフロートを海流に入れる。すると、フロートはいわゆる水の粒子の一つとなって流れに乗る。まず、深海に向かって急降下する。前にも言ったように、このあたりでは海水は沈んでいるんだ。もちろん、沈むプロセスは見ることはできないが……どう説明したらいいか？」

「専門用語なしで」

「わかったよ。すごく簡単な仕組みだ。海水はどれも同じ重さではない。いちばん軽いのは暖かい真水。塩辛い水は真水よりも重い。塩分濃度が高くなるほど重くなる。塩には重量があるからね。また、冷たい水は温かい水より重い。密度が高いからだ。つまり、水は重くなればなるほど、冷たくなる」

「冷たくて、塩辛い水はいちばん重いんですね」

「そう、まさにそのとおりだ！　海流は海表面だけでなく、深さの違うところも循環する。温かい水は海面を、最も冷たい水は海底を流れている。そのあいだに深層海流が存在するんだ。温かい水は海面を何千キロも旅をして、冷たい水域にやって来る。水が冷やされると……」

「重くなる」

「ブラヴォ、正解！　水は重くなって沈む。海面にあった海流は深層海流、あるいは海底の海流になって循環するというわけだ。もちろん逆向きもある。海底から海面に、冷たいところから暖かなところへ。こうして、海水は大規模で三次元的な循環を続けている」

フロートが海面に下ろされた。バウアーは手すりに駆け寄ると、大きく身を乗りだした。そして振り返ると、彼女にいらいらと手招きした。

「さあ、こっちに来なさい。ここのほうがよく見える」

彼女が隣に来ると、彼は目を輝かせて海を見わたした。

「このフロートが全部の海流に乗るといいね。素晴らしいだろうな、信じられないくらいのデータが手に入ったら」

「あのガラス球は何ですか？」

「どれ？　あれは浮きだ。水中でバランスをとるんだ。足もとには錘《おもり》がついている。だが、心臓部はシリンダーの中だ。電子制御装置、マイクロプロセッサ、発電機。それからハイドロ補正器。素敵な名前じゃないか？　ハイドロ補正器だよ！」

「それが何か説明していただければ、もっと素敵ですが」

「おっと……もちろんだ」

彼は尖った顎鬚を引っ張った。

「われわれは考えた。どうやってフロートを……つまり、液体は圧縮できない。だが水は例外だ。それほどは圧縮できないが……つぶすことができる。それがこの装置の機能だ。シリンダーの中で水を圧縮して、常に水の量を一定に保つ。すると水は重くなったり、軽くなったりするわけだ。そうすることで、フロートの重量を変化させられるようになった」

「すごい」

「もちろんだ！　これを自動で作動するようにプログラムしてある。圧縮、減圧、圧縮、減圧。潜水して浮上して潜水する。われわれは指一本動かさなくてもいいのだ。素敵だとは思わないか？」

　彼女はうなずいた。フロートが灰色の波に沈んでいく。

「こうしてフロートは何カ月でも何年でも自律して海中を漂う。音波信号を送ってくるから、位置を探知し、海流のスピードや方向を知ることができる――あ、沈んだ。見えなくなってしまった」

　フロートは海に消えた。バウアーは満足そうにうなずいた。

「これからどっちに漂っていくんですか？」

「それが問題だ」

　ウィーヴァーは彼を見た。彼の目は燃えていた。やがて、あきらめのため息をついた。

「きみは私の成果について聞きたかったんだね」

「それも今すぐに」

「きみは駄々っ子だね。頑固な子だ。では、ラボへ行こう。言っておくが、成果はかなり物騒なものだ……」

「世界は物騒なことばかりですよ。知らないんですか？　クラゲの異常発生、人々は行方不明になり、海難事故はあとを絶たない。先生のお友だちはいい人ばかりなんですね」

　彼は首を振った。

「そんなことが起きているのか？　きみの言うとおりだ。私には決して広報活動を理解できないな。私はただの科学者だ」

ノルウェー海　大陸縁辺部

「くそ、ブローアウトだ！」

ストーンがうなった。

ゾンネ号のモニター室では、誰もが食い入るように画面を見つめていた。海底に地獄が口を開けたようだった。

ボアマンがマイクに向かって言った。

「ここを脱出するんだ。ブリッジに伝える。全速だ」

ルンは踵《きびす》を返すと部屋を走りでた。ヨハンソンは一歩遅れて、彼女のあとに続いた。船内は騒然となった。突然、誰もが走りだした。彼も作業デッキに向かって滑るように走った。そこでは、ルンが指示して船員や技術者たちが冷凍タンクを移動させている。船が急に加速すると、ウインチのケーブルが震えた。

ルンが彼を見つけて駆けてきた。

「どうしたんだ？」

ヨハンソンが大声で尋ねた。

「ガス溜まりに突きあたってしまったのよ。こっちに来て！」

彼を引っ張って手すりに駆け寄ると、ヴィステンダール、ストーン、ボアマンが合流した。スタットオイルの技術者二人がクレーンの真下、ちょうど船尾の甲板が海に向かって急勾配で下りはじめるところに立ち、注意深く見まわしている。ボアマンは張りつめたケーブルに目をやった。

「あいつは何をしている。なぜ、ウインチを止めないんだ？」

彼は吐き捨てるように言うと、船内に戻っていった。

その瞬間、海が激しく泡立った。大きな白い塊が、波を突き破って海面に現われた。ゾンネ号は全速力で走っている。グラブ採泥器のケーブルが引っ張られて、激しい音を立てていた。男が一人クレーンに向かって走り、両腕をぐるぐるまわした。

「こっちに来い。逃げるんだ！」

クレーンの下にいるスタットオイルの技術者たちに叫んだ。

ヨハンソンは男に見覚えがあった。船員たちのあいだで、シェパードと呼ばれる一等航海士だ。ヴィステンダールが振り返って、彼も二人に合図した。そのときだった。何もかもが一瞬のことだった。船は泡立つ間欠泉《かんけつせん》の真っ只中にいる。グラブの輪郭《りんかく》が海面すれすれに見えた。強烈な硫黄の臭いが周囲に広がった。ゾンネ号の船尾が沈み、鋼鉄製のグラブが沸き立つ地獄から飛びだした。グラブはブランコのように揺れながら、巻き上げられていく。技術者二人のうち、後ろの男がグラブが迫るのを見て、デッキに身を投げた。もう一人は驚愕して目を見開き、じりじり後ずさってよろけた。

彼をデッキに引き倒そうと、シェパードと呼ばれる男がジャンプした。しかし間に合わなかった。何トンもの重量のグラブが直撃し、彼は大きく弧を描いて数メートル宙を飛ばされた。デッキに仰向けに落ちるとそのまま滑り、やがて止まった。

「なんてこと！」

ルンの口から喘《あえ》ぎ声が漏れた。

彼女とヨハンソンが駆け寄ると、シェパードと船員たちが男のそばにひざまずいていた。

シェパードが顔を上げて言った。

「動かしてはだめだ」

「わたしが……」

ルンが言いかけた。

彼女はいらいらと爪を噛んだ。ただ手をこまねいて見ていることに耐えられないのだ。彼女は、海底の泥が滴《したた》り落ちるグラブに近寄った。揺れはほとんど収まっている。

「開けて！　残っているものは全部タンクに入れるのよ！」

ヨハンソンは海を見た。悪臭を放つ泡が、なおも海底から立ち昇ってくる。しかし、その数はしだいに少なくなっていった。ゾンネ号は脱出に成功したのだ。メタン氷の最後の塊が波間に漂い、消えていく。

グラブが音を立てて開くと、大量の氷と泥が落ちた。まわりを囲んだボアマンの助手や船員が、できるかぎりのメタン氷を集めて液体窒素の中に入れている。タンクから白い煙が立ち昇った。ヨハンソンは、ボアマンを手伝って氷塊を拾い集めた。デッキは毛の密生した小さな生物で溢れていた。体をぴくぴくと動かすゴカイや、顎を突きだすのもいるが、大半は一気に浮上したために死んでしまったようだ。温度と圧力の急激な変化に耐えられなかった。

彼は拾った氷塊を観察した。氷には細い穴が開いている。その中でゴカイが死んでいた。氷塊は、何度もひっくり返して眺めるうちに音を立てて解けていった。氷はすばやく保存しなければならないのだ。もっと穴の開いた氷もあったが、明らかにゴカイの開けた穴から解けはじめている。クレーターのような穴が氷に開いていた。ところどころに、ねばねばした糸のようなものが付着している。

何だろう？

彼は氷を保管するのも忘れて、指で粘質物をつまんだ。バクテリアの集合体の断片のようだ。バクテリアがメタン氷の表面を覆うことは知られているが、なぜ氷の奥深くにまで入りこんでいるのだろうか。

数秒後、氷は解けた。彼はあたりを見まわした。デッキは泥の混じった大きな水溜まりになっていた。グラブの直撃を受けた男の姿はない。ルンやヴィステンダール、ストーンもデッキにはいなかった。ボアマンが少し離れたところで手すりに寄りかかっている。

「いったい何が起きたんだ？」

ヨハンソンが近づいて尋ねた。

ボアマンは目をこすった。

「ブローアウトに見舞われたんだ。グラブが二十メートル以上も氷を突き抜けてしまい、その下からガスが噴きだした。モニターに映った巨大な泡を見ただろう？」

「あのあたりでは、氷の厚さはどれくらいだろう？」

「七十から八十メートル。過去形で言うほうがいいかもしれない」

「じゃあ、海底は何もかもが崩壊してしまったと？」

「そう言える。ここだけのケースかどうか、早急に調べなければならない」

「またサンプルを採取するのか？」

「もちろんだ。事故は起こしてはならなかった。ウインチを操作する男がグラブを巻き上げ続けた。船は全速前進だ。ウインチは止めるべきだった」

ボアマンはひと息おいて、彼を見た。

「ガスが上がってきたとき、何か気づいたか？」

「船が沈むような感じだった」

「そのとおりだ。ガスが水の表面張力を減少させた」

「船が沈没していたかもしれないと？」

「何とも言えない。魔女の穴というのを聞いたことがあるか？」

「いや」

「十年前、男が一人で海に出たきり帰ってこなかった。最後となった無線で、男はこれからコーヒーを入れるところだと伝えた。まもなく、ある海洋調査船がその船が海底にあるのを発見した。そこは岸から五十海里離れた、北海の海底に開いた恐ろしく深い穴だ。船にはまったく損傷がなく、そのまま海底に沈んでいた。まるで石が沈んだようだった。つまり、水に浮く物体が沈んだようには見えなかった」

「バミューダ・トライアングルのようだな」

「いいところに気がついた。まさにそれが仮説だ。最も真実に近い仮説だろう。バミューダ、フロリダ、プエルトリコのあいだには、いつも強烈なブローアウトが起こる。このガスが空中に立ち昇れば、飛行機のタービンにさえも引火する。ここで起きた何倍もの規模のブローアウトだ。海水の密度は低下し、船はあっさり沈んでしまう」

ボアマンは言って冷凍タンクを指さした。

「あれをすぐにキールに送る。分析すれば、海底で何が起きているのかわかるはずだ。必ず解明すると約束しよう。一人の命を失ったのだから」

ヨハンソンはメインデッキを見やった。

「では……？」

ヨハンソンは答えなかった。

「即死だった」

「次はグラブの代わりに、ピストンコアラーを使う。そちらのほうが安全だ。われわれは真実を見つけださなければならない。この海底にむやみにユニットが建設されるのを、黙って見ているわけにはいかない」

ボアマンは鼻を鳴らし、手すりから体を離した。

「だが、こんなことにわれわれはすっかり慣れてしまったと思わないか？　何が起きているのか懸命に説明するが、誰も聞いてくれない。すると、どうなるか？　企業が科学研究の新たなスポンサーになる。われわれがここにいるのも、スタットオイルがゴカイを見つけたからだ。国に研究費がなくなると、企業が金を払うことになる。科学研究の基本理念はもうどこにもない。ゴカイは研究対象ではなく、この世から排除するべき問題として見られる。科学研究は企業にあとから許可証を与えることだけを問われるのだ。ゴカイはたいした問題ではないのかもしれない。だが、誰かよく考えているか？　おそらく問題はまったく違うことなのだ。ゴカイの問題を片づけることで、もっと事態を悪くするかもしれない」

そのあと、北東に数海里離れた地点で、無事、海底の堆積物から十二本の柱状試料《コア》を採取した。ピストンコアラーは五メートルの長さのチューブに絶縁体とアームがついた器具で、注射器のように地層のコアを吸いこみながら、さらにピストンの力でチューブを地層内に押しこむことができる。チューブに地層がそのまま柱状に採取される。チューブ内は海底の温度と圧力が保持されるため、採取した堆積物、氷、泥や生物をそのままの状態で引き上げられる。ボアマンは回収したチューブを船の冷蔵室に運ぶと、コアの中の生物が混ざらないよう、まっすぐ横に並べた。コアの調査は船ではせず、深海シミュレータ内の正確な環境で行なわれる。今は、海水分析とモニター画面の観察だけで満足するしかなかった。

先ほどの惨事のことを考えなくても、メタン氷の上にゴカイが蠢《うごめ》く光景を延々と見ているだけで、誰もがうんざりした。言葉を交わす者はいない。モニター画面の青白い光を浴びて、人々の顔も青ざめて見える。スタットオイルの技術者の遺体はコアといっしょに冷蔵室に安置されていた。トルヴァルソン号と、海底ユニット建設予定地点で合流するのは中止になった。急いでクリスチャンスンに入港して遺体を降ろし、コアを待機する飛行機にのせなければならないからだ。ヨハンソンは通信室や自分のキャビンで、Eメールの返事をチェックした。ゴカイを見たという返事はない。メキシコ湾で発見されたコオリミミズのようだが、知識がないので詳細はわからないという返事もあった。

クリスチャンスンまで三海里のところで、ルーカス・バウアーからの返事を受け取った。解釈のしかた次第で期待の持てる、初めての返事だった。

彼はメールを読んで、下唇を嚙みしめた。

エネルギー企業と接触するのはスタットオイル社のスカウゲンの仕事だ。ヨハンソンの役割は、石油資源調査とかかわりのない研究所や科学者に尋ねることだ。しかし、先ほどボアマンは、ものごとには違う光をあててみろというようなことを言っていた。

〈国に研究費がなくなると、企業が金を払うことになる〉

何の制約も受けずに研究ができる機関は、まだあるのだろうか？

科学研究が企業にしか支えられないのであれば、どの研究所も何らかの形で企業のために働くことになる。非公式に財政援助を受けるのも、研究機関としての仕事を失いたくなければ、ほかに選択の余地はない。ボアマンの所属するゲオマールでさえ、ガスハイドレートの教授ポスト新設を可能にする、ドイツのエネルギー会社ルアガス社との提携を期待している。企業の資金で研究できるのは魅力的だが、結局はスポンサーの利益につながる研究を期待されるのだ。

ヨハンソンはもう一度バウアーの返事を読んだ。

自分のアプローチのしかたは間違っていた。質問をする前に、まず研究所や科学者と企業とのつながりを調べるべきだったのだ。スカウゲンが役員会にこの話を持ちだす一方で、自分は企業とつながりのある科学者に問い合わせをしていた。遅かれ早かれ、誰かが口を開くのだろうが。

問題は、企業とのつながりをどのようにして見抜くかということ。

だが、それはたいした問題ではない。重労働なだけだ。

彼は立ち上がると、ルンを探しに通信室をあとにした。

四月二十四日

カナダ　バンクーバー島　クラークウォト入江

つま先、踵《かかと》。

アナワクは忍耐強く踵の上下運動をしていた。つま先立ちになっては、踵を下ろす。それを休みなく繰り返す。つま先、踵、つま先、踵。早朝のことだった。空は輝くばかりの青空で、旅行パンフレットの写真のようだ。

落ち着かなかった。

つま先、踵、つま先、踵。

木の桟橋の先には水上飛行機が待機している。濃紺の水面に白い機体が映り、さざ波が立っていた。伝説の傑作機、ＤＨＣ‐２ビーヴァーだ。五十年以上前に、カナダの航空機メーカー、デ・ハヴィランド社が製作し、今なお使われている。これに勝る飛行機が現われないからだ。ビーヴァーは北極も南極も制覇した質実剛健な飛行機だった。

アナワクの計画には最適の飛行機だ。

彼は赤と白のストライプに塗られた出発棟を眺めた。町から車で数分のトフィーノ空港は、普通の空港とは様子が違う。むしろ、狩猟区か漁村を思わせた。平屋建ての木造家屋が数軒、大きな湾に面して絵のように並び、木々の茂る丘の向こうに高い山々がそびえている。彼は進入路を見た。メインストリートから大きな木立の下を通り、湾まで続いている。皆すぐに到着するだろう。彼は携帯電話の相手の声を聞きながら、顔をしかめた。

「もう二週間ですよ。そのあいだ、ロバーツさんからは何の連絡もないんです。ぼくには何でも事情を知らせろと、言っていたのに」

彼は言った。秘書は少し間をおいて答えた。

「ロバーツは現在とても忙しくて」

「ぼくだってそうです」

彼は声を荒らげた。すぐに踵の上下運動をやめ、柔和に聞こえるように声を抑えた。

「そのあいだに状況は悪くなる一方だ。ぼくたちの抱える問題と、イングルウッド社の問題には明らかに関連があります。ロバーツさんもそう考えるでしょう」

しばらく間があった。

「どのような共通点ですか？」

「クジラです。これは明らかです」

「バリア・クイーン号は舵板に損傷がありました」

「そうですね。でも、タグボートは襲われた」

「タグボートが一隻沈没したのは事実です。クジラのことは、わたしは知りません。ですが、あなたからお電話があったことは、ロバーツに申し伝えます」

秘書は丁寧《ていねい》だが、関心のなさそうな口調で言った。

「そちらのためになることだと、伝えてください」

「来週以降にはご連絡さし上げると思います」

「以降？」

「ロバーツは出張中です」

これは何かあると、アナワクは思った。やっとの思いで自分を落ち着かせる。

「ロバーツさんは、バリア・クイーン号に付着している生物のサンプルを、ナナイモの研究所に送ると約束してくれました。あなたも、その話は知らないとは言わないでくださいよ。ぼくが自分で潜って船体からもぎ取ったんです。貝と、もう一種類」

「ロバーツから聞いたかもしれませんが……」

「ナナイモの研究所では、さらにサンプルが必要なのです！」

「出張から戻りましたら、その件も彼が手配するでしょう」

「遅すぎるんです！　あのね……もう結構です。また電話します」

彼は怒って携帯電話をポケットに突っこんだ。そこに、シューメーカーのランドクルーザーが音を立てて進入路をやって来た。タイヤの下で小石を軋ませながらカーブを切り、出発棟の狭い駐車場に入ってきた。アナワクは彼らに近づいた。

「きみたちは時間厳守の手本にはなれないな」

アナワクは機嫌の悪い声を出した。

「たったの十分だぞ！」

シューメーカーが降りてきた。デラウェアともう一人、頭を短く刈りこみ、サングラスをかけた、体格のいい黒人の青年を連れている。

「レオン、そう細かいこと言うなよ。ダニーを待ってたんだ」

アナワクは青年と握手した。青年は気のよさそうな笑みを浮かべた。彼はカナダ空軍の狙撃手で、アナワクの作戦に公式に派遣されたのだ。彼はクロスボウを持参していた。

「きれいな……島……ですね。で、おれは……何を……する……んです？」

ダニーはチューインガムを噛みながら、間延びした声で言った。

「聞いてないのか?」

アナワクは驚いて訊き返した。

「聞きました。クロスボウで……クジラを撃つと。びっくりした……だって……禁止されてるでしょ」

「もちろんだ。さあ行こう。機内で説明するから」

「ちょっと待った」

シューメーカーが言って、開いた新聞を彼にかざした。

「もう読んだか?」

アナワクは見出しに目を走らせた。

「トフィーノのヒーロー?」

彼は信じられないというように言った。

「今やグレイウォルフは売れっ子だ。インタビューでは控えめにしているが、これを読んでみろよ。反吐《へど》が出るぞ」

アナワクがつぶやくような声で読みはじめた。

「"……カナダ国民として当然のことをしたまでです。もちろん、おれたちには命の危険があった。しかし、無責任なホエールウォッチングで被った被害を、少しでも修正したかったのです。クジラには大きなストレスがかかっており、その影響は計り知れないと、おれたちのグループは何年も前から指摘しています〟——あいつ、完全にいかれてないか？」

「先を読んでみろよ」

「〝〈デイヴィーズ・ホエーリングセンター〉を批判することはできません。ですが、彼らが正しくない行動をしたのは事実です。動物保護の隠れ蓑《みの》を着た金儲け主義のクジラ観光ビジネスは、北極で絶滅危惧種のクジラを追いかけまわす日本の嘘偽りとまったく同じで醜悪なのです。そして二〇〇二年には、四百トン以上のクジラの肉が市場に出まわった。DNA分析によると、明らかに研究目的で捕獲したクジラの肉だったのです。にもかかわらず、いまだに研究目的の捕鯨が公式に検討されています〟」

アナワクは新聞から目を離した。

「とんでもないやつだ」

「彼の言うことは間違っているの？　日本はいわゆる調査捕鯨で、わたしたちの不興を買っているんだと思うけど」

デラウェアが言った。

「それはそうだ。だが、グレイウォルフのやり方は卑劣だ。ぼくたちを日本と同類にしようという魂胆だ」

アナワクが声を荒らげた。

「やつがそれで何を企んでいるのかは、わからないが」

シューメーカーが首を振って言った。

「決まってるじゃないか。自分を重要人物にしたいんだ」

「でも……とにかく彼はもうヒーローなのよ」

彼女は両手を大きく動かして言った。

彼女の言葉はアナワクの感情を逆なでした。彼はデラウェアを睨みつけた。

「本当にそうかな？」

「そうよ。彼は皆の命を救った。確かに、あなたたちを批判するのはフェアではない。でも、少なくとも彼は勇敢だったし、それに……」

「グレイウォルフは勇敢じゃない。あいつのすることは何もかも計算ずくだ。だが、この新聞記事は見当違いだ。マカ族の怒りを買うに決まってる。血族を名乗るあいつが捕鯨に反対して激しく戦うのは、面白くないはずだ。レオン、違うか？」

シューメーカーがうなるように言った。

アナワクは答えなかった。

ダニーがチューインガムを右の歯から左に嚙み替えて尋ねた。

「いつ出発するんだい？」

そのとき、パイロットが飛行機の開いた扉から何か叫んだ。アナワクが振り返ると、手を振って合図している。ジョン・フォードからの連絡が入ったのだ。出発の時間だった。

シューメーカーの問いには答えずに、彼の肩をたたいて言った。

「〈デイヴィーズ〉に戻ったら、やってほしいことがあるんだ」

「いいよ。おかげさまで、時間はたっぷりあるから」

シューメーカーは肩をすくめて言った。

「バリア・クイーン号の事故の報道を調べてほしい。新聞、インターネット、テレビ報道」

「かまわないが、なぜだ？」

「ちょっと」

「ちょっとじゃわからない」

「何も報道されなかったような気がするから」

「そうか」

「とにかく記憶にないんだ。何か覚えてるか？」

シューメーカーは空を見上げ、まぶしそうに目をしばたたいた。

「いや、アジアの海難事故のはっきりしない報道ぐらいで、覚えてないな。おれたちが批判の矢面《やおもて》に立たされてからは、新聞を読むのはやめたし。だが、そのとおりだ。考えてみれば、まったく報道されてないな」

アナワクは飛行機をぼんやりと見つめた。

「そうなんだ。じゃあ、行ってくるよ」


機体が離水すると、彼はダニーに言った。

「このタグをクジラの脂肪に撃ちこんでくれ。クジラの脂肪は痛みを感じない。どうしたら、長期間タグをつけておけるか問題だったんだが、発信機とセンサーを装備した特別な矢をクジラに撃ちこむという画期的な方法を、最近、キールの生物学者が考案したんだ。矢はしっかりと脂肪に食いこみ、クジラはそうとは知らず、二週間ぐらい矢をつけたまま泳ぎまわってくれる」

ダニーは彼を見つめた。

「キールの生物学者か。いいんじゃない？」

「うまくいかないと思うのか？」

「そうじゃないっすよ。ただ、クジラが本当に痛がらないってことを、誰が保証したのかなと思って。これは、とんでもなく精密さを要する任務なんです。矢の先が脂肪より深くに入らないと、どうしてわかるんです？」

「ブタの半身で試したんだ」

「ブタの半身？」

「矢の先がどこまで入るか、真っ二つに切ったブタで試した。すべて計算問題だ」

「生物学者って、とんでもないやつらだ」

ダニーの眉がサングラスの遥か上まで上がった。

「人間に向けて撃ったら、矢の先が入るのはちょっとだけ？」

デラウェアが後部座席から尋ねた。

アナワクは振り返った。

「ちょっとで充分だ。それだけで死んでしまうから」

DHC－2が旋回すると、眼下で湾が輝いた。

「ほかにも方法はあった。だが重要なのは、クジラを一定期間ずっと観察することだ。それには、クロスボウを使うのがいちばん確実だった。矢につけたタグは、クジラの心拍数や体温、水温や水深、泳ぐ速度などを記録する。難しいのは、カメラを取りつけることだ」

「カメラも矢に取りつければいいじゃないっすか。簡単でしょう」

ダニーが言った。

「きみはどんなカメラか知らないだろう。それに、クジラを見たいんだ。それには、カメラをクジラに取りつけるのではなく、少し離れたところから撮影しなければ意味がない」

「そのためにURAを使うのよ。日本の新しいカメラロボなの」

デラウェアが説明した。アナワクは愉快な笑みを浮かべた。彼女の言い方は、まるで自分が発明したかのようだ。

ダニーが彼女を振り返った。

「ロボットなんてどこにもないけど」

「ここにはないわ」

飛行機は波のうねりに届くほどの低空飛行で、外海を飛んでいた。いつもなら、小型貨物船、ゾディアックやカヤックがバンクーバー島の沿岸を行き交っている。しかし、今は沖に出ようという猛者《もさ》はいない。クジラの攻撃などものともしない、大型の貨物船やフェリーだけが遠くを航行している。今、海に浮かんでいるのは一隻のどっしりとした船だけだった。いかなるものもその船を沈めることは不可能で、ましてやそれ以外の危険に遭うとは思えない。水上飛行機は海岸の岩礁から遠ざかり、その船をめざした。

「URAはウィスラー号の船上だ。あそこに見えるタグボート。ぼくたちがクジラを見つけてタグを撃ちこんだら、カメラロボの出番だ」

ジョン・フォードはウィスラー号の船尾に立ち、目に手をかざして日差しをさえぎった。DHC-2が近づいてくる。数秒後、水上飛行機はタグボートの上すれすれを飛び越し、大きく旋回した。

無線機を口もとにあててアナワクを呼びだした。盗聴の恐れのない周波数を使っている。軍や科学者用に特別なチャンネルが割りあてられているのだ。

「レオン？　そっちは順調か？」

「ジョン、よく聞こえます。最後に群れを見たのは？」

「北西の方向だ。船から二百メートルたらず。約五分間、次々と姿を現わした。だが、クジラは距離を保っていた。八頭から十頭いて、二頭を識別できた。一頭はレディ・ウェクサム号の襲撃に加わったクジラで、もう一頭は先週、ユークルーリトで漁船を沈めた」

「そっちの船を襲おうとしましたか？」

「いや。船のほうがずっと大きいから」

「群れの様子は?」

「平和なものだ」

「わかりました。おそらくあの一団だ。でも、まずは識別しないと」

フォードは次第に遠ざかるDHC－2を目で追った。機体を傾けて大きく弧を描くと、また戻ってくる。彼の視線はウィスラー号のブリッジに止まった。船は個人企業の所有で、バンクーバーを母港とするオーシャンタグだ。全長六十三メートル、全幅十五メートル。百六十トンの曳航力は、世界最大級のタグボートだった。この船の大きさとパワーは、クジラの攻撃を寄せつけないだろう。ザトウクジラが船尾に直接ジャンプしたとしても、多少揺れるくらいだ。

それでも彼は落ち着かなかった。クジラは、海に浮かぶ船を手当たり次第に攻撃するあいだに、どこを狙えば損傷を与えられるか理解するようになっていた。神出鬼没のオルカ、コククジラ、ザトウクジラのほかに、ナガスクジラやマッコウクジラまでも船を襲っている。明らかにクジラは攻撃のたびに学習していた。まさか、このタグボートは襲撃しないだろう。しかし彼が気がかりなのは、恐水病のような病気がクジラの認識能力を狂わせないかということだ。哺乳動物は知性的に行動する。カメラロボにはどう反応するだろうか。

彼はブリッジに無線で呼びかけた。

「始まるぞ」

頭上をDHC‐2が旋回していた。

襲撃事件を起こしたクジラの識別ができると、クジラの監視が始まった。タグボートは三日前に出航し、バンクーバー島に向かった。そして今朝、ついに群れを発見した。そのコククジラの群れの中に、襲撃するクジラたちを捉えた動画に写る二頭の尾びれを確認していた。

フォードは、手遅れになる前に真実を究明できるかどうか疑問だった。科学者たちの穏健なやり方に対する、漁業組合や船舶組合の不満の声が日に日に高まるのを聞くと、背筋が凍る思いだ。彼らは武力による解決を要求していた。二、三頭を殺せば、残ったクジラは人間を襲うのは得策ではないと納得するはずだ。そういう彼らの無理な要求は、短絡的ではあれ、実を結ぶことがあるから危険だった。事実、動物保護や倫理の観点から長年にわたって培《つちか》ってきた信用を、クジラは一瞬にして失ったのだ。今のところ対策本部は、クジラの異常行動の原因が判明しないかぎり、武力では効果がないとしている。彼らの要求には応じていないが、襲撃に対して応戦するオプションはあった。政府が最終的にどのような判断を下すかはわからない。だがその前に、漁師や違法な捕鯨船が自力で行動に出るのは目に見えている。どのように対処すべきか答えが見つからないまま、意見の対立だけが激しくなり、彼らはますます勝手な行動がとりやすくなる。

海上の戦い。

フォードは船尾におかれたカメラロボに目をやった。

URAは役所仕事とはほど遠い迅速さで日本から届けられ、その成果に期待が寄せられた。カメラロボが開発されたのは、わずか数年前のことだ。日本は、このカメラは研究に役立つのであり、捕鯨のためではないと主張したが、動物保護を訴える人々からは懐疑的に見られた。商業捕鯨モラトリアムの撤廃を見越して、すべての群れを探しだす悪魔の装置を開発したと彼らは見なしたのだ。しかし、長さ三メートルのシリンダー内に、計測機器と高性能カメラを搭載するURAが、慶良間諸島でザトウクジラを探知し、長期間の追尾に成功すると、バンクーバーの国際海棲哺乳動物シンポジウムで喝采《かっさい》を浴びた。けれど、それでも不信感は残った。日本がモラトリアム撤廃の賛成票を得るため、貧しい国々を援助しているのは知られている。裏取引を外交として正当化する日本政府は、カメラロボを開発した海中工学研究センター浦研究室が属する東京大学を助成していた。

「今日、お前は意義のある任務を果たし、お前の名声を救うのだ！」

フォードはカメラロボにささやきかけた。

陽光を浴びてカメラが輝いていた。彼は手すりに近づいて海を眺めた。クジラを探すには空からのほうが有利だが、識別するには船のほうがいい。しばらくすると、コククジラが次々と姿を現わし、波間に浮かんだ。

ブリッジの見張りの声が、無線から響いた。

「右舷後方。ルーシーです」

フォードは振り返ると、双眼鏡を覗いた。まさに、切れこみのある灰色の尾びれが潜っていくところだった。

ルーシーだ！

一頭のほうはそう呼ばれていた。体長十四メートルの巨大なコククジラだ。ルーシーはレディ・ウェクサム号にジャンプした。薄い船体を切り裂いたのは、このクジラだったのだろう。船には海水が侵入し、沈没してしまった。

「確認した。レオン、聞こえるか？」

無線はすべてつながっており、ＤＨＣ－２の機内でも船内の会話を聞くことができる。

「了解」

無線からアナワクの声が聞こえた。

フォードは陽光に目を細めた。尾びれが消えた付近に向かって、飛行機が高度を下げた。

「いよいよだ。成功してくれ」

彼は自分に言い聞かせた。

高度百メートルから眺めると、巨大タグボートも丹精こめて作った模型船のようだ。そのわりには、クジラは大きく見える。コククジラの群れが波のすぐ下を悠然と泳いでいた。陽光がクジラの巨体の上で躍っている。それぞれの体が頭から尾まではっきり見えた。ウィスラー号の四分の一ほどの長さなのに、ひどく大きく見えた。

「もっと低空を」

アナワクは言った。

DHC-2は高度を下げた。群れを飛び越して、ルーシーが潜った付近に近づいた。餌を採りに潜ったのでなければいいのだが。その場合は、かなり待たなければならない。だが、このあたりの海は深すぎた。ザトウクジラと同様、コククジラにも独自の採食法がある。海底まで潜ると体を横にして、餌となる甲殻類、プランクトン、大好物のゴカイなど環形《かんけい》動物を堆積物ごと吸いこむのだ。この方法には、バンクーバー島近くの浅い海が適しており、間違っても深い海底に潜ることはない。

「すぐに風が入ってくるぞ。ダニー、いいか?」

パイロットが言った。

ダニーはにやりとすると、機体の扉を開けて押さえた。冷たい風が一気に入ってきて、全員の髪を乱した。風は機内でうなりを上げる。デラウェアが後ろに手を伸ばしてクロスボウを取ると、ダニーに手渡した。

「時間はかけられないぞ」

うなりを上げる風とエンジンの轟音に逆らって、アナワクが声を張り上げた。

「ルーシーが現われたら、タグを撃ちこむ時間は数秒だ」

「それより、おれをしっかり引きつけて押さえていてくれ」

ダニーは言うと、右手にクロスボウを持ち、頭上の翼を支える支柱の半ばまで体を押しだした。デラウェアが目を丸くして首を振った。

「見てられないわ」

「何だって?」

アナワクが尋ねた。

「ありえない。宙に浮かんでるみたい」

「心配するな。男の子は何でもできるんだ」

パイロットが笑って言った。

飛行機は海面すれすれを飛び、機体はウィスラー号のブリッジと同じ高さにあった。ルーシーが姿を消した真上を飛び越したが、何も見えなかった。

「小さく旋回してくれ。ルーシーは潜ったのと同じ場所に上がってくるから」

アナワクがパイロットに言った。

DHC‐2が急旋回した。海が迫る。ダニーはサルのように体を支柱に乗せていた。片手で扉の枠を、もう一方でクロスボウをつかんでいる。眼下に、浮上してくるクジラのシルエットが見えた。その瞬間、輝くばかりの灰色の背が海面を突き破った。

「いいぞ！」

ダニーが叫んだ。

「レオン！　そいつは違う。ルーシーは右舷前方だ」

フォードの声が無線機から響いた。

「くそ！」

アナワクが罵《ののし》った。彼の計算違いだった。ルーシーは明らかにルールを破ろうと決めていたのだ。

「ダニー！　撃つな」

機体は旋回をやめ、さらに高度が下がった。すぐ下を波が猛烈な勢いで飛び去っていく。ウィスラー号の船尾が迫る。そのそそり立つブリッジに突っこむかと思ったとき、パイロットがコースを変更し、機体は不恰好な船の脇をすり抜けた。瞬間、前方にルーシーが現われ尾びれを見せた。アナワクは識別の決め手となる切れこみを確認した。

「減速」

パイロットはスピードを落としたが、それでも速すぎた。ヘリコプターを使うべきだったのかもしれない。また目標を飛び越したら、クジラが潜水しないことを祈りつつまた旋回しなければならない。

しかし、ルーシーは潜らなかった。陽光を浴びて巨体が輝いていた。

「追い越して、右旋回！」

「吐くなよ」

パイロットはうなずいて言うと、機体を一気に傾けた。翼の先端が波につくかと思われ、開いた扉に海水が水の壁となってきらめいた。恐ろしいまでの近さだった。デラウェアが悲鳴を上げ、ダニーはクロスボウを掲げて歓声を上げた。

ジェットコースターのスリルなど遥かに超えていた。

アナワクにはその瞬間がスローモーションのように過ぎていった。飛行機が翼の先を支点にして、コンパスのように旋回できるとは考えてもみなかった。機体は完璧な半円を描くと、一瞬で水平に戻った。

プロペラがうなり、機体はクジラとウィスラー号の正面にまっすぐ向かっていった。

フォードは息を止めた。水上飛行機は間一髪のところで旋回して引き返してくる。左右のフロートが海面に触れそうだ。トフィーノ航空には、カナダ空軍の元パイロットがいると聞いたことがある。今、それが誰なのかわかった。

シリンダー型のURAは船尾のクレーンに吊り下げられて、手すりの向こうに浮いていた。タグが撃ちこまれたら、すぐに海に投下する準備はできている。クジラの背がはっきりと見える。潜水しなかったのだ。飛行機とクジラが急速に接近している。翼の下にうずくまるダニーの姿が見えた。一発で決めてくれ。

ルーシーの背が波の上に盛り上がった。

ダニーはクロスボウを構えて片目を細めると、ゆっくりと指を引き金にかけた。

精神を集中し、引き金を引いた。時速二百五十キロメートルで矢が飛びだした瞬間、シュッという音を耳もとで聞いた。矢は瞬時にクジラの脂肪に深く突き刺さった。ルーシーは気づいていない。背を丸めると潜水しはじめた。タグが鋭角に刺さっているのが見えた。

「やったぞ！」

アナワクが無線機に叫んだ。

フォードが合図した。

クレーンからURAがはずれた。着水すると波間に沈んだ。

海面に触れた振動に反応して電動モーターが作動した。潜水すると同時に、クジラの潜った方向へ動きだす。着水から数秒後、URAは視界から消えた。

フォードが拳《こぶし》を突き上げた。

「いいぞ！」

DHC‐2が轟音とともにウィスラー号の脇をすり抜けた。ダニーが翼の支柱につかまって、歓声を上げながらクロスボウを突きだした。

「成功だ！」

「最高の仕事だ」

「たったの一発で……見えたか？　信じられない」

「ワオ！」

機内では口々に歓声が上がった。ダニーが振り返り、にやりと笑ってみせた。機内へ戻ろうと体をずらすと、アナワクが手伝おうとして両手を伸ばした。その瞬間、何かが海面に盛り上がるのを彼は見た。

驚愕で体が動かない。

一頭のコククジラが浮上し、ジャンプした。猛烈なスピードで巨体が迫る。

飛行機の真正面だ。

「機首を上げろ！」

アナワクが叫んだ。

エンジンがうなりを上げた。機体が急上昇し、ダニーはバランスを失った。瞬間、アナワクはごつごつとした巨大なクジラの頭を見た。クジラの目と閉じた顎が見えた。そのとき、機体に衝撃が走った。右の翼とダニーが消え、翼を支えていた支柱だけがぶら下がっている。アナワクは懸命にどこかにつかまろうとした。だが、何もかもが回転していた。

デラウェアが悲鳴を上げた。パイロットが悲鳴を上げた。彼も悲鳴を上げた。海が迫っていた。

氷のように冷たい何かが顔を打った。

鋼鉄が裂ける音が耳に轟《とどろ》く。

水しぶき。

ダークグリーン。

暗黒。

深度五十メートルで、URAの搭載コンピュータがシリンダー型のボディを安定させ、クジラのすぐ後ろについて追跡を始めた。少し離れた薄明るい海中に、ほかのクジラの影がぼんやりと見えた。URAの電子の目がすべてを記録した。しかし、コンピュータは視覚データには重きをおいていない。

次々とほかの機能が作動した。

URAは高度な視覚センサーを持つが、真の能力は音響認識システムにあった。ソナーを使い、十時間ないし十二時間クジラを追尾できる。クジラがどちらへ方向を変えようとも、決して見失いはしない。

URAはクジラの鳴き音に反応するのだ。

シリンダー型の本体周囲に取りつけられた四本の高感度水中マイク、ハイドロフォンは、クジラの鳴き音を感知するだけでなく、その位置を探知する。クジラが高く繊細な鳴き音を出すと、四本のハイドロフォンが次々と受信する。音はまず発信源に最も近いハイドロフォンに届き、順にあとの三本に届く。人間の耳では聞きとれない、わずかな時間のずれや音の弱まりをコンピュータが解析する。

結果、コンピュータがヴァーチャル空間を構築し、音の発信源の座標を割りあてる。クジラの動きに合わせて得られる位置データが、次第に仮想空間を満たしていき、コンピュータの中に、群れのいわゆるヴァーチャルコピーが完成する。

ルーシーは潜水すると鳴き音を出した。コンピュータには、特定の魚の出す音や、クジラの鳴き音、個々の声に至る膨大なデータが記憶されている。URAはその電子カタログの中からルーシーの声を検索したが、見つからなかった。そこで自動的にコンピュータは、ルーシーの方向からやって来る群れの鳴き音を新たに記録し、ほかの群れのデータと比較した。すると、URAの前方にいるのはコククジラだと分類された。URAは速度を二ノットに上げ、群れに近づいた。

音響による追跡とともに、ロボットカメラは視覚分析も始めた。同様にコンピュータには、クジラの尾びれの形や模様、背びれや胸びれなど、個々のクジラの体の特徴が膨大に記憶されている。URAはカメラの前で揺れる尾びれをスキャンし、その一つをすぐにルーシーのものだと識別できた。追跡の準備として、襲撃に加わったクジラの全データをコンピュータに入力しておいたため、URAは注目すべきクジラを認識できたのだ。

URAはコースをわずかに修正した。

クジラ同士は百海里以上離れていても、鳴き音によってコンタクトをとることができる。音波は、空中の五倍の速度で海中を進むからだ。ルーシーは好きな速度で、好きなところに泳いでいくだろう。

だが、URAは決してルーシーを逃さない。

四月二十六日

ドイツ　キール

鋼鉄の扉がなめらかに開いた。ボアマンの視線が、巨大シミュレーション装置の上をさまよった。

深海シミュレーションタンクは、実際の海の世界を忠実にミニチュアサイズで再現する装置だ。タンクの中に作りだされる世界は、本物の世界の理想的なコピーだが、人間は現実世界よりもコピーのほうを信頼するようになってしまった。ハリウッド映画の中に再現される中世の生活が、本物の中世であるはずがない。魚屋で氷の上に並んだ魚の切り身を買うかぎり、どのように下処理されたのかわからない。アメリカの子どもたちは足が六本あるニワトリの絵を描く。なぜなら、フライドチキンは一パックに六本入っているからだ。一方、パック入りの牛乳を飲む大人は、牛の乳房を思い出して怖気づく。本物の世界を体感しない分だけ、人は傲慢《ごうまん》になっていく。ボアマンは、深海シミュレーションタンクとそれが生みだす可能性に感嘆した。その一方で、研究の対象物を実際に観察する代わりにタンクで再現すれば、研究の本質が見えなくなってしまうのではないかと恐れる。地球を理解するよりも、用途に合わせて再現するほうが重要になってしまった。誤解に満ちたディズニーランドのカラフルな世界に立ち入ることが、正当化されてしまうのだ。

シミュレーションは、何が実現可能なのかは教えてくれない。ただ、われわれが何から手を引くべきか、かかわりを持つべきではないかを確信できるだけだ。このホールに踏み入るたびに、ボアマンはそう思った。

ゾンネ号での事故から二日後に、彼はキールに戻った。柱状コアと冷凍タンクは、すでに別便でエアヴィーン・ズースの手もとに届いており、ボアマンがゲオマール研究所に着いたときには、地球化学者と生物学者たちの手ですでに分析が始まっていた。メタン氷が崩壊した原因を探ろうと、誰もがこの二十四時間、不屈の精神で働いていた。成果は上がりそうだ。深海シミュレーションタンクは真実の世界を理想化して見せてくれる。しかし、どうやらゴカイに関しては本物の姿を教えてくれたようだ。

ズースがコントロールパネルの前で彼を待っていた。ハイコ・ザーリングとイヴォンヌ・ミアバッハが同席していた。ミアバッハは分子生物学者で、深海に生息するバクテリアの専門家だ。

「コンピュータ・シミュレーションを作っておいた。誰もが理解できるように」

ズースが言った。

「つまり、スタットオイルだけの問題ではないというわけだ」

ボアマンが念を押す。

「そうだ」

ズースが画面のカーソルを動かしてアイコンをクリックすると、コンピュータ・グラフィックが現われた。厚さ百メートルのメタンハイドレート層と、その下にあるガス層の横断面だ。ザーリングがいちばん上の薄く色のついた層を指して言った。

「これがゴカイです」

「拡大してみよう」

ズースが言って、氷の表面を拡大した。ゴカイの一匹一匹が確認できる。さらに画像は拡大され、一匹が画面いっぱいに映しだされた。それはラフスケッチで、体の各所が色分けされている。

「赤いところが硫黄細菌で、青が始原菌《アーキア》です」

イヴォンヌ・ミアバッハが説明した。

「内部共生と外部共生か。ゴカイの体内にも体表にも棲みついている」

ボアマンがつぶやいた。

「まさに、共生コンソーシアムです。さまざまな働きをするバクテリアが集まってるわ」

ミアバッハの説明をズースが引きつぐ。

「ヨハンソンに助言を求めた人々は、それは充分に理解している。ゴカイの共生について、科学者がまとめた詳細な報告書を受け取っていたのだから。しかし、そこから正しい結論には至らなかった。このコンソーシアムの真の機能に疑問を持った者はいなかった。われわれも、ゴカイがメタン氷を不安定にするか否かという前提に立ってしまった。ゴカイにそんな力がないのは明白だったのだ。メタン氷を不安定にするのは、ゴカイではない」

ボアマンが言った。

「ゴカイは運び役だけだった」

「そういうことだ。これがブローアウトの答えだ」

ズースは言って、別のアイコンをクリックした。

スケッチのゴカイが動きだした。一瞬、画面がぼやけたが、特撮映像の一コマ一コマのように次々と画像が現われた。ハサミのような形の顎が開き、ゴカイは氷を掘りはじめる。

「ここを見てくれ」

ボアマンは画面を凝視した。多くのゴカイがメタン氷の中に入っていく。そのとき……

「なんてことだ!」

ボアマンが言った。

誰もが息を呑んだ。

「こんなことが大陸斜面すべてで起きれば……」

ザーリングが口を開いたが、それをボアマンがさえぎった。

「起きている。それも同時に。くそ、なぜゾンネ号にいるときに気がつかなかったんだ。メタン氷には、中までバクテリアがいっぱいにつまっていたのに」

ボアマンはこの事態をおおよそ予想はしていた。心配しながらも、自分の間違いであってほしいと願っていた。だが、もしこれが事実だとすれば、現実はずっと厳しいものになる。

「個々の現象については知られていることだ。新発見ではない。だが、その相乗効果が問題だった。すべての現象が結びつけば、ハイドレート層の崩壊は明白だ。けれど、そもそもゴカイがなぜここにいるのか、私にはまるで説明がつかない」

ズースは言って、あくびをした。恐ろしい映像を前にして、あくびは似つかわしくないが、この二十四時間、不眠不休だったのだ。

「私もだ。きみ以上にずっと考えているんだが」

ボアマンが言った。

「誰に知らせますか？」

ザーリングが尋ねた。

ズースは指先で上唇を触れた。

「そうだな。これは極秘事項だったな？　ヨハンソンにまず知らせるべきだろう」

「スタットオイルではなく？」

「絶対にスタットオイルはだめだ」

ボアマンが首を振って言った。

「彼らが事実を隠蔽《いんぺい》すると？」

「ヨハンソンがいちばんいい。おそらく、彼はスイスよりも中立だ。判断は彼に委《ゆだ》ね……」

ボアマンが言うのをザーリングがさえぎった。

「誰かに委ねている時間はありませんよ。シミュレーションが大陸斜面の現状を再現しているとしたら、ノルウェー政府をなんとしても納得させなければならない」

「ほかの北海沿岸諸国にも！」

「そうだ、アイスランドにも」

ズースが両手をあげた。

「ちょっと待ってくれ！　これは聖戦ではないんだ」

「いや、そうですよ」

「そうじゃない。まだシミュレーションの段階にすぎないのだ」

「それはそうですが……」

今度は、ザーリングが言うのをボアマンがさえぎる。

「いや、ズースの言うとおりだ。われわれでさえも確信が持てないのに、人々を不安に駆り立てるわけにはいかない。確かに原因はわかった。だが、その結果は予測にすぎないのだ。今われわれが言えるのは、大量のメタンガスが大気中に漏れるということだけだ」

「冗談じゃない。何が起きるか、明らかじゃないですか」

ザーリングが大声を出した。

ボアマンは、ふたたび口髭が生えはじめた場所に思わず手をやった。

「公表してもいいぞ。だが、そうなったら、何十という見出しが新聞を賑《にぎ》わすだろう。その結果はどうなる？」

「地球に巨大隕石が衝突、なんて見出しが躍ったら、どうなるだろうか」

ズースが考えこむように言った。

「隕石に匹敵すると思うのか？」

「おそらく」

「わたしは、自分たちだけで決めることではないと思うわ。段階を踏んで進めたほうがいい。まずヨハンソンに話しましょう。彼が最初にコンタクトをとってきたのだし、純粋に科学的な見地からすると、名誉は彼に与えられるのだから」

ミアバッハが言った。

「何の名誉？」

「新種のゴカイを発見した」

「発見したのはスタットオイルだ。まあ、何はともあれ、ヨハンソンが最初だ。次は？」

「政府に知らせましょう」

「事態を公表する？」

「もちろん、全部を公表する。わたしたちは北朝鮮やイランの核開発を知っているし、どこかのばかが炭疽《たんそ》菌《きん》をばらまくことも知っている。ＢＳＥも豚コレラも遺伝子操作をした野菜のことも知っているわ。フランスでは、バクテリア感染したエビやカニを食べて、何百人もの人が死んでいる。秘密はいずれ漏れるものよ」

「確かにそうだ。けれど、何千年も前に起きたストゥレッガ海底地滑りを考えると……」

ボアマンが言った。

「それを考えるには、データが少なすぎる」

ズースが言った。

「シミュレーションは、メタン氷の崩壊がどのくらいのスピードで進むかを示している。そこから、次に続くこと全部がわかるのではないか」

「しかし、何が起きるのかを決定してはいない」

ボアマンは答えようとしてやめた。ズースの言うとおりなのだ。何が起きるのか推測はできるが、証明はできない。確固とした結論を得ないまま公表すれば、石油ロビイストに何もかも却下されてしまうだろう。自分たちの論拠など砂上の楼閣のように崩れてしまう。時期尚早だった。

「では、確実な結論を得るのに、どのくらいの時間が必要だろう？」

ボアマンは言った。

ズースは眉根を寄せた。

「あと一週間」

「ばかな！　それでは遅すぎます」

ザーリングが言った。

ミアバッハは強く首を振った。

「いえ、早すぎるくらいよ。分類学上で新種のゴカイだと判断するのに、普通なら何カ月もかかるわ。それに……」

「いや、今のこの状況では、なんと言われても遅すぎるんだ」

「それでも、間違った警鐘では役に立たない。分析を続けよう」

ズースが決定した。

ボアマンはうなずいた。画面から目を離すことができなかった。シミュレーションはとっくに終わっていたが、現実にはその先がある。彼はそれを目に浮かべ、身震いした。

四月二十九日

ノルウェー　トロンヘイム

ヨハンソンはオルセンのオフィスに入った。ドアを後ろ手に閉めると、向かいの椅子に腰を下ろした。

「ちょっと時間はあるか？」

オルセンはにやりと笑った。

「ほかでもない、きみのためなら」

「何かわかったか？」

「どれから始める？　怪物の話か？　自然災害か？」

オルセンは共犯者のように声をひそめた。

彼は面白がっているようだ。まあ、いいだろう。

「きみはどれから始めたいんだ？」

オルセンは狡猾《こうかつ》そうに目配せした。

「たまには、そっちから始めてはどうかな？　なぜぼくが、きみのためにワトソン役を演じているのか、教えてくれよ、ホームズ君！」

ヨハンソンはどこまでオルセンに話せるか、あらためて考えてみた。明らかにこの男は好奇心にとりつかれている。立場が逆なら自分もそうだろう。しかし彼に話せば、すぐにノルウェー工科大学《NTNU》中に知れわたることになる。

いい考えが浮かんだ。現実離れした話をするのだ。オルセンは私の頭がおかしくなったと思うだろう。それでなんとか切り抜けられる。そこで、彼も同じように声をひそめた。

「こんなことを言いだすのは、私が初めてだろう」

「というと？」

「何もかも仕組まれているんだ」

「え？」

「異常な出来事だよ。クラゲ、船の行方不明、死者や行方不明者。すべてに密接な関係があると思う」

オルセンはぽかんとした目で彼を見た。

「高度な計画と呼ぼう」

ヨハンソンは椅子の背にもたれて、オルセンが唾《つば》を飲むのを見た。

「何のつもりだ？　ノーベル賞でも狙ってるのか？　それとも、精神病院に行く？」

「どちらもノー、だ」

オルセンは彼をじっと見つめたままだ。

「からかっているんだろう？」

「真面目な話だ」

「やめてくれよ。きみの話は……そうだな、悪魔のしわざ？　それとも『トイ・ストーリー』に登場するリトル・グリーン・メン？　『X-ファイル』？」

「まだ思いついたばかりだ。けれど、必ず関連はある。違うか？　何もかも同時に起きたんだ。偶然だと思うのか？」

「さあね」

「そうだろう。きみにもわからない。私にもわからない」

「どういう関連があると思うんだ？」

ヨハンソンは両手をゆっくりと振った。

「それは、きみが発見したもの次第だ」

「そうだね。うまいこと言うな。きみは頭がいい。見つけたことはあるんだ」

オルセンは口もとを引きつらせて言った。

「まず話してくれ、それから先へ進もう」

オルセンは肩をすくめると、引き出しの中から紙の束を取りだした。

「これがインターネットで見つけたことだ。ぼくがこんな現実主義者でなければ、きみがぶち上げるようなばかげた話をすぐに思いつくんだろうが」

「で、どんなことだ？」

「中南米の海岸はすべて封鎖された。誰も海には近づかず、魚網はクラゲでいっぱいだ。コスタリカやチリやペルーでは、この世の終わりがささやかれている。カツオノエボシについては、新たな種類が現われた。毒のある長い触角を持つ小型のクラゲだ。初めハブクラゲだと思われたが、まるで違っていた。おそらく新種だ」

ここでも新種か。ゴカイの新種に、クラゲの新種。ヨハンソンは尋ねた。

「オーストラリアはどうなった？」

オルセンは紙の束をかきまわした。

「同じだよ。増える一方だ。漁師にとってはとんだ災難だし、観光業もあがったり」

「海の魚はどうなった？　クラゲにやられないのか？」

「消息不明」

「え？」

「被害に遭った沿岸では、魚の群れがあっさり消えてしまった。トロール漁船の乗員の話だと、魚は生息場所を離れ、外洋に出ていったらしい」

「外洋では、餌が採れないだろう」

「ダイエットでもしてるんじゃないか」

「で、誰も原因を究明していないのか？」

「対策本部はそこらじゅうにできたが、何にも聞かないね。探してみたんだが」

「事態はひどくなるばかりか」

「たぶん」

　オルセンは束の中から一枚の用紙を抜きだした。

「このリストは、トップニュースになったが、すぐに話題にされなくなった事件の見出しだ。西アフリカ沿岸のクラゲ。日本やフィリピン。死者の数を疑い、訂正し、あとは沈黙する。だが、ここからが面白くなるぞ。もう何年も前から、メディアにうろうろ登場する藻類がある。猛毒を持つフィエステリア・ピシシーダだ。飲みこんだら最後、もうどうすることもできない。人間や動物に感染するんだ。何年か前にはヨーロッパにはいなかったのに、最近フランスで騒ぎになった。しかも、とんでもない騒動に」

「人が死んだのか？」

「大勢が。フランス人は話したがらないが、明らかにロブスターが持ちこんだ。さあ、ここに全部書いてある。きみのために見つけてやったんだぞ」

オルセンは紙の束の一部をヨハンソンに押しやった。

「次は、船の遭難事故だ。いくつか救難信号が記録されるが、たいていは役に立たない。船で何が起きたにせよ、あっという間に沈んでしまうからだ」

オルセンは用紙をもう一枚、ヨハンソンによこした。

「さて、ぼくは人類の平均よりは賢いんだ。三つの救難信号が網に引っかかった」

「それで？」

「船は何かに攻撃された」

「攻撃？」

オルセンは鼻をこすった。

「そうさ。ここで、きみの陰謀論がめぐってくる。海が人類に抵抗しようと立ち上がった。海の怒りだ。結局、われわれはゴミを海に捨て、魚やクジラを根こそぎ獲ってしまう。そうだ、クジラだ。太平洋の東では、クジラが船を沈めたそうだ。今や、誰も海に出ないらしい」

「理由は……」

「ばかなこと訊くなよ。理由なんか誰にもわからない。何もわからないんだ。きみのために、せっせと調べてみたが、タンカー事故の原因も解明されていない。完全に報道規制されているんだ。どの事件も最初は報道されるが、そのうちに誰かが沈黙というコートをかけてしまう。すると、きみの推理は正しいかもしれない。『X - ファイル』かもしれないぞ。とにかくクラゲでも何でも、ものすごい数で登場する」

オルセンは言って、顔をしかめた。

「で、それがどこから来るのか、誰にもわからない」

「きみのように、すべての事件に関連があると言う者はいない。とどのつまり、対策本部はエルニーニョや地球温暖化のせいにするんだ。侵入生物論も追い風に乗って、憶測に富んだ記事も多い」

「ありふれた考え方だな」

「どれも意味がない。もう何年も前から、クラゲや藻類は船のバラスト水に紛れこんで、世界中を旅しているんだ。よく知られた現象だ」

「そのとおりだ。私が言いたいのはこうだ。どこかにクラゲの大群が現われるのは、一つの現象だ。しかし、世界中でよくわからない現象が同時に起きれば、全然違う話になる」

オルセンはつき合わせた両手の指の中を覗きこんだ。

「きみがどうしても関連づけたいのなら、侵入生物よりも動物の異常行動のほうがいいだろう。つまり、攻撃パターンだ。しかも、これまでにまったく知られていない」

「また新種の生物でも発見されたのか？」

「え？　これだけで充分だろう」

「ちょっと訊いただけだ」

「心あたりがあるんじゃないのか？」

オルセンが慎重に訊いた。

ヨハンソンは考えた。ゴカイについて尋ねれば、オルセンは感づくだろう。世界のどこかで、ゴカイの侵入が起きていることに。

「べつに何も」

彼は答えた。

オルセンは彼をじろりと睨んだ。それから、残りの紙の束を彼によこした。

「きみは話したくないようだが、いつかは教えてくれるね？」

ヨハンソンはプリントアウトの束を手にして立ち上がった。

「今度、飲みにいこう」

「いいよ、時間があればだが。家族があると……」

「今日はありがとう」

「どういたしまして」

オルセンは肩をすくめた。

ヨハンソンは廊下に出た。講義室から学生たちが出てきて、彼を追い越していった。楽しそうにおしゃべりをする者もいたが、疲れた顔をした学生もいた。

彼は立ち止まって学生たちを見送った。

そのとき、ふと思いついた。何もかも仕組まれていると考えるのは、それほど現実離れしたことではない、と。

グリーンランド海　スヴァールバル諸島　スピッツベルゲン島沖

海面に月の光が映っていた。

その夜は氷の海が息を呑むほど美しく、乗組員はデッキに出ずにはいられなかった。そのような光景はめったに見られないが、ルーカス・バウアーはデッキにいなかった。キャビンで書類に埋もれていたのだ。まるで干草の山から一本の針を探しているようだ。もっとも彼の干草は、海二つ分ほどの大きさがある。

カレン・ウィーヴァーは自分の仕事を終えると彼を手伝ったが、二日前に船を降りた。スヴァールバル諸島にある、スピッツベルゲン島のロングイェールビーンの町で調査があるからだ。忙しい人生を歩むバウアーから見ても、彼女の人生は決して穏やかなものではない。海洋ジャーナリストになって唯一よかったことは、世界中の人里離れたところを無料で旅ができることだろう。彼女は極限を愛した。それが、極限を心から憎悪する彼との違いだった。とはいえ、平穏の中にはない知識を求める研究に、彼自身もとりつかれていた。しかし多くの研究者がそうだが、冒険家とは違い、知識を獲得するために冒険はしない。

座り心地のいい椅子、揺れる梢《こずえ》、鳥のさえずり、栓を抜いたばかりのドイツビールが懐かしかった。今は、ウィーヴァーに会えなくてひどく寂しい。あの反抗的な小娘をすっかり気に入ってしまった。それに、広報活動の意義や目的も理解しはじめていた。自分の研究活動を広く世間に知らせるには、専門用語ではなく、平易な言葉を使うように努力しなければならない。自分の研究を理解できる人は少ないということを、彼女に教えられた。

人々はメキシコ湾流がどういうもので、どこを流れるかなどまるで知らない。彼には信じ難いが、自律型フロートのことを知る者はいない。海流を調べるフロートは誰もが理解するには特殊すぎると彼女に聞かされ、ようやく納得した。それにしても、メキシコ湾流を知らないとは！　子どもは学校で何を学んでいるのだろうか。

しかし、ウィーヴァーの言うとおりだった。彼の懸念を世間の人々に広く知らせ、多くの人に関心を抱かせて、懸念を生んだ元凶に圧力をかけるのだ。

バウアーはとても心配だった。

彼の心配はメキシコ湾にあった。そこに向って温かい表層の海水が、南アフリカから南米大陸に沿って流れてくる。海水はカリブ海で暖められ、さらに北上する。この海水は塩分濃度がかなり高いものの、水温が高いために表層にとどまって流れる。

この流れがヨーロッパを暖めるメキシコ湾流になる。ニューファンドランド島まで北上するあいだに、十億メガワットの熱を運ぶ。それは、原子力発電所二十五万基分の発電量に相当する。ニューファンドランド島付近で冷たいラブラドル海流とぶつかって混ざり合う。そのとき、いわゆる渦が巻き、さらに北へと大量の海水が押し流されていく。この流れが北大西洋海流と呼ばれている。そこに西風が吹いて水が蒸発し、ヨーロッパに豊富な雨をもたらす。同時に、塩分濃度が高くなる。流れはノルウェー沿岸を北上し、ノルウェー海流と名前を変える。海流はまだ充分に温かい水を北大西洋にもたらし、スヴァールバル諸島のスピッツベルゲン島では、冬でも海は凍らず船が航行できる。グリーンランドと北ノルウェーとのあいだで、その温かい流れは終わりを迎える。ここで氷のように冷たい北極海にぶつかり、冷たい風によって、急速に水温が下がる。こうして高塩分の冷たい水は非常に重くなり、深海に向かって垂直に沈むのだ。海流の終点ですべてが滝のように流れ落ちるのではなく、いわゆる煙突状の流れとなって深海底にまで続いている。その場所は常に変わるため、煙突状の流れを見つけるのは困難だ。直径二十メートルから五十メートルの煙突が、一平方キロメートルの範囲に十本ほど現われる。どこに現われるかは、その日の波や風の状態に左右される。驚くべきは、煙突の吸引力だ。メキシコ湾流とそれに続く海流の秘密は、そこでの水の沈みこみにあった。海流は北に流れるのではなく、北極にある強力なポンプによって大西洋の底に吸いこまれる。そして、水深二千メートルから三千メートルの海底に到達すると、氷のように冷たい海水は地球をめぐる大きな旅の帰路につく。

バウアーは、投入したフロートが海水とともに煙突を下り落ちることを期待していた。けれども、そもそも煙突に遭遇できるのだろうか。煙突はどこにでもあるはずだろうに、地球の巨大ポンプがその仕事をやめてしまったか、どこか見知らぬところへ消えてしまったかのように思えてならなかった。

それを予感し、その問題がもたらす影響を心配して、彼はここにやって来た。ポンプがすべて正常だとは期待していないが、全部止まったと考える心の準備はできていない。

彼の懸念は深刻だった。

ウィーヴァーには彼女が船を降りる前に、その懸念を伝えておいた。以来、彼女にはメールで定期的に状況報告をし、いっしょに考えてもらっている。数日前には、北海のメタンガス濃度が異常に上昇していることを検知した。それが北大西洋の巨大ポンプの消失と関係があるのかどうか、疑っていたところだ。

一人でキャビンにいると、それはほとんど確信に変わった。

北極の夜の美しさに、ハードボイルドな海の男たちが見惚れているあいだ、彼は休みなく働いた。計算データやダイヤグラム、海図の山に猫背をもっと丸めて取り組んでいた。仕事の合間に、ウィーヴァーにはEメールを送った。ただ挨拶だけのときもあったが、新たに判明したことを彼女に知らせたかったのだ。

彼は仕事に没入していたため、先ほどから続く振動に気づかなかった。やがて、デスクにおいたカップが端まで移動し、倒れてズボンに紅茶がこぼれた。

「くそ!」

彼は大声を上げた。熱い紅茶がズボンに染みて、太ももにまで達した。被害の状況を見ようと、椅子を引いて立ち上がった。

瞬間、体が硬直した。椅子の背を両手で握りしめ、耳を澄ました。

空耳だろうか？

いや、悲鳴が聞こえる。デッキを駆けまわる重いブーツの足音がする。キャビンの外で何かが起きている。揺れは激しさを増し、やがて船全体が共鳴しだした。突然、彼はバランスを失い、デスクにぶつかってうめき声を上げた。次の瞬間、足もとの床がなくなった。まるで船が深い穴を垂直に落ちていくようだ。彼は仰向けに床に投げだされた。途方もない恐怖に襲われて必死で立ち上がると、よろけるようにキャビンを出た。悲鳴が耳に飛びこんできた。船のエンジンがうなっている。誰かがアイスランド語で怒鳴ったが、英語しか話せない彼には理解できない。だが、その声の中に驚愕の響きがあるのを聞いた。応答する声には、さらに大きな驚愕の響きがあった。

海底地震か？

通路を走り、階段を上る。船は大きく左右に揺れ、二本の足で立つのが精一杯だった。デッキによろけ出たとたん、強烈な臭気が鼻を突いた。その瞬間、ルーカス・バウアーはすべてを悟った。

なんとか手すりまで行って海を眺めた。まわりの海が白く沸き立っている。まるで湯が沸騰する鍋の中にいるようだ。

それは波でも嵐でもない。泡だ。巨大な気泡が立ち昇っている。

また船底が落ちこんだ。彼は前方に投げだされて顔からデッキに激突し、頭に強烈な衝撃が走った。顔を上げると、眼鏡が割れていた。眼鏡がなければ何も見えない。それでも、海が船にのしかかってくるのを見た。

なんということだ！　神様、助けてください！

本書は二〇〇八年四月にハヤカワ文庫ＮＶから三分冊で刊行された『深海のＹｒｒ《イール》』に修正を加え、四分冊にした新版の第一巻です。

訳者略歴　ドイツ文学翻訳家　訳書『黒のトイフェル』『砂漠のゲシュペンスト』『LIMIT』『沈黙への三日間』シェッツィング（以上早川書房刊），『ベルリンで追われる男』アンナス他多数

HM=Hayakawa Mystery
SF=Science Fiction
JA=Japanese Author
NV=Novel
NF=Nonfiction
FT=Fantasy

深海《しんかい》のＹｒｒ《イール》〔新版〕
1

〈NV1507〉

二〇二三年二月二十日　印刷
二〇二三年二月二十五日　発行
（定価はカバーに表示してあります）

著者　フランク・シェッツィング
訳者　北《きた》川《がわ》和《かず》代《よ》
発行者　早川　浩
発行所　株式会社　早川書房
郵便番号　一〇一 - 〇〇四六
東京都千代田区神田多町二ノ二
電話　〇三 - 三二五二 - 三一一一
振替　〇〇一六〇 - 三 - 四七七九九
https://www.hayakawa-online.co.jp

乱丁・落丁本は小社制作部宛お送り下さい。
送料小社負担にてお取りかえいたします。

印刷・三松堂株式会社　製本・株式会社川島製本所
Printed and bound in Japan
ISBN978-4-15-041507-5 C0197

本書は活字が大きく読みやすい〈トールサイズ〉です。